어리석은 프랑스인

안톤 체호프 단편선

어리석은 프랑스인

음식을 소재로 한 체호프의 단편 소설들

문석우 옮김

써네스트

목 차

어리석은 프랑스인

'긴츠형제 서커스단'의 어릿광대인 앙리 푸르쿠아는 아침식사를 하려고 모스크바 외곽의 테스토프 거리에 있는 한 허름한 레스토랑으로 들어갔다.

"콩소메* 한 그릇 주세요!" 그는 웨이터에게 음식을 시켰다.

"경단을 넣어 드릴까요 아니면 경단 없이 드립니까?"

"경단을 넣으면 배가 너무 불러서…… 쿠르통** 2~3개 정도 넣어 주세요……."

콩소메가 나오기를 기다리면서 푸르쿠아는 주위를 둘러보았다. 첫 번째로 그의 눈에 들어온 것은 옆 테이블에 앉아서 블리니***를 먹으려고 준비하고 있던 매우 단정한 어떤 신사분이었다.

'그런데 러시아의 레스토랑에서는 음식의 양을 얼마나 많이 주는지 모르겠군!' 프랑스인은 옆 테이블 손님이 자신의 블리니에 뜨거운 버터를 바르고 있는 걸 보면서 생각했다.

---

* 고기와 채소를 푹 고아 진하게 우려낸 후 맑게 걸러낸 수프.
** 작은 정방형의 입체형이나 작은 조각으로 지지거나 구워서 만든 빵조각.
*** 메밀가루와 밀가루를 넣고 얇게 부친 러시아식 팬케이크.

'블리니가 5개라니! 정말로 한 사람이 저렇게나 많은 부침개를 먹을 수 있을까?'

옆 자리 손님은 그 사이에 캐비어*를 블리니에 바른 후에 블리니를 절반으로 자른 후 5분이 채 걸리지 않아서 그것들을 꿀꺽 삼켜버렸다.

"이봐!" 그는 웨이터가 있는 방향으로 고개를 돌리면서 말했다.

"일 인분 더 갖다 주게! 블리니 일 인분이 이게 뭔가? 그러지 말고 10장이나 15장을 한꺼번에 가져오게! 그리고 발리크**나 연어나 뭐 그런 것도 좀 주게!"

'이상하군…….' 푸르쿠아는 옆 테이블 손님을 쳐다보면서 생각했다.

'부침개 다섯 장을 순식간에 먹어 치우고 더 주문을 하다니! 그래 이런 경우는 흔히 있지……. 내가 사는 브루타뉴***에서 프랑수아 아저씨는 내기를 하고 수프 두 접시와 양고기로 만든 커틀렛 다섯 접시를 먹어 치웠지……. 사람들이 그러던데 사람이 너무 많이 먹어대면 틀림없이 병에 걸린 거라고…….'

종업원은 블리니를 수북이 쌓은 접시와 발리크와 연어가 담긴 접시 두 개를 옆 테이블 손님 앞에 놓았다. 단정한 차림의 신사는 보드카 한 잔을 쭉 들이킨 후 연어를 한 입 베어 먹고 나서 블리니

---

* 소금에 절인 철갑상어 알.

** 소금에 저린 후 햇볕에 말린 고급 생선.

*** 프랑스 북서부 지역의 주(州)

를 먹기 시작했다. 그는 마치 굶주린 사람처럼 거의 씹지도 않고 음식들을 게걸스럽게 먹고 있었다. 푸르쿠아는 너무 놀라서 그 모습을 바라보고 있었다.

'병이 있는 게 틀림없어······.' 푸르쿠아는 생각했다.

'이 별난 사람은 정말로 수북이 담긴 이 블리니를 모두 다 먹을 수 있다고 생각하는 걸까? 이제 세 입이나 먹으면 위장이 꽉 차게 될 거야. 그렇다면 남겨 놓은 블리니에 대한 값까지 지불해야 하잖아!'

"캐비어를 더 가져오게!"

옆 자리의 손님은 기름이 묻은 입술을 냅킨으로 닦으면서 소리쳤다.

"파를 잊지말고 가져오게!"

'그런데······ 벌써 블리니 절반이 없어졌어!' 어릿광대는 몸서리를 쳤다.

'맙소사, 연어도 다 먹어치워 버린거야? 정말 말도 안 돼······ 인간의 위(胃)가 이토록 신축성이 있단 말인가? 있을 수 없는 일이야! 아무리 위가 늘어난다고 해도 배의 크기 이상으로 늘어날 수는 없어······. 만일 우리 프랑스에 이런 사람이 있다면 돈을 내고 이 사람을 구경하려고 할거야······. 맙소사, 벌써 그 많던 블리니가 통째로 사라져버렸어!'

"누이* 포도주 한 병 주게……."

옆 테이블 손님은 웨이터로부터 캐비어와 파를 건네 받으면서 말했다.

"먼저 살짝 데워주게나……. 뭘 더 시킬까? 블리니 일 인분 더 갖다 주게……. 제발 빨리 주게……."

"네 알겠습니다. 블리니를 드신 후에 뭘 주문하실 건가요?"

"뭔가 조금 간단한 것으로……. 철갑상어 고기를 넣고 러시아식으로 끓인 살랸카** 일 인분을 주문하겠네. 그리고…… 그리고……. 생각나면 말해 줄테니 일단 가보게!"

'지금 내가 꿈을 꾸고 있는 것 아니야?' 어릿광대는 의자 등받이에 몸을 기대면서 거의 기절할 정도로 놀랐다.

'이 사람은 죽고 싶은거야! 아무도 강요하지 않는데 어떻게 이렇게 엄청난 양을 먹을 수 있단 말인가! 맞아, 그렇고 말고, 이 사람은 죽고 싶은 거야! 저 사람의 우울한 얼굴에 쓰여 있어. 정말로 종업원은 이 사람이 이렇게 엄청나게 많은 양을 먹는데도 전혀 의심스럽지 않단 말인가? 도저히 있을 수 없는 일이야!'

푸르쿠아는 옆 테이블 손님의 식탁 옆에서 시중을 들고 있는 웨이터를 자기 쪽으로 오라고 불러서 귀속말로 이렇게 부탁했다.

"이보세요, 당신은 왜 그렇게 많은 양을 저 사람에게 주는 거

---

* Ra Nui: 라 누이는 백포도주의 일종으로 도수는 13.2도 이다.
** 고기와 생선을 넣어 진하게 끓여낸 수프.

죠?"

"무슨 말씀인지……, 그러니까…… 말하자면……… 달라고 하는데 어떻게 갖다주지 않을 수 있나요?" 종업원은 놀라서 말했다.

"이상하게 들릴 지 모르지만, 저 사람은 계속 이런 식으로 여기에서 저녁때까지 계속 달라고 할 거예요! 만약 당신에게 거절할 용기가 없다면, 매니저에게 보고를 하고 경찰을 불러요!"

웨이터는 싱글거리며 어깨를 으쓱하더니 가버렸다.

'나쁜 인간들!' 프랑스인은 더 이상 참을 수가 없었다.

'정신이 나가서 자살을 하려고 하는 사람이 앉아서 자신에게 남아있는 돈을 다 써서 먹는다고 하는데 이들은 기뻐하기만 하는군. 사람이 죽든 말든 관심도 없고, 돈만 벌면 된다는 말이지!'

"규칙이 이렇다고하니 할 말이 없군요!"

옆 테이블 손님은 프랑스인에게로 고개를 돌리며 투덜거렸다.

"요리를 가져올 때까지 기다려야 하는 이 오랜 시간이 나를 무섭도록 초조하게 만드는군요. 한 요리에서 다음 요리까지 나오는데 30분을 기다려야 하다니! 이런 식이니 식욕도 완전히 사라져버린데다 모임에도 늦겠어요……. 지금 3시인데 5시까지는 기념축하회 정찬*에 가야만 하는데."

---

* 서양에서는 식사양식이 끼니마다 다르고, 식사종류로는 아침, 점심, 저녁, 정찬 등이 있다. 정찬이란 손님을 초대해서 대접할 때 또는 행사가 있을 때 차리는 성찬인데, 점심 때 차리는 것을 오찬, 저녁 때 차리는 것을 만찬이라 한다. 정찬의 풀 코스는 전채요리, 콩소메(수프), 생선요리, 앙트레(부드러운 닭 또는 양고기요리), 고기요리, 샐러드, 후식, 드미타스 커피로 이루어진다.

"파르동, 몽쥬르(실례합니다, 신사양반)." 푸르쿠아가 창백해진 얼굴로 말했다. "당신 지금 식사를 하고 계신 것 아닌가요!"

"아~니요……. 이게 무슨 식사라고 할 것까지 있나요? 이건 간단한 아침식사로 블리니를 먹고 있는 것이죠……."

이때 옆 자리의 손님에게 살랸카를 가져왔다. 그는 수프를 접시에 가득 따른 뒤에 고추가루를 뿌리고 숟가락으로 떠먹기 시작했다…….

'불쌍한 사람이로군…….' 프랑스인은 계속 몸서리쳤다.

'아니면 그는 병든 상태여서 자신의 위험한 상황을 알지 못하고 있거나 혹은 고의로 이 모든 걸 하고 있는 거야……. 자살할 목적을 갖고서……. 맙소사, 그런 곤경에 처한 모습을 내가 여기에서 우연히 마주치게 되리라는 걸 알고 있었다면 여기에 결코 오지 않았을 텐데! 하지만 난 이런 모습을 그냥 보고 넘길 수는 없어!'

그리고 프랑스인은 위험한 내기 시합이 끝나면 프랑수아 아저씨가 자기 집에서 언제나 발작하곤 했던 경련이 이제 곧 그에게서도 시작되기를 시시각각 기다리면서 옆 자리 손님의 얼굴을 불쌍해하는 표정으로 바라보기 시작했다…….

'보기에 남자는 지적인데다 젊고…… 힘이 좋아 보이는데…….' 그는 옆 테이블 손님을 바라보면서 생각했다.

'어쩌면 앞으로 자신의 조국을 위해 일할 훌륭한 인재일수도 있어……. 그리고 젊은 아내와 아이들도 있을지 몰라……. 옷차림으로 판단컨대, 그는 부자임에 틀림없어. 만족스런 상태임에도……
그런 죽음의 길로 가도록, 그를 결심하도록 만든 것이 무엇이었을
까? 그리고 정말로 그는 죽으려면 다른 방법을 택할 수는 없었을
까? 생명을 얼마나 가치없이 평가하고 있는지 알 리가 없겠지! 그
런데 난 여기에 앉아서 그를 구하러 가지도 않고 있으니 얼마나
하찮고 몰인정한 놈인가! 어쩌면 아직은 그를 구할 수 있을지도
몰라!'

푸르쿠아는 결심한 듯 테이블에서 일어나 옆 자리의 손님에게
다가갔다.

"실례합니다. 몽쥬르."

프랑스인은 그를 향해 돌아서서 조용하고 부드러운 목소리로
말했다.

"저는 당신과 인사할 수 있는 영광을 갖지 못했습니다만, 그럼
에도 불구하고 제가 당신의 친구라는 걸 믿어주세요. 제가 당신을
위해 뭐라도 도와드릴 수 없을까요? 생각해보세요. 당신은 아직도
젊고……. 당신에겐 아내와 아이들이……."

"저는 당신의 말을 이해하지 못하겠군요!" 옆 테이블의 손님은
휘둥그레진 두 눈으로 프랑스인을 바라보며 머리를 흔들기 시작
했다.

"아하, 무엇 때문에 털어놓고 얘기하지 않으시죠, 몽쥬르? 나는
주의깊게 당신을 보고 있었답니다! 당신은 음식을 너무나 많이 먹

어대서 의심하지 않을 수 없었습니다……."

"내가 많이 먹는다고요?!"

옆 테이블의 손님은 놀랐다.

"내가요?! 무슨 말씀을……. 아침부터 아무것도 먹지 않았다면, 어떻게 내가 먹지 않을 수 있겠습니까?"

"하지만 당신은 무서울 정도로 많이 먹더군요!"

"당신이 대신 돈을 내지는 않을 거죠! 무얼 그렇게 걱정하세요? 그리고 난 조금도 많이 먹지 않아요! 보세요. 다른 사람들처럼 먹잖아요!"

푸르쿠아는 자기 주위를 둘러보고 몸서리쳤다. 웨이터들이 서로 어깨를 떠밀면서 달려들어, 수북하게 쌓아놓은 블리니들을 나르고 있었던 것이다…….

테이블들에서는 사람들이 앉아서 고상한 신사양반처럼 왕성한 식욕으로 겁도 없이 산더미처럼 쌓인 블리니와 연어, 그리고 캐비어를 마구 먹고 있었다…….

'오, 이 나라는 정말 불가사의하군!' 푸르쿠아는 식당을 나오면서 생각했다.

'날씨뿐만 아니라 심지어 그들의 위장조차도 기적을 만들어내다니! 오, 이상한 나라야, 불가사의한 나라야!'

이반 마트베이치

저녁 5시. 저명한 러시아 학자들 가운데 한 분(우린 그를 그저 '학자'라고 부르기로 하자)이 자기 서재에 앉아서 신경질적으로 손톱을 물어뜯고 있었다.

"날 진짜 뭘로 알고 있는 거야!"

그는 시시때때로 시계를 들여다보며 말했다.

"다른 사람의 시간과 일에는 안중에도 없다 이거로군. 여기가 영국이었으면 이 따위 녀석은 땡전 한 푼도 못 받고 진즉 굶어 죽었을 거다! 그래, 기다려보자고, 오기만 해봐라……."

학자는 자신의 분노와 초조함을 어디에라도 퍼부어 버려야겠다고 생각하며 아내 방의 문쪽으로 다가가서 문을 두드렸다.

"내 얘기 좀 들어봐요, 카챠."

그는 분노로 끓어오른 목소리로 말했다.

"표트르 다닐리이치를 만나거들랑 교양인들은 이런 식으로는 일 처리를 하지 않는다고 전해 줘! 이게 무슨 짓이냔 말이야! 글쎄, 대필자를 추천해주었는데, 도대체 어떤 녀석인지도 모르고 소개해준 거잖아! 새파란 젊은 녀석이 매일같이 두 시간, 세 시간씩 꼬박꼬박 늦는단 말이야. 그래, 이게 대필자로 일하겠다는 녀석이야? 나의 두 세 시간은 다른 사람의 2~3년 보다 더 가치가 있다고! 이 녀석이 오면, 개를 대하듯 마구 욕설을 퍼부어 줄 거야. 돈은 무슨⋯⋯. 확 내쫓아버릴 테니까! 그만 족속하고는 상종해선 안 돼!"

"당신은 날마다 그렇게 말하시지만, 그 앤 매일같이 빽빽거리며 잘만 다니던 걸요."

"오늘에야말로 결심했어. 내가 그 애 때문에 잃어버린 시간으로도 이미 충분해. 사과부터 할게, 그래도 난 녀석한테 쌍 욕을 해야겠어, 개에게 욕하듯 욕할 거라고!"

그리고 드디어 현관에서 종소리가 울렸다. 학자는 굳어진 얼굴로 자세를 바로 잡고 고개를 제자리로 휙 젖힌 후에 현관으로 나갔다. 벌써 현관의 외투걸이 옆에는 아르바이트 대필자인 이반 마트베이치가 서 있었다. 그는 열 여덟살의 청년으로 꼭 계란 모양의 타원형 얼굴에 수염은 없었고, 입고 다니던 후줄근한 외투 차림에 덧신은 신지 않은 채 였다. 그는 숨을 헐떡이면서 볼품없는 큼지막한 구두를 현관 매트에 열심히 닦아대고 있었다. 게다가 하얀 무릎 양말이 비치는 구두의 구멍을 하녀에게 들키지 않게 감추느라 애쓰고 있었다. 그는 학자를 발견하자 한없이 늘어터지고 조금은 우둔해 보이는 미소를 지어 보였다. 그것은 딱 어린애들이나 아주 순해빠진 사람한테서나 볼 수 있는 그런 미소였다.

"아, 안녕하세요."

그가 축축하고 큼직한 손을 내밀며 인사했다.

"어떠세요, 목은 나으셨어요?"

"이반 마트베이치 군!"

학자는 깍지를 낀 채 뒤로 물러나며 분노에 찬 떨리는 목소리로
말했다.

"이반 마트베이치 군!"

그리고나서 학자는 대필자에게 달려들더니 그의 어깨를 움켜쥔
채 거칠게 흔들어대기 시작했다.

"자네는 나랑 뭘 하자는 건가?!"

그는 격하게 말했다.

"자네란 사람은 지독히 꼴도 보기 싫은 사람이야. 나랑 도대체
뭘 하자는 거냐고! 자넨 나를 놀리고 있나? 비웃는 거야? 그런 거
야?"

이반 마트베이치의 얼굴에서 채 가시지 않은 미소로 보아 그는
상대방에게서 전혀 다른 태도를 기대하고 있었던 것 같았다. 그래
서인지 격분에 찬 학자의 얼굴을 본 그의 타원형 얼굴 인상은 더욱
멍한 표정을 지었고, 입은 경악한 나머지 벌어졌다.

"왜… 왜 이러세요?"

그가 물었다.

"그걸 몰라서 묻는 건가!"

학자가 두 손을 맞잡았다.

"내겐 시간이 얼마나 소중한지 잘 알면서도 이렇게 늦게 오지 않았나! 자넨 두 시간이나 늦었단 말일세!…… 하늘 무서운 줄을 알아야지!"

"지금 제가 집에서 오는 길이 아니라서요."

이반 마트베이치는 주저주저하면서 목도리를 풀며 중얼거렸다.

"아주머님의 명명일이라 거길 갔었죠, 아주머니는 여기서 육 킬로미터 떨어진 거리에서 살고 계세요……. 제가 집에서 나오는 길이었다면, 뭐, 그 땐 얘기가 다르겠지만요."

"이반 마트베이치 군, 생각을 좀 해보란 말일세, 자네의 행동이 앞뒤가 맞다고 보나? 여기서는 해야 할 일이 있고, 또 일은 시급한데, 그런데 자네는 명명일이라고 아주머니 댁이나 놀러 다니고 있으니 말이야! 허~어, 그 놈의 목도리나 좀 빨리 벗게! 그만, 그것도 도대체 봐줄 수가 없군!"

학자는 또 다시 대필자에게 달려들어 목도리 푸는 것을 도와주었다.

"무슨 여자들처럼……. 자, 가세!…… 빨리, 가게나!"

이반 마트베이치는 동그랗게 뭉쳐진 더러운 손수건에 코를 풀고 또 연한 잿빛의 너저분한 정장 재킷의 옷 매무새를 바로 잡으면서 현관과 응접실을 지나서 서재로 들어갔다. 그 곳엔 오래 전부터 그를 위한 모든 것이, 책상과 종이, 그리고 심지어는 궐련까지 준비되어 있었다.

"앉게, 앉아." 학자가 조급하게 손을 비비며 재촉해댔다.

"자넨 정말 답 없는 사람이야……. 일이 급하다는 걸 잘 알고 있으면서도, 이렇게나 늦어버렸으니 말이야. 부득이하게 욕을 하게 되지 않나. 자, 받아 적게……. 우리가 어디까지 했더라?"

이반 마트베이치는 들쑥날쑥하게 깎은 그 뻣뻣한 머리칼을 정리하고선 펜을 들었다. 학자는 방의 끝에서 끝으로 왔다 갔다 하면서 생각을 가다듬으며 구술내용을 불러주기 시작했다.

"요점은 바로 그것…… 쉼표…… 몇 몇의, 말하자면, 주된 양식들이…… 적고 있나? 주된 양식들이 유일하게 그 원리의 핵심에 의해 설명된다는 것에 있으며…… 쉼표……. 그것들은 주된 양식 안에서 표현되고 또 그 안에서만 구현될 수 있다. 다음 줄로 넘겨서…… 거기에는 물론, 마침표가 있어야지. 가장 대표적으론 자주성들이 그러한 양식들을 나타내 주는… 그러한 양식들의 특징인데, 이는 정치적이라기보다는…… 쉼표……. 사회적인 성격을 띠고 있다."

"요새 중학교 교복이 바뀌었대요……. 회색으로요……."

이반 마트베이치가 말했다.

"제가 공부할 때는 더 좋았죠. 제복들을 입고 다녔으니까요."

"허~어, 자, 이제 계속해서 받아 적게!"

학자는 화를 냈다.

"때문에…… 다 적었나? 민족적인 관습의 확립이 아니라 정부의 활동을 위한 제 설비에 관련된 방침들에 대해 거론해야만 한다.…… 쉼표하고……, 빼놓지 말아야 할 점은 이들을 구분 짓는 것은 '자신의 양식만을 지닌 민족성'이라는 것이다. 강조한 마지막 단어들은 인용부에 넣고……. 에-에…… 또……, 자넨 중학교에 대해 무슨 이야기를 할려다가 그만 두지 않았나?"

"저희 때는 다른 교복을 입고 다녔다는 얘기요."

"아…… 그런가…… 자네는 중학교 과정을 그만 둔지 꽤 됐지?"

"어제 말씀 드렸던 게 그건데요! 제가 펜을 놓은 지 벌써 3년째에요……. 3학년을 다니다가 자퇴했으니까요."

"어쩌다 공부를 그만두게 되었나?"

학자는 이반 마트베이치가 쓴 필사본을 훑어 보며 말했다.

"가정 형편상 그렇게 됐지요."

"이반 마트베이치 군, 또 자네에게 말해두지만! 자네는 언제쯤이나 글줄을 늘려 쓰는 그 버릇을 고칠 텐가? 글 한 줄에 40자 이상은 되어야 한다고 했잖나!"

"그럼, 제가 이걸 지금 일부러 그랬다고 하시는 거예요?"

이반 마트베이치는 속상해했다.

"대신 다른 줄에 40자 이상 쓰면 되잖아요……. 직접 세어 보세요. 제가 글자를 크게 늘려 썼다고 생각되시면 봉급을 깎으셔도 상관없으니까요."

"허-어, 지금 그런 얘기가 아니잖나! 자넨 정말 무례하군⋯⋯. 정말, 자넨 무슨 일만 생기면 당장 돈문제를 걸고 넘어지는데, 중요한 건, 정확성이란 말일세, 이반 마트베이치 군, 정확성이 중요한 거라고! 자네는 꼼꼼하다는 말에 익숙해져야 한단 말이야."

하녀가 쟁반에 차 두 잔과 건빵이 든 소쿠리를 들고 서재로 들어오자⋯⋯ 이반 마트베이치는 눈치도 없이 양손으로 컵을 하나 쥐고서 곧바로 마시기 시작했다. 차는 굉장히 뜨거운 상태였다. 그는 입을 데지 않으려고 애써 잔 모금으로 들이켰고, 그리고나서 건빵 하나를 집어먹었다. 그리고 또 하나, 그리고 또 하나, 그리곤 수줍은 듯이 학자를 곁눈질로 보며 네 번째로 조심스레 건빵에 손을 뻗었다⋯⋯. 음식물이 대필자의 목젖을 넘어가는 커다란 소리와 음식을 맛있게 씹어대는 소리, 치켜 올라간 눈썹 아래로 드러난 식탐이 가득 담긴 표정이 학자의 가슴속을 긁어놓았다.

"빨리⋯⋯ 먹게나, 시간은 소중하니까."

"불러주세요. 전 마시면서, 적으면서 한꺼번에 할 수 있어요⋯⋯. 사실대로 말씀 드리자면, 배가 고팠던 참이에요."

"게다가 자네는 걸어 다니잖아!"

"그렇죠⋯⋯. 날씨가 완전히 엉망이었어요! 우리 고장은 이맘때면 벌써 봄내음이 나는데⋯⋯. 사방의 웅덩이에서는 눈이 녹아 내리죠⋯⋯."

"그럼, 자네는 남부지방 사람이로군?"

"돈 강 유역에서 왔어요……. 그 쪽엔 3월이면 완연한 봄이에요. 여기는 영하의 날씨여서 모두들 털 외투를 입고 다니지만, 거기선 새 풀들이 돋아나지요……. 어딜 가도 습기라곤 없어서 심지어는 타란툴라도 잡을 수 있어요."

"타란툴라는 뭣 하러 잡는 건가?"

"그건 뭐…… 할 일이 없어서죠……."

이반 마트베이치는 말하고나서 한숨을 쉬었다.

"잡고 있자면 재미있어요. 실에다가 수지 덩어리를 걸어서 녀석의 굴에다 내려뜨리죠. 수지 덩어리로 타란툴라의 등을 툭툭 건드리면, 이 멍청한 녀석이, 글쎄, 화가 나서는 발로 덩어리를 꽉 붙잡죠. 그러면 걸려든 거에요……. 우리가 걔네를 어떻게 했는지 아세요? 걔네들을 한 대야 가득 찰 때까지 잡아서, 보통 거기에다 낙타거미*를 풀어놓지요."

"낙타거미라면 뭘 말하는 거지?"

"꼭 타란툴라랑 비슷하게 생긴 종류로 그런 거미가 있어요. 녀석이 싸우면 혼자서 타란툴라 백 마리를 죽이기도 하죠."

"흠 -그렇군…… 그나저나 마저 쓰기로 하세…… 우리가 어디까지 했더라?"

학자는 스무 줄 정도를 더 불러주었으나, 그 다음에는 앉아서 이런저런 궁리를 하고 있었다.

---

* 솔리푸게 : 낙타거미는 중동과 아프리카 사막 지역에 살고 있으며 주로 전갈이나 도마뱀, 작은 새 등을 잡아먹는 다. 게다가 때로는 자신보다 큰 동물을 공격하기도 한다.

그가 생각에 잠겨있는 동안에 이반 마트베이치는 앉은 채로 목을 죽 빼고서 와이셔츠의 옷깃을 정리하려고 애썼다. 넥타이는 떠 있었고 소매단추들은 떨어진 곳이 있었으며 옷깃은 시시때때로 접혀져 있기도 했다.

"흠, 그렇군……."

학자가 말했다.

"그럼, 이반 마트베이치군, 아직 일자리는 못 구한 건가?"

"구하지 못했어요. 자리가 있어야 말이죠. 알고 계실지 모르지만, 저는 자원입대를 하기로 했어요. 아버지는 약국의 일자리를 알아보라고 하시지만요."

"음, 그랬군……. 대학을 간다면 더 좋을 텐데. 시험이 어렵다곤 해도, 인내와 끈기를 가지고 공부한다면 합격할 수 있다네. 공부를 하게, 책도 더 많이 읽고……, 그런데 책은 좀 읽나?"

"솔직히 말씀드리자면, 아닙니다.……."

이반 마트베이치는 여송연에 불을 붙이면서 말했다.

"투르게네프의 작품은 읽어봤는가?"

"아 - 아뇨……."

"그럼 고골은?"

"고골 말인가요? 음!…… 고골이라면……. 아니요, 안 읽어봤어요!"

"이반 마트베이치군! 좀 무안해지지 않나? 아이고, 쯧쯧! 자넨 이렇게 젊고 유망하고, 그 안엔 반짝이는 재능도 많은데, 그런데도 예기치않게…… 고골작품을 아직도 못 읽어 봤다니! 읽어보도록 하게! 내가 자네에게 빌려줄 테니! 꼭 읽게! 아니면 한 소리 듣게 될 걸세!"

또 다시 침묵이 찾아왔다. 학자는 푹신한 침상소파에 상반신을 기댄 채 생각에 잠겼다. 이반 마트베이치는 옷깃은 내버려 두고 이젠 구두에 온 신경을 쏟기 시작했다. 다리에 붙어있던 눈이 녹아서 제법 큰 물웅덩이 두 개가 고여 있는 걸 그는 눈치조차 채지 못했던 것이다. 그는 무안해졌다.

"오늘은 무슨 이유인지 진척이 잘 안 되는군……."

학자는 중얼거렸다.

"이반 마트베이치 군, 자네는 새 잡는 것도 좋아하나?"

"그건 가을에 하지요……. 여기에선 안 하구요. 저, 집에 있을 땐 항상 잡았죠."

"그런가…… 좋아. 어떻든 계속 받아 적어야 해."

학자는 망설임 없이 몸을 일으키더니 불러주기 시작했다. 하지만 열 줄을 구술하고 나서는 다시 침상소파에 앉아버렸다.

"벌써 틀린 것 같군, 분명히 이렇게 내일 아침까지 지지부진할 거야."

그가 말했다.

"내일 아침에 오게나. 조금 빨리. 아침 열 시경에, 부디 하늘이 자네를 늦지 않도록 돕길 비네."

이반 마트베이치는 펜을 내려놓고 책상에서 일어나 건너편 의자에 앉았다. 침묵 속에서 5분 가량 시간이 흐르자, 그는 이제 용무가 없으니 가야 할 때가 된 것 같다는 생각이 들기 시작했다. 하지만 학자의 서재는 너무나도 밝고 따뜻했으며 안락했다. 거기에다가 달콤한 차와 유지가 들어간 건빵의 감촉이 생생해서, 집 생각을 조금이라도 떠올리려고 하면 심장이 다 오그라들 정도였다. 그는 가난했고 배고팠으며 집안은 추웠던 것이다. 아버지는 불평을 해대며 야단만 칠 뿐이었다. 하지만 여기는 평온하고 조용한데다, 심지어는 타란툴라나 새에 대한 그의 이야기에 귀를 기울여주기까지 하지 않았던가.

학자는 시계를 들여다보고는 책을 펼쳐 들었다.

"그러면 제게 고골 책을 주시는 건가요?" 이반 마트베이치가 몸을 일으키며 말했다.

"주지, 주겠네, 그런데 이 친구야, 자넨 어딜 가려고 그렇게 서두르는 건가? 좀 더 있게, 뭐라도 얘기해 보세."

이반 마트베이치는 다시 앉아서 헤벌쭉하게 웃었다. 거의 매일 저녁이면 그는 이 서재에 앉아서 학자의 눈길과 목소리에서 어딘가 유난히 포근하고, 마치 혈연처럼 친숙한 기분을 느끼는 때가 있었다. 이따금은 학자가 그에게 익숙해져 보이는 투정을 부린다거나, 만일 그가 지각한 것에 대해 욕을 해 대기라도 하면, 그건, 단지 학자가 그에게서 타란툴라나 돈 강에서 꾀꼬리 새끼를 잡는 등의 이야기를 듣고 싶어서 그런 것 같다는 기분이 드는, 그런 때도 있었다.

성주간 전날 밤

"파벨 바실리이치!"

펠라게야 이바노브나가 남편을 깨웠다.

"파벨 바실리이치! 스초파 좀 봐줘요, 애가 교과서를 붙잡고 앉아서 울고 있는 게 또 뭔가 이해가 잘 안되나 봐요!"

파벨 바실리이치는 일어나서 하품하고 있는 자기 입에 성호를 긋고서* 부드럽게 말했다

"지금 가 볼께, 여보!"

그의 옆에서 나란히 자고 있던 고양이도 몸을 일으키고 꼬리를 쭉 펴고서 등을 굽힌 채 눈을 가늘게 떴다. 조용한 가운데…… 벽지 너머에서 쥐들이 뛰어다니는 소리가 들렸다. 파벨 바실리이치는 장화에 가운을 걸치고서 침실을 나와 식당으로 가면서도 잠에 취해 몽롱한 채 찡그린 얼굴이었다. 창문턱에서 생선을 넣은 젤라틴에 코를 킁킁대고 있던 다른 고양이는 그가 나타나자 바닥으로 뛰어내리더니, 장롱 뒤로 잽싸게 몸을 숨겨버렸다.

---

* 러시아인은 하품을 하거나, 상스러운 말을 내뱉은 후에는 입에 성호를 긋는 관습이 있다.

"어디다 감히 코를 들이밀어!"

그는 생선을 신문지로 덮으며 짜증을 냈다.

"이건 뭐, 고양이가 아니라 돼지로군……."

식당은 아이의 방으로 이어져있었다. 중학교 2학년생인 스초파는 손톱자국이 깊게 파여 있고 얼룩이 진 책상 앞에서 뾰로통한 얼굴에 눈이 통통 부어있었다. 그는 양 무릎을 거의 턱까지 끌어당겨 안고 있었는데, 중국의 신상 마냥 상체를 기우뚱거리며 흔들면서 문제집을 짜증내며 바라보고 있었다.

"공부하고 있니?"

파벨 바실리이치는 책상에 나란히 앉아 하품을 하며 물었다.

"그럼, 우리 아들…… 산책도 했고, 잠도 좀 잤고, 블리니도 먹었겠다. 그래 내일이 사순절이구나. 블리니만 먹고 공부하는 게 힘든 거냐? 그게 바로 너를 괴롭히는 문제로구나."

"당신 지금 거기서 애를 놀리고 있는 거에요?"

다른 방에서 펠라게야 이바노브나가 소리쳤다.

"놀리고 앉았으니 공부를 좀 가르쳐주는 게 어때요! 내일 또 낙제점 받아오게 생겼어요, 아이쿠 골치야!"

"뭐가 이해가 안 되는데?"

파벨 바실리이치가 스초파에게 물었다.

"바로 여기…… 분수간 나눗셈이요!" 스초파가 짜증을 내며 대답했다. "분수간 나눗셈……."

"흠…… 녀석하곤! 여기에 보탤 게 뭐가 있다고 그래? 이해하고 말 것도 없는 데. 공식을 통째로 외워버려, 그럼 끝나는 거야……. 분수간 나눗셈을 하는 건 말 이지; 앞에 있는 분수의 분자를 뒷 분수의 분모로 곱해줘, 그러면 여기가 분자가 되는 거야……. 자, 그 후에 앞에 분수의 분모에……. "

"저도 그건 안 가르쳐줘도 알아요!"

스초파가 책상에서 호두 껍질을 딱 소리 나게 쪼개면서 끼어들었다.

"난 증명하는 법을 알고 싶다고요!"

"증명? 그러자, 연필 좀 줘봐. 잘 들어, 우리가 7/8을 2/5로 나눈다고 치자. 그러면, 아들아, 이 분수들을 서로 나누어줘야 한다는 데에 그 핵심이 있는 거야…… 사모바르는 올려놓았을까?"

"몰라요."

"이미 차 마실 시간인데…… 8시잖아…… 그럼, 이제 잘 들어, 이렇게 생각해 보자. 우리가 7/8을 2/5가 아니라, 2로 나눈다고 말이지. 그러니까 분자로만 말이야. 나누어 볼까. 값이 얼마 나오지?"

"7/16요."

"그렇지, 잘했어. 그러면, 아들, 문제는 거기에 있는 거야. 우리가…… 따라서 우리가 만약 2로 나눴다고 했을 때, 그러면…… 잠깐만, 나도 헷갈린다. 우리가 중학교 다닐 적에 수학 교사로 시기즈문드 우르바니츠라는 폴란드 인이 계셨던 게 기억나. 그 분은 수업할 때마다 헷갈리곤 했어. 정리를 증명하기 시작하면 혼란에 빠져서는 온통 얼굴이 시뻘겋게 변하곤 했지, 그리고 마치 누군가가 등에 송곳이라도 꽂은 것 마냥 쩔쩔매며 허둥지둥 교실 안을 서성거렸어. 그 다음엔 다섯 번쯤 코를 풀고는 훌쩍거리기 시작하는 거야. 하지만 우리는 말이지, 꽤나 관대해서 아무 것도 눈치채지 못한 양 행동했지. '시기즈문드 우르바니츠 선생님, 무슨 일이 있으세요? 치통으로 아프신 건 아녜요?' 도대체 무슨 놈의 학급이 양아치 패거리마냥 천방지축인 녀석들로만 집합해있었는지 몰라. 그래도 마음만은 따뜻했단다! 또 그 시절에는 너처럼 키가 아담한 애는 없고, 죄다 꺽다리에 못 말리는 머저리들이었어, 너나 나나 할 것 없이 키가 컸지. 예를 들어, 3학년에 마마힌이란 애가 있었어. 세상에, 그런 멍청이는 또 없을 걸! 그 꺽다리 녀석이 키가 1싸젠(2.134m)이나 되어서, 걸어 다니면 바닥이 쿵쿵 울렸고, 솥뚜껑만한 손으로 등을 탁 치기라도 하면 아파서 혼이 다 빠져나갈 정도였다니까! 우리만 그런 게 아니라 교사들도 그 녀석을 무서워했단다! 그렇게 이 마마힌은⋯⋯."

문 너머에서 펠라게야 이바노브나의 발소리가 들려왔다. 파벨 바실리이치는 문 쪽을 향해 눈길을 주더니 이렇게 속삭였다.

"엄마가 온다. 공부하자꾸나. 음, 아들아, 바로 여기서." 그는 소리 높여 말했다. "이 분수에다가 이것을 곱해야 하는 거야. 그러면, 첫 번째 분수의 분자를 곱 하면⋯⋯."

"차 마시러 나오세요!"

펠라게야 이바노브나가 소리쳤다.

아빠와 아들은 산수공부를 내팽개쳐 둔 채 차를 마시러 갔다. 식당에는 벌써 펠라게야 이바노브나와 그 옆에 항상 말이 없는 아주머니가, 그리고 귀머거리인 또 한 명의 아주머니와 스초파를 받아낸 산파 마르코브나 할머니가 앉아 있었다. 사모바르가 쉿쉿거리며 수증기를 내뿜고 있었는데, 그 수증기는 천장에 일렁이는 커다란 그림자를 드리웠다. 현관에서는 고양이들이 꼬리를 세우고서 들어오고 있었다. 우울하고, 또 졸린 듯한 표정으로……

"드세요. 마르코브나, 잼두요."

펠라게야 이바노브나가 산파할머니에게로 몸을 돌렸다.

"내일이 대제계 기간이잖아요. 오늘 배불리 먹어둬야죠!"

마르코브나는 한 스푼 가득 잼을 떠서, 마치 폭약이라도 되는 듯이 주저하며 입가로 가져갔다. 그리고 파벨 바실리이치를 슬쩍 곁눈질하며 먹었다. 그와 동시에 그녀의 얼굴엔 입에 들어간 잼처럼 달콤한 미소가 퍼졌다.

"잼이 보통 훌륭한 정도가 아니네요," 그녀가 말했다.

"펠라게야 이바노브나께서 직접 만드신 건가요?"

"직접 만들었죠. 누가 만들겠어요? 다 제가 직접 한 거예요. 스체포츠카 (스초파의 애칭)야, 차가 부족하진 않니? 아, 벌써 다 마셨구나! 더 마시거라, 내 천사, 내가 또 따라 주마."

"아들아, 그래서 그 마마힌은."

파벨 바실리이치가 스초파쪽을 향해 말을 계속했다.

"프랑스어교사를 도저히 못견뎌했어. 그래서 이렇게 소리쳤지. '난 귀족이야, 프랑스인이 내 선생 노릇을 하는 건 용납 못해! 1812년*에 우린 프랑스녀석들을 격멸했잖아!' 뭐, 당연히 걔는 처벌을 받았지……. 아주 심-하게 받았어! 그래서 그는 혼날 것 같은 낌새를 눈치채기라도 하면, 창문으로 휙! 뛰어내리곤 했어. 그런 녀석이었었지! 그 후로 닷새나 엿새 동안은 학교에 코빼기도 안 비쳤어. 엄마가 교장선생님을 수시로 찾아가서 간청을 하곤 했지. '교장선생님, 자비를 베푸셔서 저희 미시카를 좀 찾아주세요. 그리고 우리 애를, 이 나쁜 녀석을 좀 혼내주세요.' 그러면 교장선생님은 그녀에게 이렇게 말하곤 했지. '저희 사정을 좀 봐주세요, 부인, 학교의 수위 다섯 명이 달라붙어도 그 애를 감당하지 못합니다.'"

"세상에나, 그런 무서운 애도 있군요!"

펠라게야 이바노브나가 두려운 듯이 남편을 보며 소곤거렸다.

"가여운 어머니는 어떻게 되셨을지!"

침묵이 찾아왔다. 스초파는 크게 하품을 하며 이미 천 번은 봤을 차주전자에 그려진 중국인을 살펴보았다. 두 아주머니와 마르코브나 할머니는 조심스럽게 찻잔 받침접시**를 홀짝거렸다. 공

---

* 이 해에 벌어진 보로지노 전투에서 러시아군이 나폴레옹 군대를 상대로 승리를 거뒀다.

** 러시아인들은 차를 항상 뜨겁게 데우기 때문에 입을 데지 않으려고 받침접시에 차를 부어 식힌 후에 마시곤 한다.

기 중엔 정적과 벽난로의 따뜻한 온기가 감돌았다……. 다들 얼굴과 몸놀림에는 먹은 게 턱 끝까지 차 올랐을 때의 나태와 포만감이 나타나 있었다. 그래도 어떻게든 먹어둬야 했다. 사모바르와 찻잔, 식탁보가 치워진 후에도 가족들은 여전히 식탁에 앉아 있었다……. 펠라게야 이바노브나는 시시때때로 놀란 표정으로 주방에 뛰어가곤 했는데, 그곳에서 하녀와 저녁식사에 관한 이야기를 나누기 위해서였다. 두 아줌마는 손을 가슴에 올린 채 이전의 자세 그대로 미동도 없이 앉아서 그 흐릿한 눈알로 전등을 바라보며 졸고 있었다. 마르코브나 할머니는 매 분마다 딸꾹질을 해대며 이렇게 물어보았다.

"내가 왜 딸꾹질을 하지? 딸꾹질 할 만한 것을 먹은 적이 별로 없는 것 같은 데…… 마치 아무것도 안 마신 것처럼 그러네…… 딸꾹!"

파벨 바실리이치와 스초파는 나란히 앉아서 머리를 맞대고 식탁에 몸을 구부린 채 1787년도 잡지 〈니바〉를 들여다보고 있었다.

" '밀라노에 있는 빅토르 엠마누엘 박물관 앞, 레오나르도 다빈치의 기념상' 이거 봐라……. 개선문이라도 보는 것 같군……. 사교계의 부인과 파트너…… 저기 끝에 사람들도 보이는데……."

"이 사람은 우리 학교의 니스쿠빈을 닮았어요."

스초파가 말했다.

"다음 장 넘겨봐…… '현미경으로 관찰한 일반 파리의 주둥이'

라. 이 주둥이 좀 봐! 이 파리, 끝내주는데! 아들아, 만약 빈대를 현미경으로 보면 말이야? 그럼, 딱 이런 뭣 같은 게 나오지!"

거실에선 씩씩거리는 낡은 시계가 종을 제대로 치지 못하고서 감기라도 걸린 양 정확히 열 번 기침을 해댔다. 하녀인 안나가 식당으로 들어와서는 집 주인의 발치에 털썩 몸을 낮췄다.

"파벨 바실리이치씨, 제발 저를 용서해주세요!"

그녀는 온통 얼굴이 빨개진 채 몸을 일으키며 말했다.

"부디 너도 나를 용서해주렴."

파벨 바실리이치가 무뚝뚝하게 대답했다.

안나는 그런 식으로 나머지 가족들에게도 다가가서, 발치에 몸을 낮추고 용서를 빌었다. 하지만 그녀는 단 한 사람, 마르코브나에게 만은 무시해 버렸는데, 그녀를 존중할 가치가 없는 천한 사람으로 여기는 것 같았다.

또 30분이 평온 속에서 조용하게 지나갔다……. 잡지 〈니바〉*는 이미 소파에 놓여있었다. 파벨 바실리이치는 손가락을 위로 치켜세우고서 그가 어린 시절 언젠가 외웠을 라틴어 시를 낭송했다. 스초파는 결혼반지가 끼워진 그의 손가락을 바라보며 알 수 없는 말에 귀 기울이다가 금방 졸음에 빠져 들었다. 그러다가 스초파는 주먹을 쥐고 눈을 비벼댔지만 그의 눈은 더 자주 감기곤 했다.

"자러 갈래요……." 그가 기지개를 켜고 하품을 하며 말했다.

---

* 19c중반~20c초에 간행된 인기있는 러시아 주간잡지였다.

"뭐? 잔다고?" 펠라게야 이바노브나가 물었다.

"성 금요일 전에 고기는 먹어 둬야 되지 않아?"

"됐어요."

"얘가 진짜로 하는 말이니?" 엄마는 깜짝 놀랐다.

"고기를 안 먹어 두면 어떻하려고? 성주간*에는 부정한 음식(육류와 유제품류 등은 금식해야 한다)을 못 먹는다는 거 알고 있잖니!"

파벨 바실리이치도 함께 놀랐다.

"그래, 그래, 아들아," 그가 말했다.

"칠 주일 동안은 엄마가 부정한 음식을 안 줄텐데. 안 돼, 먹어 둬라."

"아이, 난 졸립다니까!" 스초파가 떼를 썼다.

"그럼 식탁을 차리도록 해야지. 빨리!"

파벨 바실리이치가 낭패를 본 듯이 소리쳤다.

"안나, 바보같이 뭘 그렇게 앉아있니? 어서 식탁을 차리러 가지 않고!"

펠라게야 이바노브나는 두 손을 맞잡고서 부엌으로 뛰어갔는데, 마치 집에 불이라도 난 듯이 허둥대는 모습이었다.

"빨리! 빨리!" 온 집안이 야단법석이었다.

---

* 부활절 전의 일 주일 기간을 말함, 이 동안 성체(聖體)의 수여가 행해지며, 신자는 엄격하게 단식을 한다. 특히 마지막 이 틀간은 완전히 단식을 한다. 성칠일(聖七日)이라고도 한다.

"스체포츠카*가 자고 싶데! 안나! 맙소사, 이게 대체 무슨 일이람? 빨리!"

5분 뒤엔 벌써 식탁이 차려졌다. 고양이들은 다시 또 꼬리를 쳐들고 등을 구부린 채 발을 쭉 뻗고서 식당으로 모여들었다…….
가족들은 저녁을 먹기 시작했다. 아무도 배고프지 않았고 위 속이 가득 차있었지만, 어떻든 간에 모두들 먹어두어야만 했다.

---

* 스초파의 애칭.

생굴

가랑비가 내리는 어느 날 가을 저녁이었다.

나는 그때의 일을 분명하게 기억하고 있다. 사람들로 붐비는 모스크바의 어느 큰 길에 아빠와 함께 서 있던 나는 왠지 점점 기분이 나빠졌다. 어디가 특별히 아픈 것도 아닌데 이상하게 다리가 휘청거리고 목구멍이 따끔거리며 고개가 힘없이 옆으로 기울어졌다. 이러다간 당장이라도 정신을 잃고 쓰러질 것만 같았다. 만약 내가 쓰러져 병원에 실려 간다면, 의사 선생님은 아마 내 진료카드에 '영양실조'라고 써 넣었을 것이다. 하긴 그런 병명이 진짜 있는지도 난 잘 모르지만. 그때 길가에서 난 아빠와 나란히 서 있었다. 아빠는 낡아 빠진 여름 외투를 걸치고, 희끄무레한 솜이 삐쭉 튀어나온 털모자를 쓰고 계셨다. 발에는 헐렁한 신발을 신었다. 허무맹랑한 성격인 아빠는 맨발에 덧신을 신은 모습을 남에게 들키기라도 할까 봐 낡은 덧신의 목 부분을 종아리까지 죽 잡아당겨 신었다.

나는 아빠의 멋쟁이 여름 외투가 누더기가 되어 가면서 더러워

질수록 가엾고 좀 바보스러운 괴짜 아빠가 더욱 좋아졌다. 꼭 5개월 전에 이 도시로 올라와 지금껏 서기직 자리를 구하고 있는 중이었다. 가엾은 아빠는 일자리를 부탁하기 위해 시내를 비틀거리며 걸어 다녔다. 그러다가 그 날에는 큰 길가에 서서 사람들에게 구걸해야겠다고 결심을 한 것이다.

우리 두 사람이 서 있던 바로 맞은 편에는 '트락치르'라는 푸른 간판을 내건 3층집이 있었다. 내 머리는 힘없이 뒤로 젖혀져 있어서 싫든 좋든 휘황찬란하게 불이 켜진 그 음식점 창문을 올려다보지 않을 수 없었다. 그 많은 창문에는 많은 사람들의 모습이 어른거렸다. 오르간의 오른쪽 부분이 보이고, 유화도 두 점 보이고, 천장에서부터 드리워진 램프도 보였다.

그 많은 창문 중에 하나를 응시하고 있던 내게 문득 뭔가 흰 반점 하나가 눈에 띄었다. 그 반점은 꼼짝도 하지 않고 전체가 어두운 갈색을 배경으로 네모난 윤곽을 또렷이 드러내고 있었다. 나는 집중해서 그 반점 하나만 뚫어지도록 쳐다보았다. 그러다 그 반점이 벽에 붙은 흰 종이조각이라는 걸 알아 차렸다. 종이조각에는 뭔가 쓰여 있었는데 뭐라고 쓰여 있는 지는 잘 보이지 않았다.

나는 그대로 서서 30분 동안이나 그 종이와 눈싸움을 했다. 그 하얀 빛깔 속으로 내 눈이 빨려 들어가고 내 뇌는 최면술에 걸린 것 같다. 읽으려고 안간 힘을 써보지만 아무리 애를 써도 안 된다. 그러다 마침내 정체 모를 병이 제 세상을 만난 듯 내 몸 속에서 설

처대기 시작한다. 마차 소리가 천둥소리처럼 크게 들린다. 길거리에서 풍겨오는 속이 울컥해지는 역겨운 냄새 속에서 나는 몇 백, 몇 천의 서로 다른 냄새를 구별해 낸다. 내 눈에는 음식점의 램프와 가로등 불빛이 눈부신 번갯불로 비친다. 내 오감(五感)은 여느 때의 다섯 배, 열 배로 활발하게 활동하기 시작한다. 그러자 그때까지 보이지 않던 흰 종이조각에 쓴 까만 글자가 점점 커지면서 희미하게 보이기 시작한다.

"굴…… ."

드디어 나는 종이에 쓰인 글자를 읽었다. 그런데 이상한 말이다! 8년 3개월을 살아왔지만, 지금까지 한 번도 들어 본 적이 없는 말이다. 대체 무슨 뜻일까? 음식점 주인 이름일까? 아니야, 이름을 쓴 문패라면 보통 식당 입구에 걸어 두지 벽에 붙여 둘 리가 없어. 나는 아빠 쪽으로 얼굴을 돌리면서 쉰 목소리로 물었다.

"아빠, 굴이 뭐야?"

내 목소리가 아빠에게 들리지 않는지, 아빠는 오가는 사람들 한 사람 한 사람을 눈으로 쫓고 있을 뿐이다. 나는 아빠가 지나가는 사람들에게 무슨 말인가를 하려고 한다는 것을 알아챈다. '적선 좀 해주십시오.'라는 괴로운 말은 무거운 추처럼, 아빠의 떨리는 입술에 걸려 있을 뿐 입 밖으로는 튀어나오지 않는다.

한번은 아빠가 지나가는 한 사람을 뒤쫓아 가서 그 사람의 소매를 붙잡기까지 했다. 하지만 그 사람이 뒤돌아보자 아빠는 "실례

했습니다"하고 말하고는 당황해서 다시 돌아와 버렸다. 나는 또 물었다.

"아빠, 굴이 뭐예요?"

"그것은 생물인데……. 바다에서 사는 거란다……."

나는 한 번도 본 적이 없는 그 바다 생물을 머릿속에 그려 본다. 그것은 아마 물고기와 새우의 중간쯤 될지도 모른다. 그리고 바다에서 사는 생물인 이상, 그것을 이용해서 향기로운 후추와 월계수 잎을 넣어 매우 맛있는 따끈한 수프를 만들고, 연골을 넣어 조금은 새콤한 고기 수프, 또는 새우 소스, 겨자를 곁들인 냉채요리 등을 만들 수 있을 것이다. 나는 이 생물을 시장에서 사와 깨끗이 씻어서 재빨리 냄비 안에 넣는 모습을 생생하게 그려 본다……. 자, 빨리 서둘러……. 모두들 빨리 먹고 싶어 할 테니까. 주방에서는 생선 굽는 냄새와 새우 수프냄새가 확 풍겨온다. 나는 그 냄새가 내 위턱과 콧구멍을 간질이면서 점점 온 몸으로 번져가는 것을 느낀다. 음식점도, 아빠도, 저 벽에 붙어있는 흰 종이쪽지도, 내 소매도, 모든 것에서 그 냄새가 난다. 몹시 강하게 풍겨오기 때문에 나는 그만 씹기 시작한다. 씹어서 꿀꺽 삼킨다. 마치 내 입 속에 정말로 그 바다 생물이 한 점 들어있기라도 한 듯이 말이다…….

'아아, 맛있어'라고 생각하고 있을 때, 갑자기 내 다리가 휘청거린다. 나는 쓰러지지 않으려고 아빠의 소매를 잡고 축축하게 젖어 있는 아빠의 여름 외투에 매달린다. 아빠는 몸을 떨면서 더욱 움츠린다. 아빠도 추웠던 것이다.

"아빠, 굴이 채소 요리야? 아니면 고기 요리야?" 내가 물었다.

"산 채로 먹는 거란다." 아빠가 말했다.

"거북이처럼 단단한 껍질을 뒤집어쓰고 있지. 하기야 껍질이 두 겹이긴 하지만."

그 순간 맛있는 냄새는 사라지고 환상도 사라져 버린다…….

'그게 뭐람!'

"아이, 징그러워"

그게 굴이란 말인가! 나는 개구리처럼 쭈그리고 앉아, 그 껍질 속에서 크고 번들번들 빛나는 두 눈을 굴려대며 징그러운 턱을 움찔움찔 움직이고 있는 생물, 껍질을 뒤집어 쓴 채 집게발을 하고 미끌미끌한 피부로 덮인 이 생물을 시장에서 사오는 광경을 마음 속에 그려 본다. 아이들은 모두 숨는다. 하녀는 기분 나쁜 듯이 얼굴을 찌푸리면서 그 생물의 집게발을 집어 접시 위에 얹은 채 식당으로 가져간다. 산 채로 눈알도, 이빨도, 발도, 다 그대로 붙어 있는 살아 있는 생물을 말이다! 그 생물은 꽥꽥 울어 대면서 입술을 물려고 몸부림을 칠지도 몰라……. 나는 얼굴을 찌푸린다. 그러나 희한하게도 어째서 내 이빨은 아직도 씹고 있는 것일까? 보기만 해도 끔찍하고 무서운 생물이 아닌가? 그런데도 나는 먹고 있다. 맛과 냄새는 생각하지 않으려고 애쓰면서 정신없이 먹는다. 한 놈을 다 먹어 치운다. 그리고 두 마리째, 세 마리째 번들번들 빛나는 눈이 내 눈에 비친다……. 나는 그것도 먹는다……. 나중에는 냅킨도, 접시도, 아빠의 헐렁한 덧신도, 벽에 붙어있는 저 흰 종이조각도 다 먹어치운다……. 눈에 띄는 것은 무엇이든지 다 먹어 버린다. 먹기만 하면 내 병이 깨끗이 나을 것 같은 기분이 든다. 문득 생굴이 눈을 부라리고 나를 노려본다. 갑자기 머리에 생굴을 떠올리자 내 몸이 덜덜 떨려온다. 하지만 난 먹고 싶다! 먹지 않고는 못 버티겠다! 도저히!

'굴을 줘요! 굴을 주세요! 굴을 달라고요! 굴!'하는 외침이 내 가슴속에서 튀어나온다. 나는 두 손을 앞으로 내밀고 말한다.

"적선 좀 해 주십시오, 나리!"

그때 마침 공허하고 목을 졸린 듯한 아빠의 목소리도 들린다.

"부끄러운 말씀입니다만, 어쩔 수가 없어서요!"

나는 아빠의 옷자락을 잡아당기면서 외친다.

"굴을 주세요!"

그때 옆에서 웃음소리와 말소리가 들린다.

"허~. 네가 생굴을 먹을 줄 아니? 이렇게 어린애가!"

우리 바로 옆에 서 있던 실크 모자를 쓴 두 신사가 웃으며 내 얼굴을 들여다보고 말한다.

"어이, 꼬마야. 네가 생굴을 먹는다고? 정말이야? 이거 재미있는데! 네가 먹는 것을 한번 구경해 볼까!"

나는 누군가의 억센 손이 휘황찬란하게 밝은 음식점 안으로 끌고 들어간 걸 기억하고 있다. 금방 많은 사람들이 내 주위에 몰려들어 무척 신기한 듯이 웃고 떠들며 나를 지켜보았다. 나는 식탁에 앉아서 뭔가 미끈거리며 찝찔하고 물컹거리고 퀴퀴한 것을 먹기 시작했다. 나는 내가 무엇을 먹고 있는지 보려고 하지도 않았을뿐더러 알려고 하지도 않은 채 씹지도 않고 정신없이 그것을 삼켜버렸다. 눈을 뜨면 아마 틀림없이 번들번들 빛나는 눈알과 집게발과 날카로운 이빨이 보일 것이기 때문이다.

나는 갑자기 뭔가 딱딱한 것을 씹기 시작했다. 내 입 안에서는 바스락거리는 소리가 났다.

"하하하! 이 아이는 껍질까지 먹는군!"

모두들 웃었다.

"바보야, 그런 걸 어떻게 먹냐?"

그 다음에 내가 기억하는 것은 지독한 갈증이었다. 침대에 누워 있어도 가슴이 쓰리고, 타는 듯한 내 입 속의 이상한 맛 때문에 나는 도무지 잠을 이룰 수가 없었다. 아빠는 방안을 이 구석에서 저 구석으로 걸어 다니며 두 팔을 휘두르고 있었다.

"감기가 든 모양이로군."

아빠의 중얼거리는 목소리가 들렸다. 그리고 아빠는 계속 웅얼거리며 방 안을 걸어 다녔다.

"머리가 아무래도 이상해진 것 같아. 마치 머릿속에 누가 들어 있는 것 같단 말이야. 아마 이것은 내가…… 그 뭔가…… 아, 그래,

내가 오늘 아무것도 먹지 않아서 그런지도 몰라. 정말 난 이 눈으로 보고서도, 왜 그 옆으로 다가가 '몇 푼이라도 좋으니 돈 좀 빌려 주십시오'하고 부탁할 생각을 하지 못했을까? 그러면 분명히 빌려 주었을 텐데……. 그랬을 텐데 말이야."

새벽녘에야 나는 겨우 잠이 들었다. 나는 집게발이 달린 개구리의 꿈을 꾸었다. 개구리는 껍질 속에 앉아서 눈알을 부라리고 있다. 나는 점심 때가 다 되어서야 갈증으로 목이 말라서 눈을 떴다. 눈으로 아빠를 찾았더니 아빠는 여전히 방 안을 걸어 다니면서 두 팔을 내저으며 중얼거리고 있었다…….

삶의 권태로움

전문가들의 연구에 의하면, 현세와의
인연을 쉽게 끊지 못하는 이들은 노인
들이다. 뿐만 아니라 노인들은 그들의
연령대에서 흔히 볼 수 있는 특유의 인
색함과 탐욕을 드러내며, 또한 의심과
소심함, 고집과 불평 등을 보여준다
≪성직자들을 위한 실용 지도서≫ 폐. 네차에프

육군 대령의 아내인 안나 미하일로브나 레베제바의 외동딸이
사망했다. 혼기가 다 찬 처녀였다. 그런데 이 죽음은 또 다른 죽음
을 불러왔다. 신의 강림에 몹시 놀란 노부인은 자신의 과거들도
모두 송두리째 죽어버렸다는 사실을 깨달았다. 그리고 그녀의 앞
엔 전혀 다른 삶이, 이전의 삶과는 거의 관련 없는 삶이 바로 시작
되었다는 사실도 깨닫게 되었다.

그녀는 허둥지둥 서두르기 시작했다. 그녀는 가장 먼저 아폰 마

을(영국에 있는 마을)에 1,000루블을 보냈고, 교회의 묘지에는 집 안에 보관하고 있던 은덩어리를 절반으로 나눠 기부해버렸다. 얼마 후에는 금연을 시작하더니 육식을 금하겠다는 서약을 해버렸다. 하지만 이런 모든 행위에도 그녀의 마음은 조금도 나아지지 않았을뿐더러, 오히려 반대로 죽음과 노쇠에 대한 감각만이 계속해서 또렷해지고 날카로워졌다. 당시에 안나 미하일로브나는 도심지에 있는 집을 헐값에 팔아버리고 아무런 뚜렷한 목적도 없이 외곽의 저택으로 옮겨갈 채비를 서둘렀다. 한번 사람의 의식 속에 어떠한 형태로든지 삶의 목적에 대한 의문이 생기고 죽을 날이 가까웠구나 하는 생각이 들게 되면, 그것은 기부금으로도, 금식을 해도, 이리저리 옮겨다니는 떠돌이 생활로도 떨쳐 버릴 수가 없는 법이다. 하지만 안나 미하일로브나에겐 행운이 따랐다. 그녀가 살게 될 마을 제니노에 도착한 순간, 운명이 그녀를 오랫동안 죽음에 가까이 다가가고 있다는 사실과 늙는다는 사실을 생각할 수 없도록 만들었기 때문이다.

그녀가 도착한 날, 요리사인 마르틴이 자기 다리에다 끓는 물을 쏟았고, 사람들은 동네의사를 찾으러 급히 달려갔으나 의사를 찾아 데려오진 못했다. 당시에 예민하고 결벽했던 안나 미하일로브나는 손수 마르틴의 상처를 씻긴 후에 연고를 바르고 붕대를 감아주었다. 그녀는 밤새도록 요리사의 침대 옆에서 돌보며 밤을 세웠는데, 이런 그녀의 간호 덕택에 마르틴은 신음소리를 멈추고 잠이 들었다. 나중에 가서야 그녀가 털어놓기를, 그때 무언가가 그녀의 머리 속에 퍼득 떠올랐다는 것이다. 순간 앞으로 살아가야 할 이유가 마치 그녀의 눈 앞에 놓인 듯이 분명해졌다고 한다. 촉촉하게 젖은 눈가에 창백해진 얼굴로 그녀는 잠이 든 마르틴의 이마에 경건하게 입을 맞추고 기도하기 시작했다.

그 이후로 레베제바 부인은 의료 활동을 시작했다. 이제는 혐오감 이외에는 달리 떠올리지 못하는 타락하고 죄 많은 삶의 나날들을 속죄하듯이 그녀는 말없이 수많은 치료를 하고 다녔다.

그 밖에도, 그녀의 정부 중에는 그녀에게 의술을 가르쳐 준 의사들도 있었는데, 그것도 그렇거니와 다른 것들도 지금의 그녀에겐 적절한 시기에 나름 도움이 되었다. 그녀는 종합의약품이 든 약상자와 몇 권의 책들 그리고 신문 ≪의사≫를 보내달라고 주문하고는 주저없이 의료 활동에 착수하였다. 처음에는 제니노의 주민들만 치료를 했으나, 나중에는 그녀에게 치료를 받기 위해 부근의 마을에서도 주민들이 찾아오기 시작했다.

"사모님, 생각 좀 해봐요!" 그녀는 그 곳에 온지 3개월쯤 지난 후에 사제 부인에게 이렇게 자랑했다.

"어제는 환자 16명이 찾아왔어요. 그런데 오늘은 모두 20명이나 왔네요! 내가 그들을 돌보느라 얼마나 지쳤는지 다리가 다 후들거렸다니까요. 내가 가지고 있던 아편이 벌써 다 바닥이 나버렸다우, 글쎄! 구리인노* 마을에선 이질병이 돈다더군요!"

매일 아침 그녀는 눈을 뜨면 그녀를 기다리는 환자들부터 머리에 떠올렸고, 그러면 그녀의 가슴은 기분좋은 청량감으로 가득 차오르곤 했다. 옷을 입고서 재빨리 차를 들이키고 나면 그녀의 진찰이 시작되었다. 그녀는 진찰 수속을 진행하고 있노라면 형용할 수 없는 만족감을 느꼈다. 그녀는 먼저 천천히, 마치 그 만족감이 더 지속되길 바라는 듯이 천천히 환자 명단을 작성했고, 그 다음에는 차례로 환자들을 호명했다. 환자를 치료하기가 더 힘이 들수록, 그 질병이 더 지저분하고 혐오스러울수록 그녀는 이런 노동이 달콤하게만 느껴졌다. 자신이 몸을 사리지 않고 스스로의 결벽증을 억제하고 있으며, 정신을 집중한 채 환자의 고름이 가득찬 상처들에 더욱 매달리고 있다는 생각만큼 그녀를 만족스럽게 만드는 것은 없었다. 그녀는 자신의 성질을 남에게 강요하고 싶은 억제할 수 없는 욕망이 일 때면, 마치 상처들의 기괴함과 악취에 도취된 듯 어떤 숨가쁜 냉소주의에 빠진 적도 종종 있었다. 그리고 이때 그녀는 자신이 받은 사명을 완수하고 있는 것만 같았다. 그녀는 자기 환자들을 숭배하듯이 대했고, 감각적으로 환자들이 그녀의 구원자라는 느낌이 들곤 했다. 그녀는 이성적이었기에 환자들을 볼 때면 각자 독립된 존재나 사람이 아닌, 좀 더 추상적인 어떤 것 - 바로 민중을 보고 싶어했던 것이다! 그래서인지 그녀가 환자

---

* 에카테린부르그 위쪽에 위치한 조그만 마을.

들을 대할 때면 특별히 상냥하면서도 조심스러웠고 자신이 실수라도 할라치면 얼굴을 붉혔으며, 진찰을 할 때도 언제나 자신을 낮추곤 했다.

반나절 이상이 걸리는 진찰이 끝날 때면, 그녀는 지치고 긴장해서 얼굴이 붉게 달아오르고 몸이 아파왔지만, 그대로 독서에 서둘러 몰두하곤 했다. 그녀가 읽는 것은 의학 서적들이나 또는 자신의 감정에 가장 근접한 그런 국내 작가들의 이야기였다.

새 삶을 시작한 안나 미하일로브나는 넘치는 생기와 만족감을 느꼈으며, 거의 행복하기까지 했다. 그토록 충만한 삶은 그녀가 원래 바라는 바가 아니었다. 하지만 고명이라도 얹듯이, 꼭 행복이 완성될 것처럼 상황들이 서로 맞물려 돌아갔다. 자신이 잘못을 저지른 게 훨씬 많다고 생각했던 그녀가 남편과 화해를 하게 된 것이다. 17년 전, 그녀는 딸을 낳고나서 곧 남편인 아르카디 페트로비치에게서 등을 돌리고 그와 이혼했다. 그 후로 그녀는 그를 본 적이 없었다. 남편은 남부지역의 어딘가에서 포병중대의 지휘관으로 근무하고 있었으며, 이따금, 일 년에 두 번 정도 딸 아이에게 편지를 보내왔다. 딸 아이는 그 편지를 엄마에게 숨기려고 애썼다. 딸 아이가 죽은 후에 안나 미하일로브나는 전 남편에게서 전혀 예상하지 못한 장문의 편지를 받았다. 노인처럼, 쇠약해진 필체로 그녀에게 편지를 써보냈던 것이다. 단 하나뿐인 외동딸의 죽음은 그를 삶에 매어두던 마지막 버팀목을 빼앗아 가버렸다. 그는 이제 늙고 몸이 아플 뿐만 아니라 죽음을 갈망하고 있지만 또한 동시에 공포스럽기도 하다고 쓰여 있었다. 그리고 모든 것들이 짜증나고 역겨운 나머지 그는 사람들과의 관계를 끊었으며 포병중대를 인계하고나서 지긋지긋한 것들로부터 멀리 떠날 날만을 간절하게 기다리고 있노라고 한탄하고 있었다. 편지의 끝부분에서는 전 아내에게 자기를 위해 기도해 달라고 간곡하게 부탁하였다. 스스로를 망치지 않도록, 우울증에 빠지지 않도록 해달라고 말이다. 그 이후 두 노인 사이에서 정성이 담긴 열렬한 편지들이 오고가기 시작했다. 이 후의 편지들은 모두 하나 같이 칙칙하고 눈물에 젖어 있었으며, 거기에서 이해할 수 있는 것이라고는 대령의 기분을 언짢게 만든 것들이 비단 딸 아이의 죽음이나 한결같이 시달려 온 병 때문만은 아니라는 점이었다. 그는 사채에 손을 대었으며 군수뇌부들, 그리고 장교들과 돌아가며 다투었고, 담당 포병중대를 손 쓸 수 없을 정도로 태만하게 방치해두는 등의 행위를 저질렀다고 언급하고 있었다. 부부간의 편지 왕래는 거의 2년 동안 계속되었다. 편지 왕래가 끝난 것은 노인이 퇴역하고 나서 전 아내가 살고 있는 마을로 찾아왔을 때였다.

아내의 저택이 높게 쌓인 눈더미에 파묻힌 채 모습을 감추고 있고, 유리 같은 하늘빛 대기 속에서 쩍쩍 갈라지는 영하의 얼음소리가 들려오는, 숨 죽인 정적이 내리 누르던 2월의 정오에 그는 도착했다.

안나 미하일로브나는 그가 썰매에서 내리는 것을 창문 너머로 내다보면서도 자신의 전 남편을 알아보지 못했다. 그는 체구가 작고 등이 굽은 할아버지였고, 그것도 노쇠한 나머지 긴장감이라고는 도무지 찾아볼 수가 없었다. 무엇보다도 안나 미하일로브나의 눈에 띄었던 것은 긴 목에 새겨진 늙은 주름살과 완고하게 꺾인 무릎이 나온 가느다란 다리였는데, 그것은 꼭 의족한 다리를 연상시켰다. 그는 마부에게 계산을 치룰 때 무슨 말인가를 하면서 오랫동안 따지며 실갱이를 벌였고 결국에는 화가 난 듯이 침을 뱉었다.

"자네랑은 더 이상 말하기도 싫네!"

안나 미하일로브나는 노인들 말투의 불평하는 소리를 들었다.

"팁을 달라니, 속이 시커멓구만! 무엇이든지 일한 만큼 벌어가는 게 인지상정이지, 이런!"

안나 미하일로브나는 현관으로 들어온 그에게서 영하의 추위에도 혈기가 돌지 않는 누리끼리한 얼굴과 툭 불거진 단춧구멍 같은 눈, 그리고 하얗게 샌 털이 붉은 색과 섞여 있는 성긴 수염을 보았다. 아르카디 페트로비치는 한 팔로 아내를 안았고, 이마에 입을 맞췄다. 서로를 마주 바라 본 노인들은 무언가에 놀라고 또 걷잡을 수 없이 당황해하는 표정을 지었는데, 꼭 자신의 주름살을 부끄러워하는 듯한 모습이었다.

"때 맞춰 잘 오셨네요!"

안나 미하일로브나가 황급히 입을 열었다.

"지금 막 식탁을 차리던 참인데! 먼 길 오느라 배고팠겠어요!"

그들은 식탁에 앉았다. 전채를 먹는 내내 말이 없었다. 아르카디 페트로비치는 주머니에서 두툼한 지갑을 꺼내어 무슨 메모들을 들여다보았고, 아내는 정성을 들여 샐러드를 준비했다. 그들의 등 뒤에는 이야기할 보따리가 산더미처럼 쌓여 있었지만, 그도 그리고 그녀도 그것을 건드리지 않았다. 그들은 딸 아이에 대한 회상이 살을 에이는 듯한 날카로운 고통과 눈물을 불러오게 될 것이라는 것도, 과거사를 들춰내봐야 식초를 담아놓은 바닥 깊은 오크 통처럼 어둡고 후덥지근한 냄새 밖에는 풍기지 않는다는 것도 느끼고 있었다.

"당신, 고기를 먹지 않는군!"

아르카디 페트로비치가 눈치채고 말했다.

"네, 육식을 금하겠다고 서약을 했거든요……."

아내는 조용히 대답했다.

"도대체 왜? 그게 건강을 해치진 않을 텐데…… 화학적 구성으로 보자면, 생선을 비롯한 사순절 음식 모두 육류와 하등 다를 바 없는 물질로 구성되어 있다고('내가 왜 이런 말을 하고 앉아있지?' 노인은 생각했다) ……. 예를 들어, 이 오이도 어린 병아리랑 똑같은 부정한 음식이란 말이지……."

"다르지요……. 내가 오이를 먹는 건, 그건 생명을 해치지 않는다는 뜻이고, 피를 흘릴 필요가 없다는 걸 알기 때문이에요…….”

　”여보, 그건 외형적인 착각이오. 당신이 오이를 먹으면 거기에 있는 많은 적충류 벌레들도 함께 먹는 것인데, 그래, 그럼 오이 자체는 죽은 것이란 말이오? 초목도 분명 똑같은 유기체인 것을! 그럼 물고기는?”

　‘뭐하자고 내가 이런 헛소리를 하는 거지?’ 아르카디 페트로비치는 또 다시 이런 생각을 하며, 곧바로 오늘날 화학이 이루어낸 성과들에 대해 속사포처럼 말을 쏟아내기 시작했다.

　”그야말로 기적이란 말이오!”

　그가 빵을 씹으며 힘주어 말했다.

　”이젠 곧 우유를 화학적으로 만들어내게 될 거요, 어쩌면 육류까지 만들 수 있게 될지도 모르지! 그래요! 천 년 후에는 각 가정에 부엌 대신 화학 연구실이 들어서게 될 걸, 거기선 비싼 가스를 전혀 쓰지 않고도 그런 유사한 것들을 모두 요리해낼 수 있을 거라고, 원하는 건 뭐든 말이지!”

　안나 미하일로브나는 불안하게 흔들리는 그의 조그만 눈을 바라보며 이야기를 들었다. 이 노인이 화학에 대한 이야기를 하는 것은 다름이 아니라, 무슨 다른 이야기를 끄집어내지 않으려고 그렇다는 걸 그녀는 직감하고 있었다. 하지만 그럼에도 불구하고 그녀는 사순절 음식과 부정한 음식에 대한 이론에 흥미를 느꼈다.

　”당신은 장군으로 퇴역했나요?”

그가 문득 말을 멈추고 코를 풀기 시작했을 때 그녀가 물어보았다.

"그렇지, 장군으로……. 각하라고 불렀으니까……."

장군은 식사 내내 말을 하며 입을 다물 줄 몰랐다. 그리고 그런 식으로 끝도 없이 지껄이는 모습을 보였는데, 이런 모습은 과거에 안나 미하일로브나가 젊은 시절에는 한 번도 깨닫지 못했던 것이었다. 그의 수다 때문에 노부인은 골치가 아파 머리가 깨질 지경이었다.

점심 식사를 마치자 그는 자기 방으로 휴식을 취하러 들어갔는데, 몸과 마음이 지쳐있었음에도 불구하고 잠들지 못했다. 오후의 티타임 전 노부인이 그의 방에 찾아갔을 때, 그는 누워있었다. 그는 이불을 덮은 몸을 꼰 상태로 눈은 천장을 향해 부릅 뜬 채 한숨을 간헐적으로 내쉬고 있었다.

"왜 그래요, 아르카디?"

안나 미하일로브나는 윤기없이 축 늘어진 그의 얼굴을 바라보고 있으려니 무서워졌다.

"별 일은……. 별 일 아니오……."

그가 내 뱉듯 말했다.

"류마티즘이오."

"대체 왜 나한테 얘기를 안 했어요? 내가 도와줄 수도 있잖아요!"

"이건 도와줄 수 없소……."

"류마티즘이라면 요오드를 바른 다음에…… 살리실산 나트륨*이 흡수되도록 하면……."

"그건 다 헛소리요……. 팔 년 동안 치료를 받았었지……. 그런 식으로 발 좀 구르지 말아요!"

장군은 늙은 하녀에게 돌연 소리를 지르고 악의에 찬 두 눈을 부릅 떴다.

"꼭 말(馬)처럼 발을 구르는구먼!"

안나 미하일로브나와 하녀는 애저녁에 그런 습관을 버린지 오래되었으나, 그들은 서로 마주보고 얼굴을 붉히며 당황해했다. 장군은 곤혹스러워하는 그들의 표정을 눈치채곤, 얼굴을 찌푸리며 벽 쪽으로 몸을 돌려버렸다.

"내가 당신에게 경고할 게 있는데 말이오, 아뉴타……."

그가 신음하며 말했다.

"내 성질머리가 지랄 맞은 줄 알아요! 나이가 들어가니 불평만 느는구려……."

"그럼 성질을 고쳐야죠……."

안나 미하일로브나는 한숨을 지었다.

"'고쳐야죠'라고 말하기는 쉽지. 고쳐야죠, 병나지 않기 위해서라도 말야. 그래, 그런데 이 몸뚱아리가 '고쳐야죠'라는 말을 안들

---

* 진통제, 해열제로서, 특히 급성 류마티스성 열병 치료에 많이 쓰인다.

어 먹는 걸 어떻게 한단 말이야……. 말하기도 힘 들고……."

며칠이 지나고, 몇 주일이 지나가고, 몇 개월이 지났다. 그리고
아르카디 페트로비치는 점점 새 보금자리에 적응하면서 자리를
잡았다. 이제 그는 이곳에 익숙해졌고, 이곳 사람들은 그에게 익
숙해졌다. 처음에 그는 집안에 처박혀 두문불출하였음에도 고리
타분하고 감당하기 힘든 그의 뭣 같은 성격은 제니노 마을 곳곳에
영향을 주었다. 통상 그는 매우 일찍, 새벽 네 시가 되면 잠에서 깼
다. 그의 하루는 귀청을 울리는 노인성 해소기침으로 시작되었는
데, 이 기침 소리는 안나 미하일로브나를 비롯해서 모든 하인들을
깨우곤 했다. 그는 아침부터 점심까지 이어지는 길고 지루한 시간
들을 어떻게든 보내길 원해서, 그의 다리에 류머티즘이 발병하지
않는 날이면, 그는 온 방을 어슬렁거리며 온갖 곳에서 눈에 띄는
문제들을 트집 잡았다. 하인과 하녀의 태평무사함과 크게 울리는
발소리, 수탉들이 우는 소리와 부엌의 연기, 그리고 교회의 종소
리……. 모든 것들이 그의 마음 속을 긁어놓았기 때문이다. 그는
불평하고, 욕설을 퍼부으며 하인들을 쫓아냈다. 하지만 매번 욕설
을 내뱉고 나선 스스로 머리를 움켜쥐고서 울먹이는 목소리로 이
렇게 말하곤 했다.

"주여, 무슨 놈의 성질이 이 따위지요! 이 지랄 맞은 성질머리
를!"

점심 땐 많은 양의 식사를 하면서 쉴 새 없이 떠들어댔다. 그

는 사회주의에 대해, 새로운 군사개혁과 위생학에 대해 이야기했다. 그리고 안나 미하일로브나는 이야기를 들으면서 이것들이 단지 죽은 딸애나 과거사 이야기를 꺼내지 않으려고 그런 거라는 걸 직감하고 있었다. 아직도 부부는 둘이 함께 있는 자리에서는 어색해했고, 마치 뭔가를 감추고 싶어하는 것만 같았다. 그러나 저녁이 되면서, 방마다 땅거미가 내려앉고 벽난로 뒤에서 귀뚜라미가 침울하게 울어댈 때면 그 어색함은 사라졌다. 이 때엔 나란히 앉아서 서로 말없이 있었는데, 그 시간은 흡사 이 한 쌍의 부부가 소리내어 이야기하지 못한 것들을 서로의 마음이 소근거리는 시간처럼 보였다. 이 순간에는 남은 삶의 온기들이 이들에게 내려앉았고, 그들은 각자 무슨 생각을 하고 있는지 충분히 이해할 수 있었다. 다만 하녀가 등불을 가지고 들어오기만 하면, 노인은 다시 잔소리를 늘어놓거나 문제점들에 대해 불평을 해대기 시작했다. 그는 아무런 일도 하고 있지 않았다. 안나는 그를 자기가 봉사하고 있는 의료분야에 끌어들이고 싶어했으나, 그는 바로 첫번째 진찰에서 하품을 하더니 늘어져버렸다. 그래서 그에게 독서를 해보라고 권했지만 그것도 말짱 헛것이었다. 그동안 업무 중에만 짬짬이 책을 읽어 버릇하던 그가 독서를 오랫동안, 수 시간동안 해낼 리 없었다. 그가 지쳐서 안경을 벗어 내려놓게 하는 데는 불과 오~륙 페이지 정도의 독서량으로도 충분했다.

하지만 봄이 찾아오자, 장군은 자신의 생활을 완전히 바꿨다. 푸

룻푸룻하게 다져진 오솔길들이 저택에서 목초지와 마을 쪽으로 곁
가지를 치며 뻗어나가고, 창문 앞에 솟아 있는 나무들 위로 새들이
오손도손 붙어있는 때였다. 안나 미하일로브나는 그가 교회를 다
닐 거라곤 상상도 하지 못했다. 그는 휴일에만 교회를 나가는 게
아니라, 평일에도 교회를 찾았다. 신앙에 대한 이런 열성이 시작된
것은 노인이 아내 몰래 딸애에게 바치는 추도식을 마친 뒤부터였
다. 추도식 때 그는 무릎을 꿇고 머리를 땅에 조아린 채 눈물을 쏟
았다. 그는 그렇게 하는 것이 열성적인 기도를 올리는 것이라 생각
했다. 하지만 그것은 기도 같은 건 아니었다. 그는 자신의 부성에
몸을 맡기고 사랑하는 딸의 모습을 떠올렸으며, 성상화들을 바라
보면서 이렇게 속삭였다.

"슈로츠까! 사랑하는 내 새끼! 우리 천사!"

그건 노인의 슬픔이 만들어낸 발작이었지만, 그럼에도 자신의
내부에서 반향과 변혁이 일어난 것이라고 그는 믿고 있었다. 다음
날도 그는 이끌리듯 교회에 갔으며, 또 다음 날도 나갔다⋯⋯. 그
가 교회에서 나올 때면 생기 넘치고 얼굴 표정이 밝아졌으며 미소
까지 피어 올랐다. 식사를 할 때는 그치지 않는 수다의 주제가 이
미 종교와 신학적인 논제들로 옮겨가 있었다. 안나 미하일로브나
가 그의 방에 들어가면 복음서를 훑어보고 있는 그의 모습을 본 적
도 수 차례 였다. 하지만 유감스럽게도 신앙에 대한 그의 열정은
그리 오래가지는 못했다. 언젠가 류머티즘이 한 주일 내내 지속될

만큼 심하게 발병한 이후로는, 그는 아예 교회에 나가는 것을 단념해버렸다. 무슨 일인지 아침 예배에 가야한다는 생각이 들지 않던 것이다…….

그러다가 문득 그는 모임이 그리웠던 모양이었다.

"이해가 안 된단 말이야, 대체 어떻게 사교를 하지 않고 살 수 있냐고!"

그는 투덜대기 시작했다.

"내가 한 번 이웃집들을 방문해 봐야겠어! 이 방문이 멍청한 짓거리라고 해도 말이야, 그래도 내가 살아있으니, 세상 법을 따라야겠지!"

안나 미하일로브나는 말을 타고 다녀오라고 권했다. 그는 이웃들을 방문하고 왔으나, 두 번 다시는 가지 않았다. 대신에 사람들과 교류하고 싶어하는 마음은, 그가 마을을 종종걸음으로 돌아다니며 농부들에게 시비 거는 것으로 충족되었다.

어느 날 아침, 그는 식당의 창문을 열어두고 그 앞에 앉아 차를 마시고 있었다. 창문 앞에는 라일락과 구즈베리 관목들이 있었고 그 주위를 따라 울타리가 둘러쳐져 있었는데, 그 곳의 벤치에는 치료 받으려고 안나를 찾아 온 사내들이 앉아 있었다. 노인은 오랫동안 실눈을 뜬 채 그들을 바라보았다. 그리고선 트집을 잡기 시작했다. :

"Ces mojiks(이 농부 나리들은)……. 민중의 비난을 받아 마땅한 인간들이로구만……. 저것들은 병을 고치려고 앉아있을 것이 아니라, 비겁하고 비열한 성질들이나 고치러 어디로든 꺼져버리는 게 나을 걸."

안나 미하일로브나는 자신의 환자들을 숭배하는 마음으로 대해 왔는데, 늙은 남편에게서 이런 말을 듣자 차를 따르다 말고 어안이 벙벙해 바라보았다. 남편 레베제프의 집에서 존중과 따뜻한 동정 밖에 본 일이 없던 환자들도 놀라 자리에서 몸을 일으켰다.

"그렇고 말고, 농부 나리들…… Ces moujiks……."

장군이 말을 이었다.

"자네들은 날 놀라게 했네, 무척 놀라게 했지, 아니 그래, 저게 인간 종자 같소?"

이렇게 남편이 말하며 안나에게로 몸을 돌렸다.

"지방 자치회가 저들에게 파종용 귀리를 대여해줬는데, 아, 글쎄, 저 녀석들은 귀리를 넙죽 받아서는 그걸 술마시는데 써버린거야! 한 두 톨도 아니야. 몽땅 그랬다잖아! 술집 주인들이 귀리를 담아놓을 곳조차 남지 않을 정도로 말이야……. 그게 잘한 짓인가?"

장군이 사내들에게로 몸을 돌렸다.

"응? 잘하는 짓이냐고?"

"아르카디, 그만해요!"

안나 미하일로브나가 딱 부러지게 속삭이며 말했다.

"댁들은 자치회가 그 귀리를 공짜로 얻은 줄 알지? 여러분은, 만약 댁들이 자기 재산도, 남의 재산도, 게다가 공동 재산도 존중해주지 않는다면, 대체 자네들은 뭐하는 작자들인가? 귀리는 술로 바꿔 마셔 버리고……. 숲을 베어서는 또 술로 마셔 버리고……. 댁들은 죄다 털어 먹어버리니……. 내 아내는 댁들을 간호해주는데도, 댁들은 그 집 담장을 뜯어 가질 않나…… 이게 잘하는 짓이냐고?"

"적당히 하세요!"

장군의 아내가 이를 악물며 말했다.

"정신을 좀 차려야 할 때가 되지 않았느냐 말이야……."

남편은 불평을 계속했다.

"자네들을 쳐다보기도 민망하네! 거기 자네, 붉은머리 양반, 치료받으러 왔겠지? 다리가 아프다고? 그러면서 집에선 다리를 씻을 생각도 안 하지……. 묻어있는 진흙이 손 한 마디는 되겠구만! 후레자식 같은 녀석, 여기서 소독해주길 바라고 있나? 우린 명심해야 한단 말이오, 저것들은 그런 농부들이라고, 게다가 저것들은 자기들이 우리 머리 꼭대기에 앉아 있다고 생각한단 말이야. 근처의 목공장이인 무슨 표도르인가 하는 녀석에게 사제가 주례를 서 준 일이 있었지. 그 목공장이는 단 한 푼도 지불하지 않았어. '가난이 뭐죠! 돈이 없습니다!'라고 말했다지. 뭐 그건 그렇다고 쳐. 사제는 말없이 이 표도르에게 책이 꽂혀있는 책장을 가리켰지…….

자넨, 어떻게 생각해? 녀석은 그걸 노리고 다섯 번은 사제한테 왔다갔다했다구! 허~어? 그래, 이런 녀석이 인간이야? 사제에게 돈을 주지는 못 할 망정, 그런…….."

"사제는 그렇잖아도 돈이 많습죠…….."

환자 가운데 한 사람이 낮은 목소리로 무뚝뚝하게 말했다.

"자네가 그걸 어떻게 알아?"

장군은 분기탱천하여 창문 밖으로 몸을 휙 내밀었다.

"자네가 정말 사제 주머니를 뒤져 봤나? 사제가 억만금을 갖고 있다고 치자, 그래도 자네 같은 사람은 그 노동을 등쳐먹어선 안 되는 거야! 자신이 공짜로 줄 게 없다면, 그럼 공짜로 받지도 말아야지. 자네는 그 두 사람 사이에 무슨 꼴사나운 일이 벌어졌을지 상상이 안 가나 보지!"

장군은 안나 미하일로브나에게로 몸을 돌렸다.

"당신이 녀석들의 배(舟)에도 가보고, 모임에도 가서 보면 좋을 텐데! 완전 날강도들이야!"

장군은 마음이 진정되지 않았고, 심지어는 진찰이 시작될 때까지도 그랬다. 그래서 그는 오는 환자들마다 트집을 잡았고, 놀리듯이 흉내를 냈으며, 농부들의 모든 발병은 과음과 방탕함 때문이라고 해석했다.

"완전 삐쩍 말랐구먼!" 그는 한 환자의 가슴팍을 손가락으로 찔렀다. "왜 그런지 알아? 먹을 걸 안 먹어서야! 죄다 술로 마셔버렸으니! 자네도 자치회에서 빌린 돈을 술 마시는데 써버렸지?"

"그건 그런데요,"

환자는 한숨을 지었다.

"옛날 나리들이 계실 때가 훨씬 나았어요…….."

"허튼소리! 거짓말이나 하는 주제에!"

장군이 울화통을 터뜨렸다.

"어디서 말을 돌려대나, 동정이라도 얻어내자는 거야!"

다음 날도 장군은 창가에 앉아서 환자들을 들볶아댔다. 이 일은 그의 마음을 몹시 속상하게 한 나머지 이제 그는 매일같이 창가에 앉아있기 시작했다. 안나 미하일로브나는 남편의 기세가 좀처럼 수그러들지 않자 창고로 옮겨서 환자들을 진찰하기 시작했지만 장군은 그 창고까지 찾아냈다. 노부인은 이런 '시련'을 자기 몸을 낮추며 견뎌내면서도 자신의 속내를 드러내지는 않았다. 다만 얼굴을 붉히거나 죄없이 욕먹은 환자에게 돈을 쥐어줄 뿐이었다. 장군이 특히 아니꼬운 태도로 대하던 환자들이 점점 발길을 끊기 시작하자 그녀는 더 이상 참지 못했다.

어느 날 식사시간이었다. 장군이 환자들에 대해 무슨 말인가 비아냥거리고 있을 때였는데, 갑작스럽게 그녀의 얼굴에 경련이 일어나며 눈이 붉게 충혈되었다.

"당신한테 부탁하는데, 내 환자들을 가만히 놔두면 좋겠어요…….."

그녀는 퉁명스럽게 말했다.

"혹시 가슴 속에서 뭔가 부글부글 끓어올라 어디에라도 쏟아내야겠으면, 그럼 나한테 욕을 하세요, 대신 환자들은 건드리지 말아요……. 당신 때문에 찾아오는 환자들의 발길이 끊겼다구요."

"오호! 끊겼군!" 장군이 생글거렸다. "모욕을 느꼈나 보군! 주피터 신이여, 댁은 화가 났겠지만, 결국엔 댁이 틀렸단 소리요."*

"허-허…… 이건 말이오, 아뉴타, 녀석들이 발길을 끊은 건 잘한 짓이야. 난 속이 다 후련하군……. 당신의 치료는 효과가 없었을 거요, 독이나 되었는지 모르지! 지방 병원의 의사를 찾아갔으면 모를까, 과학적 규범들에 따라서 말이지. 그들이 당신을 찾아오면 어떤 질병이든 소다와 피마자기름, 그런 걸로 치료를 받았으니, 큰 독이 되고 말고!"

안나 미하일로브나는 노인을 뚫어져라 쳐다보다가 잠시 생각하더니 돌연 하얗게 질렸다.

"당연한 거지만"

장군이 수다를 이어갔다.

"의학에는 무엇보다 지식이 필요한거요. 그 다음에 희생이 요구

---

* 여기서 주피터(제우스)는 그리스의 제 1신으로 종종 문학작품에서 절대자에 비견되고 있다. 여기서 ты(녀, 댁)의 사용, 하느님이 아닌 주피터를 불러낸 것은 아르카디가 신에 대한 불신의 태도를 보이며 얕잡아서 부른 것으로 보인다. 그리고 '댁이 틀렸다'라는 의미는 주님의 종인 농부들이 인내를 바탕으로 신앙심을 유지하고 있는데, 그런 농부들이 화를 냈다는 것은 하느님의 신앙에 반하는 행동을 했다는 것, 즉 '신이 농민들에게 요구했던 인내는 이루어질 수 없다'는 뜻으로 추측된다.

되고, 지식이 없다면 협잡에 불과하단 말이야……. 당신이 법적으로 환자를 치료할 수 있는 자격이 있는 것도 아니고. 내 생각을 말하자면, 당신은 무조건 환자를 의사에게 쫓아버리는 것이 직접 치료해주는 것보다 환자에게 훨씬 득이 될 거요."

장군은 잠시 입을 다물었다가 말을 계속했다.

"만약 내가 그들을 대하는 태도가 썩 마음에 들지 않으면, 좋을 대로 해요, 난 입을 다물고 있을 테니까, 설혹, 그런다 해도…… 솔직히 말해, 그들을 대할 때 정직한 것이 낫지, 침묵하고 숭배하는 것보다도 훨씬 말이오. 알렉산더 대왕*은 위대한 사람이었지, 그렇다고 의자들을 박살내선 안 되는 것이었다구. 러시아 민중 역시 위대한 민중이지, 하지만 그렇기 때문에 그 면전에서 진실을 말해주지 않으면 안되는 거야. 이 농부들은, 꼭 당신이나 나와 같은, 그런 사람들이야, 똑같은 결점을 갖고 있다고, 그렇기 때문에 그들을 숭배해서는 안 돼, 돌봐줘서는 안 돼, 그들에겐 교육이 필요해, 똑바로 잡아주면서…… 사상을 불어넣어줘야 한단 말이오……."

"우리가 그들을 가르치는 게 아니에요……."

장군의 아내가 중얼거렸다.

"우리는 그들에게서 배우는 거죠."

"뭘 배우는 건데?"

"배울 건 많아요……. 하다 못해 말예요……. 고통을 이겨내는

---

* 필리포스 2세와 올림피아스 사이에 태어난 아들로서 알렉산더 대왕 또는 알렉산드로스 3세라고도 한다. 그리스, 페르시아, 인도에 걸쳐 대제국을 세운 대왕이다.

마음을 배울 수도 있지요……"

"고통을 이겨내는 마음? 응? 당신 뭐라 했지, 고통을 이겨내는 마음이라고?"

장군은 사래가 들려 기침을 해댔고, 식탁에서 일어나 방 안을 서성거리기 시작했다.

"그럼 내가 진정으로 일을 해보지 않았단 거야?"

그의 얼굴은 갑자기 붉게 달아올랐다.

"그렇다해도…… 난 지식계급이라고, 저런 농부들이 아니라, 그럼 무슨 일을 해야하는 건데? 난…… 난 이래봬도 지식계급이라고!"

노인은 걷잡을 수 없이 화를 냈고, 그의 얼굴엔 아이처럼 변덕스러운 표정이 떠올랐다.

"내 손을 통해 천 여명의 장병들이 거쳐갔어……. 전장에선 몸을 다 버렸고, 평생동안 류머티즘에 꽉 붙잡혀 살았어……. 그런데 내가 진짜 일을 해본 적이 없다고! 아니면, 당신은 지금, 내가 당신이 말하는 그 민중들 틈바구니에서 고통스러워하는 법을 배우기라도 하라는거야? 그렇지, 내가 언제 한 번이라도 괴로워한 적이 있는 거 같아? 난 내 친 딸을 잃었어……. 이 염병할 노년을 삶과 이어주던 것이 사라져 버렸다고! 그래도 난 고통스러워한 적이 없어!"

돌연 떠오른 딸 아이에 대한 기억 때문에 노인들은 눈물이 터져

나왔고 냅킨으로 얼굴을 닦기 시작했다.

"우리가 왜 고통스러워하나!" 장군은 눈물을 참지 않고 내버려 둔 채 흐느꼈다. "저들한테는 삶의 목적과…… 믿음이 있다면, 우리한테는 하나 같은 의문들…… 그런 의문들과 두려움이 있어! 우리가 왜 괴로워하냐고!"

두 노인은 서로에게 연민을 느꼈다. 그들은 나란히 앉아서 서로를 부둥켜 안은 채 함께 두 시간 가량을 눈물로 보냈다. 이 순간이 지나고서는 상대방의 안색을 살피거나, 딸 아이에 대해서나 과거에 대해서 그리고 위태로운 미래에 대해 이야기 하는 것이 그들을 두렵게 하진 못했다.

저녁에 그들은 같은 방에서 잠을 청했다. 노인은 쉼없이 말을 했기 때문에 아내는 잘 수가 없었다.

"주여, 이 놈의 성질머리를!"

그가 말했다.

"대체, 내가 왜 이런 얘기를 당신에게 하고 있지? 그건 다 환상에 지나지 않는 것을, 인간은, 특히 노년에 있어서는 환상에 의지해 사는 게 자연스러운가 봐. 내 잡설이 당신의 마지막 즐거움마저 빼앗는 것 같구려. 당신은 죽을 때까지 농부들을 치료하며, 또 육류는 입에 대지 않고 살 줄로 알겠지.

그런데 내 혀가 멋대로 지랄을 부렸어! 환상이 없으면 안 돼……. 가끔은 국가가 통째로 환상에 젖어 살기도 한단 말이야······. 아무리 유명한 작가들이라도, 어쩌면 지혜로운 사람이라고 해도, 그들도 환상없이는 어쩔 수가 없는거야. 당신이 좋아하는 작가만해도 '민중'에 대해 일곱 권이나 책을 써냈잖소?"

한 시간이 지나자 장군은 몸을 뒤척였고 이렇게 말했다.

"대체 인간은 왜 노년이 되서야 자기의 감각에 주의를 기울이고 행동을 반성하는 걸까? 왜 젊을 때는 그런 것을 생각하지 못할까? 노년이란건 그런 걸 제외하고 나면 참기 힘든 것인데······. 그렇지······. 젊을 때의 삶은 자취를 남기지 않고 흘러가 버리지. 그리곤 겨우 의식에 흔적을 남기고서는 노년에 들어서야 조그마한 감각들이 각각 개별적으로 머리에 박혀서 수 많은 의문들을 불러 일으킨다고······."

노인부부는 늦게야 잠들었으나 일찍 일어났다. 안나 미하일로브나가 의료활동을 중단한 이후에는 보통 짧은 시간동안만 불편하게 잠을 자곤 했다. 그들에게는 어째서인지 삶이 곱절로 길게만 느껴졌다······. 그들은 밤새도록 이야기하며 지새우곤 했고, 낮이면 하릴없이 방들을 돌아다니거나 정원을 배회하며 서로를 의심스러운 듯 엿보곤 했다.

여름이 끝나갈 무렵에 노인부부의 앞에 또 하나의 '환상'이 펼쳐졌다. 어느 날 안나 미하일로브나가 남편의 방에 들어갔을 때 그가 흥미로운 일에 몰두하고 있는 것을 본 것이다. 그는 식탁에 앉아서 대마기름으로 조리한 으깬 무를 게걸스럽게 먹고 있었다. 그의 얼굴에선 온갖 실핏줄이 꿈틀거렸고 입가의 언저리에는 군침이 고여 있었다.

"같이 들어요, 아뉴타!" 그가 권했다.

"맛이 끝내주는데!"

안나 미하일로브나는 미심쩍은 듯이 무를 시식해보고나서 먹기 시작했다. 곧 그녀의 얼굴에도 식탐으로 가득찬 표정이 역력해졌다…….

"당신이 알고 있으면 좋을텐데, 거 뭣이냐…"

장군이 바로 그 날 침대에 누우면서 말했다.

"유대인 녀석들이 이걸 할 줄 안다면 좋을텐데. 알이 꽉찬 수카*의 배를 째고, 그 안에 든 알을 꺼내는 거야. 그리고선 말이지, 대파를 넣고… 꼬치고기를 닮은 담수어의 신선한 알을…….

"그게 뭐 대수라고? 수카는 금방 잡을 수 있잖아요!"

옷도 걸치지 않은 채 장군은 맨발로 부엌으로 향했고, 요리사를 깨우고선 수카를 잡아오라고 지시했다. 이튿날 아침에는 안나 미하일로브나가 갑자기 발리크를 먹고 싶어했다. 그러자 마르틴은 또 그것을 구하러 시내로 뛰어가야만 했다.

"아!" 노부인이 깜짝 놀라며 말했다.

"그에게 가는 김에 박하 과자도 사오라고 말한다는 걸 깜빡 잊었네! 뭔가 단 것이 땡겼는데."

---

* 꼬치고기를 닮은 담수어.

노인들은 식도락에 빠져들었다. 두 사람은 주방에 눌러앉아 살며, 앞 다투어 요리들을 고안해냈다. 장군은 머리를 쥐어짜냈고, 직접 요리를 해야만 했던 병영에서의 독신 생활을 머리에 떠올리며 요리를 만들어냈다……. 그들이 만들어 낸 요리들 중에는 두 사람의 마음에 쏙 들었던 요리가 한 가지 있었는데, 그건 쌀과 갈아낸 치즈, 계란 그리고 익힌 고기의 즙으로 만든 요리로서 다량의 후추와 월계수 잎이 들어간 것이었다.

자극적인 요리로 마지막 '환상'은 막을 내렸다. 요리는 두 사람의 삶에 있어 마지막 선물이었던 것이다.

"분명히 비가 올 모양이야." 어느 9월의 밤에 장군은 발작을 일으키며 말했다. "오늘 쌀밥을 그렇게 많이 먹는 게 아니었는데……. 뱃속이 더부룩하군!"

장군의 부인은 침대에 몸을 뻗고 드러누워 힘겹게 숨을 할딱거리고 있었다. 그녀는 숨이 막혀 왔다……. 게다가 남편처럼 그녀도 명치끝이 쑤셔왔다.

"또 시작이로군, 염병할, 다리가 저려오는데……." 노인은 투덜거렸다. "발꿈치부터 무릎까지 이상스럽게 뭔가 근질거리는거야……. 아프기도 하고 또 가렵기까지 해……. 이런 제기랄! 그건 둘째치고, 내가 당신 잠을 방해하고 있구먼…… 미안해요……."

침묵 속에서 한 시간이 넘게 흘러가고……. 안나 미하일로브나는 점차 시시각각 명치를 짓누르는 고통에 익숙해져가면서 아픔을 잊어갔다. 남편은 침대 위에서 무릎 위에 고개를 얹어놓은 채 오랫동안 그렇게 앉아있었다. 그러더니 그는 종아리를 긁기 시작했다. 가려움이 못견디게 심해질수록 그는 손톱을 열심히 움직거렸다.

불행한 노인은 얼마 지나지 않아 침대에서 내려와 절뚝거리며 방 안을 돌아다니기 시작했다. 그는 창 밖으로 시선을 돌렸다……. 창 너머에서는 또렷하게 비추는 달빛 아래 가을의 냉기가 시들어버린 자연을 점차 옥죄이고 있었다. 잿빛의 싸늘한 안개가 죽어버린 풀들을 덮고 있는 모습, 그리고 얼어붙은 숲이 잠을 이루지 못하고 아직 남아있는 노란 잎사귀들이 바르르 떨고 있는 모습이 보였다.

장군은 바닥에 앉아서, 무릎을 끌어 안은 채 고개를 얹었다.

"아뉴타!" 그가 그녀를 불렀다.

잠이 얕은 노부인은 몸을 뒤척이기 시작하더니 눈을 떴다.

"아뉴타, 내가 생각한 게 있는데,"

노인이 입을 열기 시작했다.

"당신 잠들지 않았지? 내가 생각한 건데, 노년을 함께 보낼만한 것으로 가장 마땅한 건 자식들인 것 같아……. 당신은 어떻게 생각해? 만일 자식이 없다면, 사람은 무엇이든지 다른 것을 해야만 한다고 봐……. 노년에 작가가 되는 것도 좋겠지…… 화가나……

학자도 좋겠어…… 말하기를, 글래드스톤*은 할 일이 없을 때면 고대 문헌들을 살펴보았다고 했어, 그리고 거기에 폭 빠졌던 거야. 말년에 말이지, 그가 수상직을 사임을 하게 되더라도, 그는 무언가로 자신의 삶을 가득 채웠을거야. 신비주의에 빠져 보는 것도 좋겠지, 아니면……. 아니면……."

노인은 다리를 조금 긁더니 말을 이어갔다.

"그런 경우도 있어, 노인들이 어린 시절에 빠지는 거야, 거 있잖아, 어린 묘목을 심는다거나 훈장을 달고 다닌다든지……. 강신술을 시도해본다든지, 그런 거 해보고 싶었던 때로 돌아가서 말이야……."

노부인의 옅게 코고는 소리가 들렸다. 장군은 몸을 일으키고서 다시 창 밖을 내다보았다. 냉기는 무표정하게 방안으로 들어오려고 했고, 안개는 벌써 숲까지 기어올라서 나무줄기들을 휘덮고 있었다.

'봄이 오려면 몇 달이나 더 있어야하나?' 노인은 차가운 유리창에 이마를 기대며 생각했다. '10월…… 11월…… 12월…… 여섯 달이나!'

그리고 그는 무슨 이유인지 모르지만 이 여섯 달이, 마치 그의 노년처럼 무한히 길고도 긴 시간처럼 여겨졌다. 그는 잠시 절뚝거리며 방을 돌아다니다가 침대에 걸터 앉았다.

---

* William Ewart Gladstone 1809-1898, 영국의 수상이자 작가.

"아뉴타!" 그가 아내를 불렀다.

"왜요?"

"당신 의료상자에 자물쇠를 채워놓았소?"

"아니, 그건 왜요?"

"아무것도 아니오……. 다리에 요오드를 좀 바를까하고."

또 다시 침묵이 찾아왔다.

"아뉴타!" 노인이 아내를 깨웠다.

"왜 그래요?"

"약 병들마다 이름표가 붙어있소?"

"네, 붙어있어요."

장군은 천천히 촛불을 켜고서는 밖으로 나갔다.

몽롱한 의식중에서도 안나 미하일로브나는 오랫동안 맨 발바닥으로 걸어다니는 소리와 작은 병들이 부딪쳐 울리는 소리를 들었다. 마침내 그는 돌아왔고 끌끌거리고 나서는 자리에 누웠다.

아침에 그는 눈을 뜨지 않았다. 그저 자연스럽게 죽은 것인지, 의료상자에 손을 댄 것 때문에 그런 건지 안나 미하일로브나는 알 수 없었다. 게다가 그녀에겐 이 죽음의 원인을 찾을 만한 겨를조차 없었다…….

그녀는 또 다시 허겁지겁 그리고 신경질적으로 서두르기 시작했다. 그녀는 기부와 금식, 서약들과 순례를 떠날 채비를 하기 시작했다.

"수도원으로 가자!"

그녀는 두려움에 질려 늙은 하녀를 꼭 안고서 속삭였다.

"수도원으로 가자구!"

사이렌*

N지역 판사협회 회의를 마친 후에 판사들은 법복을 갈아 입고, 잠시 휴식을 취한 후 점심 식사를 하러 집으로 가기 위해서 회의실에 모였다. 방금 전에 해결된 의제의 '소수 의견' 때문에 남게 된 잘 생긴 외모에 턱수염을 풍성하게 기른 판사협회 의장은 책상에 앉아 자기 의견을 서둘러 쓰고 있었다. 지역 치안 판사 밀킨은 철학자로 명성이 높았으며 주변 환경에 만족하지 못하고 자기 삶의 목적을 찾고 있는, 지치고 우울한 얼굴의 젊은이이다. 그는 창가에서서 슬픈 표정으로 마당을 내다보고 있었다. 다른 지역 치안 판사와 명예 치안 판사 중 한 명은 이미 가고 없었다. 살이 쪄서 피부가 축 늘어진 비만한 체구에 숨을 헐떡거리는 명예 치안 판사가 한명 남아 있었고, 그들과 함께 가서 식사를 하려고 하는 만성 장 카

타르* 환자의 얼굴 표정을 짓고 있는 독일계의 젊은 차장검사가 소파에 앉아서 의장이 작성 중인 의견서가 완성되기를 기다리고 있었다. 그들 앞에는 판사협회의 서기 질린이 서 있었다. 그는 귀 앞에 몇 가닥 되지 않는 구레나룻을 기르고 있으며, 키가 작았고 얼굴엔 달콤한 표정을 짓고 있었다. 그는 활짝 미소를 띠며 뚱뚱한 명예 치안 판사를 쳐다보고 나더니 소곤거리며 말했다.

"우리는 모두 지쳤고, 벌써 세 시가 지났으니 지금쯤 왕성한 식욕을 느끼실 겁니다. 하지만, 그리고리 사비치, 이정도 식욕은 진정한 식욕이 아니죠. 친아버지라도 삼켜 버릴 것처럼 무섭게 솟구치는 식욕이란 육체적인 운동을 하고 난 후에, 말하자면 사냥개처럼 사냥한 후라든지, 혹은 말을 타고서 쉬지 않고 백 킬로미터쯤 달려온 다음에라야 생기는 법이랍니다. 상상하는 것도 많은 의미가 있지요. 말하자면, 만약 당신이 사냥에서 돌아와 마구마구 먹고 싶을 때는 절대로 중요한 일을 생각해선 안됩니다. 중요한 일과 학문은 언제나 식욕을 떨어뜨리게 만드니까요. 제가 알기론 철학자들과 학자들은 음식에 관한 일이라면 별로 중요하게 생각하지 않는 사람들입니다. 실례지만 돼지도 그들보다 더 형편없이 먹지는 않을 겁니다. 집으로 가는 길에 머리 속엔 술병과 안주만을 생각할려고 노력해야 해요. 난 언젠가 집으로 가는 길에 눈을 감

---

* 만성 장 카타르는 급성위장염에서 이행된다고 한다. 부적절한 식사와 과식, 변비 등이 원인으로 복통이 오거나 배가 더부룩한 증상을 보인다. 구토와 설사 또는 변비와 설사가 교대로 반복된다.

고 새끼 돼지요리와 고추냉이를 생각했더니 치솟는 식욕 때문에 히스테리를 일으킬 뻔했습니다. 따라서 자기 집 마당으로 들어설 때, 바로 그때 부엌에서 무슨 냄새인가를 풍기도록 해야 합니다. 이를테면 말이죠…….”

“구운 거위 요리가 냄새로는 최고지요.”

명예 치안 판사가 가쁜 숨을 내쉬면서 말했다.

“말도 마세요, 있잖아요, 그리고리 사비치, 오리고기나 도요새 고기는 거위고기보다 열 배나 더 냄새가 강하답니다. 거위의 냄새 에는 부드러운 맛과 오묘한 맛이 없다고요. 무엇보다도 강렬한 냄 새를 풍기는 것은 신선한 양파인데, 아시다시피, 양파를 볶기 시작 할 때면 온 집안에 냄새가 진동하니까요. 그래서 당신이 집 안에 들어설 땐, 식탁에는 이미 식탁보가 깔려 있어야 하고, 식탁에 앉 으면 냅킨을 넥타이 앞에 대고 손을 보드카가 든 술병으로 슬금슬 금 내밀게 되는 거죠. 참, 그것도 아무 술잔에 그냥 따르는 것이 아 니라, 어느 조상 때부터 대대로 내려온 골동품 은제 컵에 따르든 가, 아니면 ‘여기에 부은 것은 수도승들도 마십니다’ 라는 글귀가 쓰여진 배가 불룩한 술잔에 따르지요. 그리고 그것도 한꺼번에 들 이키지 말고 처음에는 숨을 한번 내쉰 다음에 손을 비비고 나서 자 연스럽게 천장을 올려다보고는 서두르지 않고 천천히 그 보드카 를 입술에 갖다 대면, 그 즉시 위(胃)에서부터 온몸으로 찌르르한 전류가 흐르면서…….”

서기는 자신의 기분 좋은 얼굴에 만족스러운 표정을 지었다.

"찌르르하지요……."

그는 눈을 가느다랗게 뜨면서 말을 되풀이했다.

"들이킨 즉시 안주를 들어야 합니다."

"여보게."

의장이 서기 쪽으로 고개를 들면서 말했다.

"좀 조용히 말을 하게. 자네 때문에 난 벌써 종이 두 장을 버렸
네."

"아, 죄송합니다. 표트르 니콜라이치! 조용히 하지요."

서기는 이렇게 말하고는 거의 귓속말로 말을 계속했다.

"그런데, 있잖아요, 그리고리 사비치, 안주를 먹는 것도 방법을
알고 있어야 해요. 안주로 무얼 먹어야 하는지 알아야만 합니다.
만약 알고 싶다면, 가장 좋은 안주는 청어지요. 썰어놓은 양파나
겨자를 넣은 소스를 곁들여 청어를 한 입 먹으면, 지금도 말이죠,
뱃속에서 찌르르 하는 전류를 느끼게 돼요. 그러고는 캐비어를 그
대로 먹든가, 원한다면, 레몬을 함께 먹고 나서 보통 무를 소금에
찍어서 먹고, 또 다시 청어를 먹는 겁니다. 그러나 무엇보다 좋은
것은 소금에 절인 버섯을, 그것도 만일 캐비어처럼 조그마하게 썰
어서, 아시겠죠, 양파와 함께 최고급 올리브 기름을 곁들여 먹으
면…… 그 맛은 각별하지요. 하지만 구운 간은 끔찍해요!"

"음- 그래요." 명예 치안 판사가 눈을 가느다랗게 뜨면서 동의했

다. "안주로는 절인 흰 버섯도 좋아요."

"네, 네, 그렇지요……. 양파와 월계수 잎과 갖가지 양념을 넣은 것 말이죠. 스튜냄비를 열면 거기에서는 뜨거운 김과 버섯 냄새가 확 밀려 나오고……. 정말이지 눈물이 쏟아져 나올 지경이지요! 그러는 동안 준비된 쿨레뱌카*를 부엌에서 가져오면 그 즉시 두 번째 술잔을 들이 마셔야 합니다."

"이반 구리치!" 성가신 듯한 목소리로 의장이 말했다. "자네 때문에 나는 세 번째 종이를 버리고 말았네!"

"제기랄, 오로지 먹을 것만 생각하고 있는가 보군!" 철학자 밀킨이 경멸하듯이 이마를 찌푸리며 투덜거렸다. "정말로 버섯과 쿨레뱌카 외에는 관심을 둘 다른 일이 없나?"

"그러니까요. 쿨레뱌카를 앞에 놓고 마셔야 하지요."

서기는 소근거리며 말을 계속했다. 그는 너무나 열중한 나머지 노래하는 종달새처럼 자기 목소리 외에는 아무런 소리도 듣지 못했다.

"쿨레뱌카는 무조건 맛있죠. 우리는 그 마성의 맛에서 벗어나질 못하죠. 한 쪽 눈을 감고 이렇게 파이를 한 조각 떼어서 손가락으로 요렇게 살살 만지작거리면 행복해집니다. 그걸 입에 넣으면, 기름이……. 파이 속은 달걀과 고기의 내장과 양파가 잔뜩 들어 있고 육즙이 풍부하죠……."

---

* 안에 양배추 등 다양한 소를 넣은 러시아식 파이.

서기는 눈알을 굴리면서 입을 귀밑까지 일그러뜨렸다. 명예 치안 판사는 아마도 쿨레뱌카를 상상하고 있었던지 한숨을 푹 내쉬면서 손가락을 까딱거리고 있었다.

"이런 제기랄……."

지역 판사는 중얼거리면서 다른 창문 쪽으로 옮겨 갔다.

"두 조각을 먹고는 세 번째 조각은 야채 수프를 마실 때 먹으려고 남겨 두지요." 서기는 열심히 말을 이어갔다. "쿨레뱌카를 다먹고 나면 식욕이 떨어지지 않도록 즉시 야채 수프를 달라고 하세요. 야채 수프는 아주 뜨거워야 해요. 소(小)러시아*의 방식대로 햄과 소시지를 넣고 비트로 만든 보르시치 수프가 가장 좋지요. 거기에다 스메타나**와 허브를 넣은 파슬리를 곁들이는 거죠. 내장과 신선한 간을 넣어 만든 라스솔리니크***도 근사하죠. 만약 유럽식 수프를 좋아하신다면 수프 중에서 가장 좋은 것은 뿌리와 잎사귀를 같이 넣은 것이죠. 예를 들어서 당근, 아스파라거스, 콜리플라워 같은 법리학적으로 유사한 것들 말이예요."

"참 근사한 음식이지……." 의장이 종이에서 눈을 떼고 한숨을 내쉬었다. 그러나 곧 제정신을 차리고 말했다. "여보게, 제발 부탁이네! 이렇게 하다가 난 저녁때까지도 소수의견을 다 작성하지 못하겠네! 네 장째 버리고 있다구!"

---

* 우크라이나

** 러시아식 샤워 크림(sour cream).

*** 소금에 저린 오이를 기본으로해서 만든 러시아식 수프.

"네, 알겠어요, 안 그럴게요! 죄송합니다!"

서기는 사과를 하고는 또 계속해서 속삭였다.

"보르시치 수프나 유럽식 수프를 다 먹으면 바로 생선 요리를 가져 오라고 하세요. 생선 요리 중에 최고는 말입니다, 판사님, 당연 스메타나로 양념해서 튀긴 붕어죠. 흙냄새를 제거하고 살을 부드럽게 만들기 위해서는 붕어를 살아있는 상태로 우유에 넣고 하루를 꼬박 두면 됩니다."

"철갑상어 구이도 훌륭하죠."

명예 치안 판사가 눈을 감은 채 말했다. 그러나 모두들 예상치 못한 상태에서 그는 돌연 자리에서 벌떡 일어나더니 험악한 얼굴 표정을 지으며 의장을 향해 소리질렀다.

"표트르 니콜라이치, 아직 멀었소? 난 더 이상 기다릴 수 없소! 기다릴 수 없다고요!"

"조금만 기다려 주세요!"

"그럼, 난 가겠소! 당신 일이 어찌되든 내 알 바 아니죠!"

뚱뚱보는 손을 내저으면서 모자를 집어 들고 인사도 하지 않은 채 방에서 뛰다시피 나갔다. 서기는 한숨을 내쉬고 몸을 숙이고는 차장검사의 귀에 나직한 목소리로 말을 계속했다.

"토마토와 버섯으로 만든 소스를 친 농어나 잉어도 좋아요. 그러나 생선만 가지고선 양이 차지 않습니다. 스테판 프란츠이치. 이 생선 요리는 그다지 중요한 게 아닙니다. 점심에서 메인요리는 생선도, 소스도 아닌 고기 요리죠. 당신은 어떤 새고기를 제일 좋아하십니까?"

차장검사는 얼굴을 찌푸린 채 한숨을 내쉬면서 말했다.

"불행하게도 난 당신의 말에 동의할 수 없습니다. 나는 위 카타르를 앓고 있습니다!"

"그게 무슨 말씀입니까? 위 카타르라는 병명은 의사들이 생각해 낸 것입니다! 무엇보다도 자유사상과 오만 때문에 이런 병이 생기는 것이지요. 당신은 걱정할 것이 없습니다. 당신이 식욕이 없고 혹은 구역질이 난다고 합시다. 그래도 걱정하지 말고 드세요. 만약 고기 요리로 두 세 마리의 도요새 고기를, 여기에다 자고새 고기나 두어 마리의 기름진 메추라기 고기를 함께 내 놓으면 당신은 즉시 모든 카타르를 잊어버릴 겁니다. 틀림없어요. 또 기름에 구운 칠면조 고기는 어떠십니까? 희고 기름지고 육즙이 풍부한 것 말이에요……."

"그래요. 아마도 그건 맛있을 것 같네요." 검사가 슬픈 미소를 지으며 말했다. "칠면조 고기라면 나도 먹고 싶소."

"맙소사, 오리 고기는 어떤가요? 첫 추위가 왔을 때 얼음판 위에서 놀고 있는 어린 오리를 잡아서 감자와 함께 네모난 프라이 팬에 볶아 내는데 감자는 잘게 썰어서 붉으스레 변할 때까지 볶고, 그것도 오리 기름이 푹 배도록 볶아내고, 그리고……."

철학자 밀킨은 사나운 표정을 지었다. 아마도 무언가를 말하고 싫어 한 것이 분명하다. 그러나 기름에 구운 오리를 생각했는지 갑자기 입술을 핥고는 아무 말도 없이 어떤 알 수 없는 힘에 이끌려 모자를 집어 들더니 밖으로 달려나갔다.

"그래요, 어쩌면 난 오리를 먹고 싶어하는 지도 모르겠소……."

차장검사가 한숨을 내쉬었다. 의장은 일어나서 거닐다가 또 다시 앉았다.

"고기 요리를 먹고 나면 사람들은 배가 부르면서 달콤하고 몽롱한 상태에 빠져 들게 되지요."

서기는 말을 계속했다.

"그렇게 되면 몸에도 좋고 정신도 만족스러워집니다. 상쾌한 기분으로 끌어 올리려면 세 잔 정도의 곡주를 마시면 되지요."

의장은 끙 하고 앓는 소리를 내더니 종이 위에 마구 선을 그어 댔다.

"여섯 장째 망쳐버렸어." 그는 화를 내며 말했다. "더 이상 참을 수 없네!"

"죄송합니다, 계속 쓰세요, 의장님!" 서기는 속삭였다. "더 이상 말하지 않겠습니다! 조용히 있겠습니다! 양심에 따라 행동하겠습니다, 스테판 프란츠이치." 그러더니 그는 겨우 들릴락말락 하는 작은 목소리로 말을 이어갔다.

"집에서 담은 곡주는 샴페인보다도 맛이 좋지요. 첫 잔을 마시고 나면 신기루 같은 후각이 당신의 온 정신을 휘감아서 당신이 집의 안락의자에 앉아 있는 것이 아니라, 오스트레일리아의 어느 곳에선가 어떤 포근한 타조 위에 있는 것 같은 기분이 들 것입니다."

"에이, 갑시다. 표트르 니콜라이치!"

검사는 더이상 참을 수 없다는 듯 발을 빠르게 놀려대면서 말했다.

"네, 검사님." 서기는 말을 계속했다. "곡주를 마실 때에는 담배를 피우는 것이 좋죠. 게다가 담배 연기로 도넛을 만들어 품어내는 겁니다. 이때 당신은 마치 대원수라도 된 듯한 기분이 들거나 세상에서 가장 아름다운 미인과 결혼을 하고, 이 미인이 온종일 당신 창문 앞에서 그러니까 금붕어들과 함께 수영장에서 헤엄을 치고 있는 것 같은 그런 몽상적인 생각이 머리 속에 떠오르지요. 미인은 수영하고 당신은 그녀에게 '자기, 내게 와서 키스를 해줘요!'라고 말을 하는 거죠."

"표트르 니콜라이치!"

차장검사가 신음하듯 소리쳤다.

"네. 검사님." 서기는 말을 계속했다. "담배를 피우고는 잠옷을 들고서 침대로 가죠. 침대에 등을 대고 반듯이 누워서 신문을 손에 듭니다. 두 눈이 스르르 감겨지고 졸음이 온 몸에 감돌 때는 정치에 관한 기사를 읽으면 유쾌해지지요. 신문에서는, 말하자면 오스트리아는 실수를 하고 프랑스는 누구와 뜻이 맞지 않고, 거기에서 로마교황은 반대로 거슬러 나갔으며…… 등의 기사를 읽고 있으면 가슴이 후련해집니다."

의장은 벌떡 일어나서 펜을 옆으로 내던지고 두 손으로 모자를 집어 들었다. 자신의 카타르 병을 잊고서 초조함으로 몸이 마비되어 있던 차장검사도 역시 일어났다.

"갑시다!" 그는 외쳤다.

"표트르 니콜라이치, 소수의견서는 어떻게 된 겁니까?" 서기가 놀래서 말했다. "언제 쓰시려고요? 여섯 시에 시내로 가야 하지 않나요!"

의장은 손을 내저으며 문을 향해 뛰어나갔다. 차장검사도 손을 내젓고는 자기 가방을 들고 의장과 함께 사라졌다. 서기는 한숨을 내쉬고 꾸짖기라도 하듯 그들 뒤를 바라보다가 종이를 치우기 시작했다.

이오느이치

1.

군소재지인 S시를 찾아 온 외부사람들이 이 도시의 생활은 단조롭고 재미가 없다고 불평을 해댄다면, 이곳 주민들은 그게 어디 말이 될 법이나 한 소리냐고 변명이라도 하듯, 오히려 S시에는 도서관이니 극장이니 클럽 같은 것이 있고, 또 무도회도 가끔 열리곤 해서 괜찮은 편이라고 말했다. 정 그렇게 따분하다면 재미있고 톡톡 튀는 즐거운 가정들이 많이 있으니, 그들과 친분을 맺을 수 있으며 그중 가장 교양있고 재치 넘치는 가정으로 투르킨 가족을 예로 들곤했다.

이 가족은 시내 중심지의 현지사 관사 옆에 저택을 두고 있었다. 이반 페트로비치 투르킨으로 말하자면 뚱뚱하고 풍채 좋은 체구에다 구리빛으로 그을린 얼굴에 구레나룻 수염을 기르고 있는 사내인데, 자선을 목적으로 촌극들을 발표하고는 자신이 직접 장군 역할을 맡아서 하기도 했다. 그는 역할 연기를 할 때면 그럴 듯

하게 우스꽝스러운 몸짓으로 거드름을 피우며 기침을 해대곤 했다. 그는 많은 재담과 수수께끼, 그리고 격언들을 알고 있었으며 농담을 좋아했고 너스레를 잘 떨었다. 그래서 항상 그가 짓는 표정을 보면 농담을 하는 건지 진담을 하는 건지 도무지 분간하기 곤란한 적이 많았다. 그의 아내 베라 이오시포브나는 약간 야윈데다가 테가 없는 코안경을 걸친 친절한 부인이었는데, 단편이나 장편소설을 써서 손님들에게 읽어주는 것을 낙으로 삼고 있었다. 딸 예카테리나 이바노브나는 어린 처녀이며 피아노를 연주하곤 했다.

한마디로 말해 가족들은 누구나 재간을 한 가지씩 갖고 있었다. 투르킨 가족은 찾아오는 손님을 환대하면서 손님들에게 자신들의 재능을 소박한 감정에서 즐겁게 자랑하곤 했다. 그들의 큰 석조 건물 집은 안으로 들어가면, 휑하니 넓은 것이 여름철에는 서늘하고, 창문들은 절반 가량 봄이면 꾀꼬리가 울어대는 녹음이 우거진 오래된 정원을 향하고 있었다. 손님들이 집에 들어오면 부엌에서는 칼도마 소리가 요란하게 들렸고, 뜰에서는 기름에 볶는 음식냄새가 구수하게 풍겨 왔다. 그리고 이것들은 매번 먹음직스럽고 맛있는 저녁 식사를 예고해주는 것이었다.

드미트리 이오느이치 스타르체프가 공의(公醫)로 임명되어 S시에서 9킬로미터 떨어진 잘리지 마을에 부임해 왔을 때, 사람들이 권하기를, 교양있는 인텔리겐챠라면 마땅히 투르킨 가족과 서로 왕래 하는 것이 옳을 거라고 말했다. 어느 겨울철에 거리에서 그는 이반 페트로비치를 소개받고 날씨와 극장과 콜레라에 대해서 이야기를 나눈 후 페트로비치의 집에 초대를 받았다. 봄철의 축제일인 부활절에 이오느이치는 환자들의 진료가 끝나자 바람도 쐬고 물건도 살겸해서 현청 소재지로 떠났다. 그는 천천히 걸어가면서 (아직 그에겐 마차가 없었다) 가는 동안 내내 줄곧 노래를 흥얼거렸다.

살아가는 동안 난 아직
인생의 쓴 잔을 맛보지 못했네…….

그는 시내에서 점심을 먹고 잠시 공원을 거닐고 있었다. 그러다 문득 투르킨이 자신을 초대한 일이 생각나자 투르킨 가정을 방문하여 그들이 도대체 어떤 사람들인지 알아보기로 마음을 먹고 발걸음을 돌렸다.

"어서 오십시오"

투르킨 씨는 현관에서 그를 맞이하며 말했다.

"귀중한 손님을 만나게 되어서 대단히 기쁩니다. 어서 들어갑시다. 당신을 아내에게 소개하지요. 여보, 부인."

그는 자기 아내에게 의사를 소개하면서 말을 계속했다.

"제가 손님께 말씀드리고 싶은 건 의사라고 해서 밤낮 병원 일에만 매달려 있으란 법은 없다는 겁니다. 여가만 있다면 반드시 사람들과 친분을 나누며 지내야 해요, 안 그래요, 여보?"

"여기 앉으세요."

베라 아오씨포브나는 자기 옆 자리를 손님에게 내 주면서 말했다.

"당신은 저에게 특별히 친절하게 대해 주시겠죠? 제 남편은 오셀로 (섹익스피어의 회곡에서 질투심 많은 주인공)처럼 질투가 심하답니다. 하지만 우리는 저 이가 눈치를 채지 못하도록 조심해서 행동하면 되지요."

"아 원, 방정맞은 소릴 하고 있군……." 투르킨 씨는 다정한 표정으로 중얼거리면서 아내의 이마에 키스를 했다.

"마침 잘 오셨어요." 주인은 다시 손님을 향해 말했다.

"제 아내가 굉장한 장편소설을 썼는데 오늘은 그것을 낭독하기로 한 날입니다."

"이반!"

베라 이오시포브나는 프랑스어로 남편에게 말했다.

"dites quel' on nous donne du the (차를 가져 오라고 하세요.)"

그들은 자기 딸 예카테리나 이바노브나를 이오느이치 스타르체프에게 인사시켰다. 예카테리나는 자기 엄마를 닮은 약간 야윈 몸매의 열여덟 살 먹은 귀여운 처녀였다. 표정에서는 아직도 소녀 티가 나며 허리가 가늘고 날씬했다. 아직 어린 나이지만 벌써 성숙해서 매력적이고 볼록한 가슴은 한창 물이 오른 청춘기에 있음을 말해주고 있었다. 그들은 잼과 꿀, 과자, 그리고 입에 들어가자 마자 녹는 비스킷을 곁들여 차를 마셨다.

저녁때가 되자 손님들이 점차 모여 들었다. 투르킨 씨는 찾아오는 손님마다 맞이하면서 눈에 온화한 미소를 지으며 인사를 건넸다.

"안녕하세요? 어서 오세요."

그렇게 모인 사람들이 진지한 얼굴표정을 하고 거실에 앉자 베라는 자신이 창작한 장편소설을 낭독했다.

"매서운 추위가 닥쳐오고……."

부인은 장편소설을 읽기 시작하였다.

창문들이 활짝 열려 있어 부엌에서 칼도마질하는 소리가 들려왔고, 기름에 양파를 볶는 냄새가 구수하게 풍겨왔다. 푹신푹신해서 깊숙이 파묻히는 안락의자는 편안해서 계속 앉아있고 싶은 기분이 들었고, 램프는 황혼이 깔린 거실을 포근하게 비쳐주고 있었다. 그러나 거리에서 사람들의 이야기 소리와 웃음 소리가 들려오고 뜰에서는 라일락꽃 향기가 풍겨오는 어느 여름날 저녁에, 하필이면 매서운 추위가 닥쳐오고 저물어 가는 해가 눈덮인 벌판과 갈길을 재촉하는 외로운 나그네에게 차가운 빛을 비추는 겨울 풍경을 머리 속에 떠올리기란 힘든 일이었다. 베라 이오시포브나는 주인공인 젊고 아름다운 백작 부인이 자기 마을에 학교와 병원과 도서관을 세우고 떠돌이 화가를 사랑하게 된 사연을 낭독하였다. 그녀가 낭독하는 사건의 장면은 실제 생활에서는 결코 존재하지 않는 그런 것이었다. 어쨌든 듣기에는 기분이 좋고 그럴 듯했으며 듣는 사람으로 하여금 편안하고 감명 깊은 생각이 들도록 했기 때문에 자리에서 일어나고 싶은 마음은 없었다.

"괜찮은 걸……." 하고 투르킨 씨가 조용히 말했다.

그러자 손님 가운데 한 사람이 낭독하는 것을 들으면서도 뭔가 다른 생각에 몰두하고 있었던 것처럼 겨우 들릴락 말락한 소리로 중얼거렸다.

"정말이지……. 그럴 듯 하긴 해……."

한 시간이 지나고 두 시간이 흘러갔다. 인접한 시립공원에서는 오케스트라의 음악이 울리고 합창단의 노래소리가 들렸다. 베라 이오시포브나가 소설 낭독을 끝마쳤을 때, 손님들은 5분 정도 말없이 앉아서 합창단이 노래하는 〈루치누쉬까(모닥불)〉를 듣고 있었다. 이 노래는 부인의 소설에는 없지만 실제생활 속에서는 때때로 존재한다는 사실을 전해주고 있었다.

"부인께선 글을 잡지에도 발표하시나요?" 이오느이치가 베라 이오시포브나에게 물었다.

"아뇨." 그녀가 대답했다. "아무데도 발표하지 않아요. 그냥 써서 책장 속에 처박아 두지요. 발표는 해서 뭐하게요?" 그녀는 그 이유를 설명했다. "그렇게 안해도 우리는 충분히 먹고 살만 하거든요."

그러자 손님들은 웬일인지 모두 한숨을 쉬었다.

"얘야, 애교많은 아가씨, 이젠 네 차례란다. 아무거나 연주해

보렴."

투르킨 씨는 딸에게 말했다.

예카테리나는 피아노 뚜껑을 열고 미리 준비해둔 악보를 펼치더니 의자에 앉아 두 손으로 건반을 힘껏 두드렸다. 이어서 다시 한 번 온힘을 다해 두드렸다. 또 한 번, 그리고 또 한 번……. 그녀의 어깨와 가슴은 바르르 떨렸다. 그녀는 먀냥 같은 곳만을 완강하게 두드려댔는데 피아노의 건반이 안으로 깊이 박혀 버리기 전에는 도저히 멈추지 않을 것만 같았다.

거실은 천둥소리로 가득 찼다. 마루도, 천정도, 가구들도……. 모든 것들이 울렸다. 예카테리나는 길고 단조롭지만 난해하면서도 흥미로운 급조곡을 연주하고 있었다. 이오느이치는 피아노 소리를 들으면서 높은 산마루에서 바윗돌들이 무너져 계속 굴러 떨어지는 장면을 연상하였다. 그는 제발 그 바윗돌들이 빨리 굴러 떨어져서 그만 멈추기를 바라는 심정이었다. 그와 동시에 그는 긴장한 나머지 벌겋게 달아오른 얼굴에 이마에는 앞머리카락이 흐트러져 있는 강렬하고 열정적인 예카테리나가 몹시 마음에 들었다. 잘리지의 환자들과 농부들 틈바구니에서 겨울을 보내다가, 오늘 이 거실에 앉아 젊고 아름다운데다 사뭇 순결하기까지 한 존재를 바라보는 것, 소란스럽고 따분하기는 하지만 어딘가 문화적인 냄새가 나는 음악을 듣는다는 건 아무튼 그에게는 유쾌하고 참신한 것이었다…….

"오늘은 특히 더 잘하는 구나, 응?"

자기 딸이 연주를 끝마치고 일어섰을 때, 투르킨 씨는 눈물을 글썽거리며 말했다.

"죽어버려, 데니스! 이보다 더 이상 훌륭하게는 작곡하지 못할 것이니."*

손님들은 그녀를 둘러싸고 축하인사를 보내며, 그 재능에 적이 놀라워하면서 이런 음악은 한 번도 들어본 적이 없었노라고 서로들 말을 주고 받았다. 그녀는 넌지시 미소를 지은 채 말없이 듣고만 있었는데, 자못 흡족해 하는 표정이었다.

"참 훌륭해요! 굉장한데요!"

"참 훌륭합니다!" 이오느이치는 방안의 열광적인 기분에 휩쓸려서 덩달아 말했다.

"어디에서 음악을 배우셨지요?" 하고 예카테리나에게 물었다.

"음악학교인가요?"

"아니에요. 저는 음악학교에 입학할 준비를 하고 있을 뿐에요. 지금은 이곳의 자블로프스카야 부인한테 배우고 있어요."

"당신은 이곳에서 고등학교를 졸업했나요?"

"아, 아니에요!" 딸을 대신해서 베라 이오시포브나가 대답했다.

"우리는 선생님들을 집으로 모두 초빙했답니다. 고등학교나 전문학교에서는 당신도 아시다시피 애들에게 좋지 않은 영향을 줄

---

* 데니스 폰비진(1745~1794)의 희곡 〈미성년〉에 나오는 대사.

수 있잖아요. 여자아이는 숙녀가 되기까지 엄마 한 사람의 보살핌을 받아야 하거든요."

"그렇지만 어쨌든 음악학교에는 꼭 가고야 말겠어요." 예카테리나가 말했다.

"애야, 그게 무슨 소리냐, 우리 저 애는 엄마를 사랑한답니다. 저 앤 엄마, 아빠 말을 거역하지 않으니까요."

"아녜요. 전 가겠어요! 가고야 말겠어요!"

예카테리나는 어리광을 피우며 말하곤 귀엽게 두 발을 동동 굴렸다.

저녁식사가 끝나자 투르킨 씨가 자신의 재간을 보여주기 시작했다. 그는 그저 눈으로만 웃음지으며 재담을 늘어놓기도 하고 너스레도 떨고 우스꽝스런 퀴즈를 내놓고는 자기가 그 퀴즈를 풀기도 했다. 그는 스스로 머리를 쥐어짜며 고심끝에 연습해 둔 자기만의 독특한 말투, 분명히 오래 전부터 이미 그의 습관이 되어버린 듯한 그런 이상한 말투로, 예를 들면, '어마어마한(볼쉰스키)', '괜찮아요(네두르스트벤노)', '당신들을 놀래게 해 감사한 말씀이다(포코르칠로 바스 블라가가다류) ……'. 따위의 말을 버무려서 했다.

그러나 이것이 전부는 아니었다. 배가 불러 만족스런 기분으로 손님들이 현관에서 외투와 지팡이를 찾고 있을 때, 파블류샤(집에서는 이 아이를 '파바'라고 불렀다)가 손님들의 시중을 들고 있었다. 아이녀석은 머리를 짧게 깎고 불에 피둥피둥 살이 오른 열네

살 먹은 소년이었다.

"얘, 파바야, 재롱을 좀 떨어봐라!" 하고 투르킨 씨가 말했다.

파바는 자세를 바로 잡더니 한 손을 높이 쳐들고는 애절한 목소리로 이렇게 소리쳤다.

"불길한 것들아, 사라져 버려라!"

그러자 모두들 왁자지껄하게 웃어댔다.

'재미있군.'

이오느이치는 밖으로 나오면서 생각했다. 그는 레스토랑에 들러 맥주를 마시고는 자기 집이 있는 잘리지를 향해 터벅터벅 걸었다. 그는 길을 걸으면서 줄곧 노래를 흥얼거렸다.

"그대 목소리 정답고도 애처로워라……."

10리 남짓한 길을 걸어가서 자리에 누워서도 그는 조금도 피로를 느끼지 않았으며 오히려 흡족한 기분으로 아직 20리는 더 걸어갈 수 있을 것만 같이 느껴졌다.

'괜찮은 걸.' 그는 어슴프레 잠이 들면서 이렇게 회상하고는 얼굴에 웃음을 지었다.

2

그후 이오느이치는 투르킨의 가정을 방문하려 했으나 병원의 업무에 떠밀려서 도저히 시간을 낼 수가 없었다. 그렇게 노동과 고독 속에서 일 년이 지나갔다. 그런데 뜻밖에 현 소재지로부터 파란색 봉투의 편지가 배달되었다…….

베라는 오래 전부터 편두통 때문에 고통을 호소하고 있었다. 그런데 근래에 와서 애교쟁이 딸이 음악 학교에 가겠노라고 매일같이 졸라대면서부터는 발작이 더욱 빈번해졌다는 것이다. 도시의 의사라는 의사는 모두 모셔와서 진찰을 받아보았지만 효력이 없자 마침내는 시골 군립병원 의사의 차례까지 오게 되었다. 베라 이오씨포브나가 그에게 써보낸 감명 깊은 편지에는 '부디 오셔서 제 병의 고통을 덜어주세요'라고 간청하는 말이 들어 있었다. 이오느이치는 왕진을 갔다. 그 후부터는 투르킨 가정에 자주, 매우 빈번하게 찾아가게 되었다……. 그가 베라에게 어느 정도 도움을 준 것만은 사실이었지만, 부인은 이오느이치가 특별하고 비상한 능력이 있는 명의라고 손님들에게 수선을 떨곤 했다. 그러나 의사는 이미 부인의 편두통 때문에 투르킨 가정을 찾아오는 것만은 아니었다…….

축제일이었다. 예카테리나는 오랜 시간에 걸친 고달픈 피아노 레슨을 마쳤다. 그리고 일행은 오랫동안 식당에 앉아서 차를 마셨다. 투르킨 씨는 우스갯소리를 하고 있었다. 때마침 초인종이 울렸다. 손님을 맞으러 누군가 현관으로 나가야 했다. 이오느이치는 이 혼란스러운 순간을 이용하여 예카테리나에게 귓속말을 했다.

"제발 부탁입니다. 저를 괴롭게 하지 말아요. 잠깐 정원으로 나가요!"

그녀는 이오느이치가 자기에게 도대체 무슨 볼일이 있을까 하고 의아해하는 표정으로 어깨를 으쓱하더니 마지못해 일어나서 걸어갔다.

"당신은 피아노 앞에 한 번 앉으면 서너 시간씩 치는군요."

이오느이치는 그녀의 뒤를 따라가며 말했다.

"그러고나면 엄마 옆에 앉아 있기나 하고. 당신과 이야기할 틈이 이렇게도 없어서야, 어떻게! 십오 분만 저에게 시간을 주실 수 없습니까? 이렇게 사정하지 않아요?"

가을이 찾아와 오래된 정원은 조용하고 우울했으며, 가로수길에는 검은 색으로 변한 나뭇잎들이 쌓여 있었다. 어느덧 해도 저물어 있었다.

"만난 지가 벌써 일주일이나 지났군요."

이오느이치는 말했다.

"제가 얼마나 애태우며 지내는지 알아주시면 좋겠어요! 잠깐 앉아서 제 말을 들어보세요."

정원에는 두 사람이 자주 가는 장소가 있었다. 나무가지가 넓게 펼쳐진 늙은 단풍나무 아래 벤치였다. 이번에도 두 사람은 그 벤치에 앉았다.

"무얼 원하시는 거예요?"

예카테리나는 사무적으로 쌀쌀맞게 물었다.

"일주일 동안 만나지 못했고 당신 목소리를 들은 지도 오랫만입니다. 당신 목소리가 듣고 싶어 견딜 수가 있어야지요. 말 좀 해보세요."

그를 애가 타게 하는 것은 그녀의 청순한 모습과 눈과 볼이 자아내는 순진한 표정이었다. 그녀의 옷차림새 역시 그에게는 다정하고 가슴을 울리는 순수함과 우아함에 대한 감정을 불러일으켰다. 이런 순진무구함 외에도 그녀는 나이에 어울리지 않게 매우 영리하고 지적인 여자로 보였다. 그녀라면 문학이며 미술이며, 무슨 이야기라도 서로 말이 통할 것 같았고, 사람들과 만나며 부대끼면서 생기는 불평들을 털어놓을 수 있을 것 같았다. 그러나 이야기하는 도중에 그녀가 갑자기 이유없이 깔깔대며 웃거나 집으로 뛰어들어간 적도 있었다. 그녀는 S시의 거의 모든 처녀들이 그렇듯 독서하기를 매우 좋아했다(대부분 S시 주민들은 책을 잘 읽지 않았다. 그래서 처녀들과 젊은 유대인들이 없다면, 이곳 도서관들은 문을 닫아야 한다는 얘기들이 나오기도 했다). 이 역시 이오느이치가 마음에 쏙 들어하는 점이었기에 그는 만날 때마다 그녀에게 최근에 무슨 책을 읽었느냐고 물어보고는, 그녀가 이야기를 해주면 황홀한 표정으로 귀를 기울였다.

"이번 주에는 무슨 책을 읽으셨나요?" 그가 물었다. "말씀 좀 해보세요."

"피셈스키의 소설을 읽었어요."

"어떤 소설인데요?"

"《천 명의 노예》라는 소설이에요." 애교쟁이 아가씨는 대답했다.

"그런데 피셈스키라는 작가의 이름이 참 우스꽝스럽지 않나요? 알렉세이 페오필라키티치라는 이름 말이에요!"

"그런데 어디 가세요?"

그녀가 갑자기 일어나 집 쪽으로 걸음을 옮기자 이오느이치는 깜짝 놀라 소리쳤다.

"이야기할 게 있는데요. 지금 꼭 들으셔야 합니다. 5분만 시간을 내주세요! 제발요!"

그녀는 무슨 말을 하고 싶은 듯 잠시 걸음을 멈추었다가 어색하게 이오느이치의 손에 쪽지를 건네주고 집으로 달려가 또다시 피아노 앞에 앉았다.

'오늘밤, 11시에요.' 이오느이치는 쪽지를 읽었다.

'공동묘지에 있는 데메티 기념비 옆에 서 계세요.'

'아니야, 이건 현명한 처사라고 볼 수 없군.'

그는 정신을 가다듬으며 생각했다.

'무엇 때문에 공동묘지로 나오라는 거지? 도대체 무슨 일로?'

분명한 것은 애교쟁이 아가씨가 장난을 치고 있다는 것이다. 거리에서든, 공원에서든 쉽게 만날 수 있는데 굳이 한밤중에, 그것도 시내에서 멀리 떨어진 공동묘지로 나오라니, 이건 아무래도 정신이 멀쩡한 사람의 발상은 아닌 것이다. 게다가 한숨을 내쉬고 쪽지를 받아들고 공동묘지를 배회하는 것이 군립의사인 현명하고 성실한 사람에게 어울리기나 한단 말인가? 중학생들도 비웃을만한 망측한 일이 아닌가! 이 사랑놀음은 나를 어떤 꼬락서니로 만들려고 이러는 것일까? 동료들이 이런 사실을 알게 된다면 뭐라고 말할까? 이오느이치는 클럽의 탁자 주위를 이리저리 왔다갔다 하며 이런 생각을 했다. 하지만 열시 반이 되자 돌연 일어나 공동묘지로 떠났다.

그에게는 이미 쌍두마차가 있었고, 비로드 조끼를 입은 판첼레이몬이라는 마부를 두고 있었다. 달이 휘영청 환하게 떠 있었다. 조용하고 따뜻했지만, 그것은 가을의 따스함이었다. 변두리의 도살장에서 개들이 짖어댔다. 이오느이치는 시내가 끝나는 지점의 한 골목 어귀에서 마차를 멈추게 하고 걸어서 묘지로 향했다.

'사람들마다 누구든지 이상한 점을 갖고 있긴 해.'

그는 생각했다.

'애교쟁이 아가씨도 꽤나 독특해. 누가 알겠어. 장난친 게 아니라 진짜로 나타날지도 모르잖아.'

그는 이렇게 허황된 실낱 같은 희망에 잠겨있었다. 그녀에게 홀딱 빠진 것이었다.

5백 미터쯤 그는 들판을 걸어갔다. 저 멀리 공동묘지의 모습이 숲이나 정원처럼 까만 띠 모양으로 보였다. 이윽고 하얀 돌담과

묘지 정문이 나왔다.

'~할 때가 오리니'라고 정문에 씌어진 글자들이 달빛에 비쳐 눈에 들어왔다. 이오느이치는 쪽문으로 들어갔고, 맨 처음 보게 된 것은 널따란 가로수길 양쪽에 줄줄이 서 있는 하얀 십자가와 묘비들, 포플러가 드리운 검은 그림자였다. 주위에는 저 멀리까지 온통 흰색과 검은색뿐이고 잠든 나무들은 흰색을 배경으로 가지를 드리우고 있었다. 들판보다 이곳이 오히려 더 훤한 것 같은 느낌이었다. 짐승의 발 모양을 한 단풍잎들이 가로수 길의 황금빛 모래 위에도, 묘비 위에도 뾰족한 그림자를 던졌고, 묘비의 글자도 선명했다. 묘지에 들어서자마자 이오느이치는 난생 처음 자신이 보고 있는 광경, 앞으로 아마도 두 번 다시 볼 기회가 없을 것이라고 생각되는 이런 광경에 감동받았다. 그것은 다른 어떤 것과도 비교할 수 없는 세계로서, 마치 달빛의 요람인 양 달빛이 참으로 아름답고 다정다감한 세계였다. 그리고 삶이란 전혀 찾아볼 수 없지만 검은색 포플러나무마다, 무덤 하나하나마다 고요하고 아름답고 영원한 삶을 기약하는 신비스러움이 깃들어 있음을 느낄 수 있는 그런 세계였다. 묘비와 시들어버린 꽃에서도, 가을의 나뭇잎 냄새와 함께 용서와 슬픔 그리고 안식이 숨 쉬고 있었다.

주위는 적막했다. 이 깊은 적막 속에 하늘의 별들이 내려다보고 있었고, 이오느이치의 발소리만이 아주 날카롭고 섬뜩하게 퍼져나갔다. 교회 종소리가 울리자 그는 신이 죽어서 이곳에 영원히 머물러 있는 것 같은 생각이 들었다. 그러자 문득 누군가 자기를 가만히 쳐다보고 있다는 느낌이 들었다. 그리고 그것은 안식이나, 적막함이 아니라 실제로는 망자들의 소리 없는 애수이자 억눌러진 절망이라는 상념이 떠올랐다.

예배당처럼 생긴 데메티 추모비 끝에는 천사 조각상이 붙어 있었다. 언젠가 이탈리아 오페라단이 S시에 들른 일이 있었는데, 여가수 한 사람이 객사하여 이곳에 묻혔고 추모비가 세워진 것이다. 이제 S시에는 그 여가수를 기억하는 사람이 아무도 없지만, 입구 위에 매달린 등불이 달빛에 반사되어 마치 불이 켜져 있는 것처럼 보였다.

사람은 아무도 없었다. 사실 누가 한밤중에 이런 곳에 찾아오겠는가? 하지만 이오느이치는 기다렸다. 마치 달빛이 그의 열정에 불을 붙이기라도 한 듯 애타는 마음으로 기다리며, 키스와 포옹을 하는 모습을 상상하고 있었다. 그는 추모비 옆에 30분 정도 앉아 있다가 이윽고 모자를 손에 쥐고 오솔길을 따라 이리저리 옮겨가며 내려왔다. 하지만 마음속으로 여전히 그녀를 기다리며 이런 생각을 하였다.

'도대체 이곳 묘지에는 얼마나 많은 여인과 처녀들이 고요히 영면하고 있을까?' 그들도 한때는 아름답고 매력이 넘쳤으며 밤마다 애무를 받으며 정열을 불태웠을 텐데. 만물의 어머니인 자연은 이렇듯 인간을 짓궂게 놀리는 것을 자신의 본질로 삼고 있는 걸까?

그렇다면 이런 내 모습은 얼마나 추한가?'

이오느이치는 이런 생각을 하면서도 다른 한편으로는 무슨 일이 있어도 이 사랑을 성취하겠다고 소리 높여 외치고 싶었다. 이미 그의 눈앞에 하얗게 보이는 대리석 조각은 여인의 풍만한 육체로 여겨졌다. 그는 그들이 부끄러워 나무 그림자에 몸을 숨기는 것을 보았고 따뜻함을 온몸으로 느꼈다. 그러자 욕정이 더욱 불끈 달아올랐다.

바로 그때 커튼막이 내려오듯 구름이 달을 가리고 사방이 갑자기 어두워졌다. 이오느이치는 간신히 출구를 찾아 나왔고 -캄캄한 가을밤 이였다-마차가 있는 골목을 찾아 30분을 더 헤매었다.

"아아, 피곤해, 서 있기도 힘들군."

그는 판첼레이몬에게 말했다.

그리고 마차에 편하게 앉으면서 생각했다.

"제기랄, 더 이상 살이 찌면 안되겠는걸!"

3

다음날 저녁 그는 청혼을 하기 위해 투르킨 씨 집을 찾았다. 그런데 공교롭게도 예카테리나는 미용사를 불러 자기 방에서 머리 손질을 하는 중이었다. 클럽의 무도회에 갈 준비를 하고 있었다.

또 다시 오랜 시간을 응접실 탁자에 앉아 차를 마셔야만 했다. 이반은 손님이 생각에 잠겨 우울해 보이자 조끼 주머니에서 쪽지를 꺼내 읽었다. 그 쪽지는 독일인 영지 관리인이 보낸 편지로, '영지에 있는 자물쇠는 모조리 부서졌고 벽도 칠이 다 벗겨 졌습니다'라는 우스꽝스런 내용을 담고 있었다.

'지참금이 꽤 될거야, 아마.'

이오느이치는 듣는 둥 마는 둥 하며 이런 생각을 하고 있었다. 지난밤을 거의 뜬눈으로 보내다시피 했으므로 그는 머리가 어지럽고, 달콤한 마취제에 취한 것 같은 상태였다. 가슴에 안개가 피어오른 것처럼 몽롱했지만 그래도 따스하고 즐거운 기분이었다. 하지만 다른 한편으로 머리에서는 뭔가 싸늘하고 무거운 덩어리가 내리누르며 이렇게 말하는 것 같았다.

'여기서 그만두시지. 더 늦기 전에 말이야. 그 여자가 너한테 어울릴 것 같아? 그녀는 어리광을 부리며 자란 변덕이 심한 아가씨에다 낮 두시까지 자는 여자인데, 너는 고작 교회 집사의 아들로 시골 의사에 지나지 않잖아!'

'그게 어때서? 무슨 상관이야!'

그는 생각했다.

'그뿐이 아니지. 네가 그 여자와 결혼하게 되면 처가에서는 시골 병원을 버리고 도시로 들어오라고 할 걸!'

'도시로 옮겨가면 되지. 지참금도 꽤 가져올 것이고, 그것으로

104

번듯하게 사는 거지, 뭐!'

마침내 어깨가 드러난 무도회용 드레스를 입은 예카테리나가 상큼하고 예쁜 모습으로 들어오자, 이오느이치는 말 한마디 못하고 그녀를 바라보며 싱글벙글 웃을 뿐이었다.

그녀가 다녀오겠다고 말하자, 그도 여기에 남아 있을 필요가 없으며, 환자가 기다리고 있기 때문에 집으로 돌아가야겠다고 말했다.

"할 수 없군요."

이반은 말했다.

"그럼 가셔야지요. 아, 마침 가시는 길에 애교쟁이 아가씨를 클럽까지 바래다주시면 되겠군요."

마당에는 비가 주룩주룩 내리고 있었고 꽤 어두컴컴하여 판첼레이몬의 쉿소리 같은 기침소리를 듣고 마차가 있는 곳을 어림짐작 할 수 있었다. 마차에 휘장을 씌웠다.

"나는 집에서 안방을 지킬 테니, 그대는 기분 좋게 외출을 하시고."

이반이 딸을 마차에 태워주면서 말했다.

"이 분도 기분 좋게 외출을 하시고. 자, 출발! 잘 다녀 오너라."

마차는 떠났다.

"난 어제 공동묘지에 갔습니다."

이오느이치가 말을 꺼냈다.

"당신이 짓궂은 장난을 좋아하시는 분인 줄은 몰랐습니다."

"정말 묘지에 나가셨어요?"

"네, 갔었지요. 거기서 두 시까지 기다렸습니다. 그 때문에 아주 혼났습니다."

"혼 좀 나셔도 무방해요. 그 말이 농담인지 진담인지 분간을 못 하다니, 원!"

예카테리나는 사랑에 빠진 사람을 고소하게 놀려 준데다 이오 느이치가 자기에게 몹시 열을 올리고 있는 것에 만족하여 깔깔거 리고 웃다가 갑자기 비명을 질렀다.

왜냐하면 바로 그때 말이 클럽 출입 정문으로 들어가기 위해 회 전을 하는 바람에 마차가 기우뚱하고 옆으로 기울었기 때문이었 다. 순간 이오느이치는 예카테리나의 허리를 껴안았다. 그는 그만 참지 못하고 그녀의 입술과 턱에 입을 맞추며 그녀를 더욱 세차게 껴안았다.

"이제 그만 좀 하세요, 됐어요."

그녀가 차갑게 쏘아붙였다.

순간 그녀의 모습은 이미 마차 안에서 보이지 않았고, 불 켜진 클럽 주차장 부근에 서 있던 경비원 한 사람이 매우 짜증난 목소리 로 판첼레이몬에게 소리를 질렀다.

"뭐 하고 있는 거야, 이 병신, 빨리빨리 빠져줘야지!"

이오느이치는 집에 들어갔다가 다시 클럽으로 되돌아왔다. 다

른 사람의 연미복을 빌려 입고, 멋대로 흔들리며 칼라에서 빠져나
오려는 뻣뻣한 하얀 넥타이를 매고, 그는 한밤중에 클럽 객실에 앉
아 예카테리나에게 열심히 이야기했다.

"오오, 사랑을 해보지 않은 사람들은 그 감정을 전혀 모르지요!
제 생각에, 어느 누구도 사랑을 올바르게 표현할 수 있는 사람은
아직 없다고 봐요. 또 다정하고 기쁘면서도 괴로운 감정을 표현해
낸다는 것은 거의 불가능할 거예요.

누군가 한번이라도 이런 감정을 가졌다면 그것을 말로 전하려
고 하지는 않을 겁니다. 서론이며 묘사 같은 게 무슨 필요가 있겠
어요? 소용없는 미사여구가 다 뭐란 말입니까? 제 사랑은 끝이 없
습니다. 애원합니다, 제발."

이윽고 이오느이치가 말을 꺼냈다.

"저의 아내가 되어주십시오!"

"드미트리 이오느이치."

예카테리나는 아주 심각한 표정을 짓고 잠시 생각하더니 이렇
게 말했다.

"드미트리 이오느이치, 저는 선생님께 고마운 마음을 갖고 있고
또 선생님을 존경하기도 해요. 하지만 말예요."

그녀는 일어나서 선 채로 말을 계속했다.

"하지만 미안해요. 저는 선생님의 아내가 될 수 없어요. 진지하
게 말씀드리겠어요. 드미트리 이오느이치! 선생님도 아시다시피

저는 무엇보다 예술을 사랑해요. 저는 너무나도 음악을 사랑한 나머지 숭배하고 있어요. 제 인생을 음악에 바쳤어요. 저는 예술가가 되고 싶어요. 저는 명예와 성공과 자유를 원해요. 그런데 선생님은 제가 여전히 이 도시에서 계속 살기를 바라시고, 정말로 참을 수 없는 이 공허하고 무익한 삶이 계속되기를 바라시는 거예요? 아내가 되는 건, 정말 싫거든요, 용서하세요! 인간은 고상하고 빛나는 목적을 향해 나가야만 해요, 하지만 가정은 저를 영원히 구속할 것이 틀림없어요. 드미트리 이오느이치(그녀는 이렇게 부르려고 하다가 살짝 웃음을 지었는데, 그것은 드미트리 이오느이치라고 말하는 순간에 바로 그 알렉세이 페오필라크티치라는 이상한 이름이 떠올랐기 때문이었다), 드미트리 이오느이치, 선생님은 착하고 점잖고 똑똑하신 분이에요. 어느 누구보다 뛰어나신 분이고요(그녀의 눈에는 눈물이 글썽거렸다). 저는 진심으로 선생님을 동정해요. 그렇지만, 그렇지만 선생님도 제 마음을 이해하시겠죠?"

그러고는 몸을 돌려 객실에서 나가버렸다.

불안하게 뛰고 있던 이오느이치의 심장이 갑자기 멈추는 것 같았다. 클럽에서 거리로 나오자 그는 먼저 뻣뻣한 넥타이를 풀고 가슴 가득히 크게 심호흡을 했다. 그는 창피하기도 하고 자존심도 상했다. 그렇게 거절당하리라곤 예상치도 못했던 것이다. 지금까지 품어온 모든 꿈과 희망과 안타까움이 마치 아마추어 극장의 초라한 공연처럼 어처구니없는 결말로 끝났다는 것이 도저히 믿어지지 않았다. 그리고 자신의 감정이, 지금까지의 자기 사랑이 너무나 안타깝고 애처로워서 어디에 투신해 버리든지 아니면 우산으로 판첼레이몬의 떡 벌어진 어깨를 힘껏 갈겨버리고 싶은 마음이 들었다.

사흘간 그는 멍한 상태로 아무 일도 하지 못하고 식사도 하지 못했으며 잠도 자지 못했다. 결국 예카테리나가 음악학교에 입학하기 위해 모스크바로 떠났다는 소문이 들리자 그는 겨우 정신을 수습하고 본래의 생활로 돌아갔다.

그후 자신이 공동묘지를 서성거리고 연미복을 빌리러 온 시내를 쏘다니던 것을 이따금 회상할 때면, 그는 몸을 쭉 뻗어 기지개를 켜며 말했다.

"어쨌든 생고생을 했어!"

4

4년이 흘렀다. 이오느이치는 도시에도 왕진을 많이 나갔다. 매일 아침 그는 잘리지의 병원에서 환자를 진찰하고 시내로 왕진을 떠났다. 그의 마차도 이젠 말 두 필이 끄는 쌍두마차가 아니라 방울 소리가 딸랑딸랑 울리는 삼두마차였다. 집에 돌아오는 시간도 꽤 늦은 밤이 되었다. 그는 살이 쪄서 몸이 둔해진데다가 천식이 생겨 걸어 다니는 것을 귀찮아했다. 판첼레이몬 역시 살이 쪄서 몸이 옆으로 퍼질수록 더욱 슬프게 한숨을 쉬며 고난에 찬 자신의 삶을 한탄하였다. 마부 일을 하며 잔뼈가 굵은 그였다.

이오느이치는 여기저기 가정을 출입하면서 많은 사람들을 만났지만 어느 누구와도 가깝게 지내지는 않았다. 시내 사람들이 하는 이야기나 그들의 인생관을 듣거나, 심지어 그들의 모습만 봐도 짜증이 났다. 경험이 그에게 가르쳐준 바로는, 이곳 사람들과 카드놀이를 하거나 혹은 먹고 마시는 일에 함께 어울릴 때엔 그들이 친절하고 그다지 미련해 보이지는 않았다. 그러나 일단 뭔가 '먹지 못하는' 것에 대한 이야기가 나오면, 이를테면 정치나 학문에 대한 대화가 시작되면, 그들은 당장 말문을 닫아버리거나 아니면 말도 안 되는 개똥철학을 내세워 억지주장을 하기 때문에, 아예 손사래를 치며 도망가는 것이 현명하겠다는 생각이 들 정도였다. 언젠가 한번 이오느이치는 자유주의 성향의 주민과 대화를 시도해보았다. 이오느이치가 먼저 "다행히 인류는 진보하고 있으니 시간이 갈수록 여권이나 사형제도가 필요 없이도 살 수 있는 세상이 올 것입니다"라고 운을 뗐다. 그러자 그 자유주의자는 의아해하며 이오느이치를 곁눈질로 흘겨보더니 "그러면 그런 세상이 오면 누구든 거리에 나가 닥치는 대로 사람을 찔러 죽여도 괜찮다는 말씀인가요?"라고 물어왔다. 또 한번은 이오느이치가 어떤 모임에서 저녁식사를 마친 후에 차를 들면서 사람에게는 노동이 필요하며 일하지 않으며 살아갈 자격이 없다는 말을 하자, 사람들은 이 말을 비난하는 의미로 받아들이고 화를 내거나 집요하게 말꼬리를 물고 늘어졌다. 그러면서도 이곳 사람들이 하는 일이란 도대체 아무것도 없으며, 흥미를 갖는 일도 없었으므로 이들과 무슨 대화를 나눠야 할지 궁리하는 것도 상당히 어려운 일이었다. 이런 까닭에 이오느이치는 가능하면 대화를 피하면서 먹고 마시는 일이나 카드놀이에만 열중하였고, 왕진 중에 어쩌다 운이 좋아 식사에 초대라도 받게 되면 그저 자리를 지키고 앉아서 접시만 뚫어져라 들여다보며 말없이 먹기만 했다. 더구나 이런 자리에서 사람들이 주고받는 이야기들이란 게 한결같이 재미가 없고 편파적이며 아둔한 내용이어서, 그는 짜증이 나고 울화가 치밀어 올랐지만 어쨌든 묵묵히 참고 있었다. 그가 언제나 굳은 표정으로 말없이 접시만 노려보고 있었기 때문에 시내 사람들은 그에게 '거만한 폴란드 사람'이라는 별명을 지어주었으나 그는 결코 폴란드 사람으로 행세해본 적은 없었다.

그는 연극이나 연주회 같은 것을 관람하는 일에는 얼씬거리지도 않은 반면에 카드놀이에는 매일 밤 세 시간씩 즐거운 마음으로 빠져들었다. 또 하나 그가 기분 좋게 몰두하면서 자신도 모르게 어느덧 중독이 되어버린 일이 있었다. 그것은 밤마다 호주머니에서 왕진으로 벌어들인 지폐를 꺼내 세어보는 일이었다. 어느 날은 향수며 식초며, 말향(抹香)이나 간유(肝油) 냄새를 풍기는 노랗고

푸르스름한 지폐를 온갖 주머니에서 꺼내 전부 합쳐보니 70루블이 된 적도 있었다. 이런 냄새나는 돈을 모아 몇백 루블이 되면 그는 '상호신용금고'에 가져가서 저축을 하곤 했다.

예카테리나가 떠나고 나서 4년 동안 그가 투르킨 씨 집에 방문한 것은 단 두 차례뿐이었는데, 이 방문도 편두통 치료를 받고 있는 베라의 초대를 받고 간 것이었다. 매년 여름마다 예카테리나가 고향의 부모님에게 들르긴 했지만, 그는 한 번도 그녀를 만나지 않았다. 그럴 기회를 만들지 못했기 때문이었다.

그럭저럭 4년이 흘러갔다. 어느 조용하고 따스한 날 아침, 병원으로 편지가 한 통 배달되었다. 베라가 이오느이치 앞으로 보낸 것이었다. 편지에는, '한동안 보지 못해 그립습니다. 부디 왕림하셔서 제 편두통을 좀 낫게 해주세요. 마침 오늘이 제 생일입니다' 라고 씌어 있었다. 그리고 추신으로 '엄마의 바람에 저도 합류했어요. 애교쟁이' 라는 글귀도 있었다.

이오느이치는 잠시 생각을 해보다가 밤이 되자 투르킨 씨 집으로 마차를 달렸다.

"아이쿠, 어서 오십시오!"

이반이 한쪽 눈을 찡긋하며 그를 맞이했다.

"봉 주르!"

어느 덧 희끗희끗해진 흰머리에 폭삭 늙어버린 베라가 이오느이치의 손을 어색하게 잡으며 한숨을 내쉬었다.

"의사선생님, 선생님은 저에게 마음을 여실 생각이 없으신가봐요. 우리 집에 한 번도 오시질 않으니 말이에요. 선생님은 저 같은 건 이제 다 늙은 할머니라 생각하시겠죠? 하지만 젊은 아가씨가 와 있답니다. 이 아가씨는 나보다 더 행복할 거예요."

자, 그런데 그 애교쟁이 아가씨는 어떤가? 그녀는 체구가 더 마르고 얼굴은 창백했지만 어쨌든 좀 더 예뻐지고 몸맵시가 났다. 이제 보니 그녀는 그야말로 이름만 예카테리나이지 더 이상 애교가 넘쳤던 그 아가씨는 아니었다. 과거의 상큼한 모습도, 아이 같은 순진한 표정도 찾아볼 수 없었던 것이다. 그녀의 시선이나 몸가짐에는 뭔가 옛날과는 다른 조심스럽고 죄지은 듯한 태도가 엿보였고, 이곳 투르킨 씨 집에 있으면서도 마치 자기 집에 와 있는 것 같은 그런 편안한 기분은 아닌 것 같았다.

"정말 몇 년 만에 뵙는 거죠?"

이오느이치에게 악수를 청하며 말하는 그녀의 모습에서 그녀의 가슴이 몹시 두근거리고 있음을 느낄 수 있었다. 그녀는 호기심에 찬 표정으로 이오느이치의 얼굴을 뚫어져라 쳐다보며 말을 계속했다.

"정말 살이 많이 찌셨네요! 까무잡잡해지고 아저씨 티가 나지만 변한 건 별로 없으시네요."

지금도 여전히 그는 이 여자를 좋아하고 있었다. 몹시 좋아하고는 있지만 그녀에게는 뭔가 결핍된 것, 아니면 뭔가 쓸데없이 넘치는 것이 있어서 (그것이 무엇인지 자신도 딱히 꼬집어 말할 수는 없지만) 그가 과거의 좋아했던 감정을 되살리는 것을 방해받았다. 창백한 그녀의 얼굴이며, 전에 없었던 표정이며, 옅은 미소며 목소리 같은 것들이 왠지 그의 마음에 들지 않았다. 시간이 조금 흐르자 이번엔 그녀가 입고 있는 옷도, 그녀가 앉아 있는 안락의자도 싫어지고 자칫 그녀와 살림을 차렸을 뻔했던 과거의 기억에서도 무엇인가 떨떠름한 것이 느껴졌다. 4년 전 자신의 가슴을 새까맣게 태워버린 사랑의 순정과 꿈과 희망을 생각하자 그는 까닭 없이 거북스런 기분을 느꼈다.

모두들 달콤한 만두를 곁들여 차를 마셨다. 이윽고 베라가 소설을 소리 내어 읽기 시작했다. 그녀가 결코 세상에 존재하지 않을 것 같은 사건들을 읽어나가는 동안, 이오느이치는 이야기에 귀를 기울이기도 하고, 그녀의 아름다운 흰 머리카락을 바라보기도 하며 소설낭독이 끝나기를 기다렸다.

'재능이 없다는 것은.' 그는 생각했다. '소설을 제대로 쓰지 못하는 사람을 말하는 게 아니라, 소설을 써도 그것을 감추지 못하는 사람을 말하는 것이로군.'

"괜찮아요."

이반이 말했다.

예카테리나가 피아노를 한바탕 요란하게 두드렸다. 연주가 끝나자 모두들 잘 감상했다며 말을 건네기도 하고 이런저런 칭찬을 늘어놓기도 했다.

'이 여자와 결혼하지 않길 잘했어.'

이오느이치는 생각했다.

그녀는 그를 쳐다보았는데, 그 표정은 분명 그녀에게 정원으로 나가자고 권유하기를 기다리는 눈치였다. 하지만 그는 묵묵히 있었다.

"잠깐 이야기 좀 하시게요."

그녀가 그에게 다가오며 말했다.

"요즘 어떻게 지내세요? 별일 없으시죠? 어떠세요? 저는 요즘 선생님 생각뿐이거든요."

그녀는 초조한 듯 계속 말했다.

"편지를 보낼까 아니면 직접 잘리지 댁으로 찾아갈까 망설이고 있었죠. 그러다가 댁에 찾아가려고 마음을 먹었는데 나중에 또 망설이고 말았어요. 선생님은 지금의 저를 어떻게 생각하실지 모르잖아요. 저는 오늘 마음 졸이며 선생님을 내내 기다렸다고요. 정원으로 가실까요, 네?"

그들은 정원으로 나가 4년 전에 앉았던 늙은 단풍나무 밑 벤치에 자리를 잡았다. 날은 벌써 어두웠다.

"어떻게 지내셨어요?"

예카테리나가 물었다.

"그저 그렇죠, 항상 똑같아요."

이오느이치는 대답했다.

더 이상 할 말이 생각나지 않았다. 두 사람은 묵묵히 있었다.

"저는 자꾸 흥분이 돼요."

예카테리나는 이렇게 말하고 두 손으로 얼굴을 가렸다.

"하지만 제 걱정은 하지 마세요. 집에 돌아오니 정말 기분이 좋고 아는 분들을 뵈니 너무 기뻐서 마음이 가라앉지 않는가 봐요. 여러가지 추억이 있었죠. 참, 이런 생각도 했어요. 선생님하고 둘이서 밤새도록 얘기할 거라고 말예요."

이제 그는 그녀의 얼굴과 빛나는 눈동자를 가까이에서 볼 수 있었다. 이곳 어둠 속에서 그녀는 방 안에 있을 때보다 더욱 젊어 보였고 과거의 앳된 표정이 되살아나는 것 같았다. 실제로 그녀는 순진하게 호기심 어린 두 눈을 치켜뜨고 그의 얼굴을 쳐다보고 있었다. 그 표정은 마치 한때 자신을 그렇게도 열렬히, 다정하게 사랑했지만, 제대로 보답받지 못한 그 사람을 좀더 가까이 쳐다보며 그에 대해 더욱 알아보려고 하는 것처럼 보였다. 그녀의 눈동자는 과거의 사랑에 대해서 감사해하는 눈빛을 띠고 있었다. 그는 그 당시의 일을 머리에 떠올렸다. 공동묘지를 헤매며 돌아다닌 일이며, 새벽이 되어 피곤에 지친 몸을 이끌고 집으로 돌아온 일까지 이런저런 일들이 아주 자세히 기억 속에 떠올랐다. 그러자 불현듯 기분이 우울해지고 지난 날이 아쉬워졌다. 가슴속에서 작은 불기둥이 솟아오르는 것 같았다.

"기억하고 계시죠? 제가 클럽으로 당신을 바래다 드렸던 일 말입니다."

그는 말했다.

"그때는 비도 오고, 캄캄했죠."

마음속의 작은 불기둥은 더욱 타올라 급기야 이런저런 이야기를 지껄이고 싶어지고 생활에 관한 불평들을 늘어놓고 싶어졌다.

"휴우!"

그는 한숨을 내쉬며 말했다.

"제가 어떻게 지내고 있느냐고 물으셨죠? 여기서 생활하는 것이 별반 다를 게 있겠습니까? 이게 살아 있는 것인지 모르겠습니다. 세월이 흐르니 나이는 먹어가고 살은 점점 찌고, 그야말로 늙어가는 거죠. 하루가 순식간에 가버리고 사는 것에 별 감흥도 느끼지 못하고, 의미도 없이 흘러가거든요. 낮에는 돈벌이에 급급하고, 밤에는 클럽에 나가 만나는 사람들이란 노름꾼이나 알콜 중독자, 천식 환자들뿐이에요. 이제 지겨워 못 참겠어요. 상황이 이런데 무슨 좋은 일이 생기겠어요?"

"하지만 선생님께는 일이 있고 인생의 고상한 목적이 있으시잖아요? 선생님께서는 병원에 관해서 말씀하시기를 좋아하셨잖아요. 저는 그 때 정말 철없는 계집애여서 제 스스로 대단한 피아니스트라도 된 줄 알았어요. 그런데 이제 와서 보니 여자라면 누구나 피아노 정도는 칠 줄 알고 저 역시 다른 여자들에 비해 특별히 잘 치는 건 아니었다는 생각이 들어요. 결국은 저의 피아노 실력도 엄마의 글솜씨와 비슷한 수준이라는 거죠. 그리고 그때는 선생님이 어떤 분인지 몰랐어요. 하지만 모스크바에 가서는 선생님 생각을 얼마나 많이 했는지 몰라요. 사실은 선생님 생각만 했어요. 군립병원 의사로서 고통 받는 환자들을 도와주시고 민중에 봉사한다는 것이 얼마나 행복한 일인데요. 정말 행복 그 자체예요!"

예카테리나는 열심히 같은 말을 되풀이했다.

"모스크바에서 선생님을 생각할 때마다 너무도 이상적이고 고상한 분이라고 느껴졌어요."

이오느이치는 문득 매일 밤 호주머니에서 흐뭇한 마음으로 꺼내 보곤 하는 지폐를 떠올리자 가슴속에 타오르던 작은 불기둥이 꺼져버렸다.

그는 집 안으로 들어가려고 일어섰다. 그녀도 일어나더니 그의 팔짱을 꼈다.

"선생님은 제가 평생 알아온 사람들 중 가장 멋있는 분이에요."

그녀는 계속 말을 이었다.

"앞으로 저와 만나서 얘길 나눠요. 그러실 수 있죠? 자, 약속하세요. 저는 이제 피아니스트가 아니에요. 더 이상 저의 일만 가지고 수선을 피우지 않을 거예요. 선생님 앞에서는 피아노도 치지 않을 거고 음악 얘기도 꺼내지 않겠어요."

집 안으로 들어가 밤의 등불 아래서 그녀의 얼굴과 자신에게 쏠려 있는 감사와 슬픔 어린 눈동자를 보았을 때 이오느이치는 뒤숭숭한 표정을 지으며 이렇게 생각했다.

'그때 결혼하지 않았던 것이 천만다행이었어.'

그는 작별 인사를 했다.

"저녁식사도 하지 않고 돌아가시겠다니, 그런 로마법이 어디 있나요?"

이반은 그를 배웅하며 말했다.

"너무 뻣뻣해지셨어. 자, 이봐, 한번 읊어보렴, 응?"

그는 현관에서 파바에게 말했다.

파바는 어느덧 아동이 아니라 콧수염을 기른 어엿한 청년이 되어있었다. 그는 자세를 잡고 한 손을 위로 치켜 올리더니 비극적인 목소리로 외쳤다.

"죽어버려라, 박복한 여자야!"

이런 일들이 모두 이오느이치의 화를 돋우었다. 마차에 앉아 한 때 그렇게도 그립고 소중했던 어두운 저택과 정원을 바라보며, 그는 이 모든 것을 (베라의 소설에서 애교쟁이 아가씨의 시끄러운 피아노 연주와 이반의 재담과 파바의 신파조 연극에 이르기까지) 한꺼번에 머릿속에 떠올리면서, 시내에서 가장 훌륭하다는 재능꾼들이 이 정도 수준이라면 이 도시는 도대체 이떤 곳인지 알 만하다고 생각했다.

사흘이 지난 후 파바가 예카테리나의 편지를 들고 왔다. 편지의 내용은 이랬다.

'선생님께서는 저희 집에 오시지 않는군요. 무슨 일이라도 있으신가요? 선생님 마음이 변하시지나 않았는지 걱정돼요. 그런 생각이 조금만 들어도 저는 두려워요. 제 마음을 진정시켜주세요. 부디 한번 오셔서 그런 일은 없다고 말해주세요, 네? 그리고 제가 꼭 드릴 말씀이 있어요. 그대의 E. T.'

그는 편지를 읽고 나서 잠시 생각하다가 파바에게 말했다.

"이보게, 오늘은 못 간다고 전해주게. 할 일이 아주 많아서 그런다고. 사흘 후에나 찾아뵙든지 한다고 말일세."

그러나 사흘이 지나고 일주일이 지났지만 그는 여전히 가지 않았다. 한번은 마침 투르킨 씨네 집 옆을 지나가다 잠깐 들러볼까 하고 생각했지만 잠시 머뭇거리다가 그대로 지나쳐버렸다.

그리고 그 이후로 투르킨 씨 집에는 발을 들여놓지 않았다.

5

그 후 몇 년이 더 흘러갔다. 이오느이치는 더욱 체중이 불어나고 기름기가 번들거리는 얼굴로 숨을 가쁘게 호흡하며 고개를 뒤로 젖히고 돌아다녔다. 호빵처럼 몸이 붓고 얼굴이 빨개진 그가 딸랑딸랑 방울을 울리며 삼두마차를 타고, 역시 살이 찌고 새빨간 얼굴을 한 판첼레이몬이 주름진 목을 만지면서 마부석에 앉아 목각인형처럼 팔을 앞으로 쭉 내밀며 다가오는 행인들에게 "오른쪽으로 비켜요!"라고 소리치며 다니는 모습은, 그야말로 사람들을 압도하기에 충분했기 때문에 마치 사람이 가는 것이 아니라 이교의 신이 행차를 나선 것 같았다. 시내에서 그가 다니는 왕진 횟수도 엄청나게 불어나 숨 돌릴 틈이 없을 정도였다. 이제는 영지도 소유하게 되었고, 시내에도 저택 두 채를 사들인데다가 목 좋은 곳에 또 한 채의 집을 사려고 물색중이었다. 그래서 상호신용금고로부터 이런저런 집이 경매에 나왔다는 말을 들으면, 그는 격식도 차리지 않고 가서 방을 모두 하나씩 살펴보았고, 헐벗은 모습으로 그를 두려워하며 놀란 표정으로 쳐다보는 여자와 아이들을 거들떠보지도 않고 문마다 지팡이를 두드리며 말했다.

"여기가 서재인가? 이것은 침실이고? 그럼 이곳은 뭐 하는 곳이야?"

그리고 숨을 몰아쉬며 이마의 땀을 훔쳤다.

그는 바빠서 허둥대면서도 군립병원 의사 자리를 내놓지 않았다. 탐욕에 사로잡혀 이곳저곳 모두 차지하려는 속셈이었다. 잘리지에서도, 시내에서도 사람들은 이제 그를 그냥 '이오느이치'라고 불렀다.

'이오느이치는 어디 갔나?' 라거나, '이오느이치에게 입회를 부탁해볼까?'하는 식이었다.

기름살 때문에 목이 죄어서 그의 목소리는 가늘고 날카롭게 변했다. 성격도 까다로워지고 신경질을 부리기 일쑤였다. 환자를 진찰할 때도 짜증을 자주 내고 참을성 없이 지팡이로 마루를 탕탕 두드리며 기분 나쁜 소리로 고함을 치곤 했다.

"잔소리 말고 묻는 말에만 대답해요!"

그는 외로웠다. 살아가는 것이 따분하기만 할 뿐 무엇 하나 그의 흥미를 끌지 못했다.

그가 잘리지에서 지금까지 살아오는 동안 애교쟁이 아가씨를 사랑한 것이 유일하게 처음이자 마지막으로 그에게 기쁨을 준 일이었다. 밤마다 그는 클럽에서 카드놀이를 하고 그 후에는 혼자서 넓은 식탁에 앉아 저녁을 먹었다. 이반이라는 나이 많은 급사가 그의 시중을 들었고, 언제나 보르도산 최고급 코냑을 내왔다. 어느덧 클럽 지배인이며 요리사며 시중드는 급사까지 모두 그의 식성을 잘 알고 있어서 그의 기분을 맞추려고 온갖 정성을 기울였다. 그럼에도 불구하고 조금만 마음에 안 들면 그는 막무가내로 화를 내며 지팡이로 마루를 탕탕 두드리곤 했다.

저녁식사를 하면서 그는 이따금 뒤를 돌아다보며 사람들에게 말 참견을 하였다.

"그건 또 무슨 얘기요? 예? 누구라고요?"

어쩌다 우연히 옆 식탁에서 투르킨 씨 집에 대한 이야기가 나오면, 그는 물었다.

"어느 투르킨 씨네 집 얘길 하시는 겁니까? 피아노를 치는 딸이 있다는 그 집 말씀이시오?"

그에 대해서 이야기할 수 있는 것은 여기까지다.

자, 그럼 투르킨 씨 집은 어떤가? 이반은 아직 늙지 않고 변한 게 하나도 없이 여전히 우스갯소리를 즐겨 말한다. 베라는 손님들에게 아주 열심히, 정성을 다해 자작 소설을 읽어준다. 아가씨도 피아노를 날마다 네 시간씩 치고 있다. 그녀는 눈에 띄게 수척해졌고 가끔 몸이 아파 해마다 가을이 되면 어머니와 함께 크림지방으로 떠난다. 이반은 기차역에 나가 두 사람을 배웅하고는 기차가 움직이기 시작하면 눈물을 닦으며 이렇게 외쳤다.

"부디 잘 다녀와요!"

그리고 손수건을 흔들었다.

사랑에 대하여

다음날 아침 식탁에는 아주 맛있는 만두와 왕새우, 그리고 양고기 커틀렛이 나왔다. 모두가 아침식사를 하고 있는 동안, 요리사 니카노르가 점심에 무엇을 먹고 싶은지 손님들에게 물어보려고 위층으로 올라왔다. 그는 중간 정도의 키에다 포동포동한 얼굴에 눈이 작았다. 그리고 면도하지 않은 그의 수염은 마치 잡아 뜯어 놓은 것처럼 지저분했다.

함께 아침을 먹고 있던 알료힌은 예쁘게 생긴 펠라게야가 이 요리사에게 푹 빠져있다고 전해 주었다. 사실 저 요리사는 술주정뱅이에다 성격이 난폭해서 그녀는 결혼을 하고 싶은 마음은 조금도 없었지만, 동거하는 것에는 찬성했다. 그러나 그는 독실한 기독교 신자이었으므로 결혼을 하지 않고 여자와 동거하는 것은 자신의 종교적 신념에 비추어 있을 수 없는 일이라고 생각하고 있는 것이 문제였다. 그래서 같이 살려면 정식으로 결혼을 해야지, 이런 식으로는 더 이상 살 수 없다고 말하면서 술에 취했다 하면 펠라게야에게 욕설을 퍼붓고 심지어 손찌검까지 했다. 그가 술에 취해 고주망태가 되면 펠라게야는 위층에 숨어서 울음을 터뜨리곤 했다. 그때마다 알료힌과 다른 하인들은 만일 무슨 일이 생기면 그녀를 보호해야 하기 때문에 집 밖으로 나갈 엄두조차 하지 못했다. 두 사람에 대한 이야기를 들은 사람들은 사랑에 대해 말하기 시작했다.

"사랑은 어떻게 해서 생기는 걸까요?" 알료힌이 말을 꺼냈다. "왜 펠라게야가 자신의 마음을 이해해주는, 자신의 예쁜 외모에 어울리는 잘생긴 사람을 사랑하지 않고, 하필이면 제멋대로 생겨먹은 니카노르와 같은 진상 (우리 집에서는 모두 그를 진상이라고 부른다)을 사랑하게 되었을까요? 두 사람을 보면 사랑에 있어서 개인의 행복은 별로 중요한 문제가 아닌 것 같아요. 사랑의 전모를 모르니 사람들은 자기 마음대로 해석하고 이해하는가 봅니다. 사랑에 대한 얘기들이 이 세상에 얼마나 많아요? 그런 수많은 얘기들 가운데 가장 믿을 수 있는 단 하나의 진실이 있다면 '사랑의 신비는 위대하다'는 것입니다. 이 말 빼고는 사람들이 사랑에 대해서 말하고 쓴 것들은 모두 사랑에 대해 의문스런 물음표만 더 가져다 붙였을 뿐, 사랑이 무엇인지는 정작 모르겠어요. 그래서 사랑이라는 문제는 여전히 미해결된 채로 남아 있나 봅니다. 어느 한 가지의 경우에 적합한 설명도, 다른 많은 경우에는 잘 들어맞지 않으니까요. 그래서 제가 보기엔 사랑에는 공통분모가 없으므로 사랑을 일반화 시키려고 애쓰지 말고 각자 개별적으로 사랑을 해석하는 게 가장 좋을 것 같다고 생각합니다. 의사들이 병자 한 사람한 사람에게 최선을 다하듯이 말입니다."

"매우 지당한 말씀입니다." 부르킨이 동의했다.

"우리 교양 있는 러시아 인들은 해결되지 않은 이런 문제들에집착하고 열중하는 경향이 있습니다. 흔히 사람들은 사랑을 장미나 꾀꼬리로 미화하고 채색해서 사랑이란 아름다운 것이며 장밋빛 미래라고 노래합니다만, 우리 러시아 인들은 사랑이란 운명이라고 말합니다. 그러고는 운명 가운데 가장 고통스러운 것을 선택하지요. 모스크바에서 대학을 다닐 때, 저는 한동안 아름다운 여인과 함께 생활한 적이 있었습니다. 제가 그녀를 껴안을 때마다그녀는 이 남자는 한 달에 돈을 얼마나 벌어다 갖다 줄까? 소고기는 지금 한 푼트에 얼마나 하더라? 하는 것만 생각하고 있었어요. 우리들도 그녀와 별로 다를 게 없다고 생각합니다. 누구를 사랑하게 되면, 이 사랑은 과연 떳떳한 것인가 아닌가, 현명한 일인가 어리석은 일인가, 이 사랑은 앞으로 어떻게 될 것인가 등을 끊임없이자문하곤 하니까요. 나는 이런 게 좋은 건지 나쁜 건지는 잘 모르지만, 이것이 사랑을 방해하고 우리를 불만스럽게 만들며 초조하게 한다는 것은 알고 있지요."

그는 다른 사람에게 뭔가 털어놓고 싶어하는 것 같았다. 외롭게 사는 사람들은 기꺼이 이야기하고 싶은 뭔가를 늘 마음 속에 간직하고 있기 마련이다. 도시에 사는 독신자들은 오직 다른 사람과 얘기하고 싶다는 일념 하나로 일부러 목욕탕이나 식당에 들러서 이따금 목욕탕 일꾼이나 식당 종업원들을 붙잡고 정말 재미있는 이야기를 털어놓는다. 하지만 시골에 사는 독신자들이 자기 속내를 드러낼 수 있는 유일한 통로는 자신을 찾아온 손님들밖에 없다. 지금처럼 창 밖에 잔뜩 찌푸린 회색빛 하늘이 무겁게 내려앉아 있고 비에 젖은 나무들만 보이는 궂은 날씨에는 그저 집 안에 들어앉아 이야기하거나 듣는 것 밖에는 아무것도 할 일이 없다.

"난 소피노 마을에 살면서 벌써 오래전부터 농장 일을 하고 있었습니다." 알료힌이 말문을 열었다.

"대학을 졸업하고 줄곧 이곳에서 살았거든요. 이런 시절에 대학을 다녔다는 것만 보아도 제 생활은 개미보다는 베짱이에 가까웠고, 타고난 성품도 연구실에 틀어박혀 있는 편이 어울렸지요. 제가 졸업을 한 후에 이곳에 왔을 때 영지는 저당잡혀 있었습니다. 부친이 이렇게 빚을 떠안게 된 것도 따지고 보면 나를 교육시키는데 많은 돈을 소비해서 약간 채무가 있었기 때문이었죠. 그래서 저는 빚을 다 갚을 때까지 여기 남아서 일을 하기로 결심했습니다.

마음을 굳게 먹고 이곳에서 일을 시작하기는 했지만 마음이 내키지 않았던 것만은 사실입니다. 여기는 원래 토양이 좋지 않아서 상품으로 내다팔 수 있는 농작물을 많이 수확하기가 힘들거든요. 그래서 조금이라도 수익을 내려면 농노들을 다그치거나 품삯을 주고 일꾼을 써야만 합니다(그러나 아시다시피, 그들은 주인이 없으면 낮을 내팽겨치고 놀아버립니다). 아니면 온 집안 식구가 팔을 걷어붙이고 농사일에만 매달려야 하죠. 다른 방도가 없습니다. 그런데 그때 저는 그런 세세한 부분까지 신경을 쓰지 못했지요. 단 한 평의 땅도 놀리지 않으려고 이웃마을의 농부들과 아낙네들까지도 끌어모아서 전부 다 들녘으로 내몰았습니다. 그야말로 악착스레 일을 했지요. 저 자신도 밭을 갈고 씨를 뿌리고 풀을 베었습니다. 이렇게 일하면서도 나는 농사일에 따분해했고 자주 이맛살을 찌푸리곤 했습니다. 금세 지치고 온몸이 쑤셔오고 걸으면서도 졸기 일쑤였어요. 처음에 저는 솔직히 농사일을 우습게 알았습니다. 이미 몸에 배어 있던 문화생활과 지금 하고 있는 힘든 노동을 잘 병행해갈 수 있을 거라고 믿었습니다. 이것에 대해 나는 몇 가지 규칙과 원칙만 지키면 된다고 생각했거든요. 나는 여기 위층의 좁은 방에 거처를 마련하고 아침과 점심을 먹고나서, 술을 탄 커피를 마시고 잠자리에 들면서 〈유럽통보〉를 읽었습니다. 그런데 어느날 이반 신부님이 찾아와서 내 술을 단숨에 죄다 마셔버렸고, 〈유럽통보〉마저 신부님의 딸들이 가져가 버렸습니다.

여름에, 특히 풀 베는 시기에 나는 침대에 머물러 있을 시간이 없어서, 헛간이나 썰매 위, 아니면 삼림 파수막 등 아무 곳에서나 쓰러져 자곤 했습니다. 이런 상황에서 어떻게 독서를 할 수 있었겠습니까?

나는 예전의 사치스러운 장소에서 점차 아래로 내려와 하인들의 부엌에서 식사를 하기 시작했지요. 내게 남은 것이라곤 모두 예전에 내 부친을 섬기며 일해 온 하인들, 불쌍히 여겨서 신분을 해방시켜준 하인과 하녀들뿐이었습니다.

처음 몇 년동안 나는 이곳에서 명예 치안판사로 선출되었습니다. 이따금 마차를 타고 도시로 나가서 치안판사 집회나 순회재판소 회의에 참석했는데, 그런 일은 내 걱정을 잠시 잊게 해주었지요. 특히 겨울철에 여기서 두 세달 동안을 외출하지 않고 지내다 보면, 검은 프록코트가 그리워지기 시작하는 법입니다. 그런데 순회재판소에는 프록코트와 제복, 연미복을 입은 사람들이 있는데, 그들은 모두 제대로 교육을 받은 법률가들입니다. 말하자면 함께 얘기를 나눌 상대가 있었던 거지요.

썰매에서 잠을 자고 하인들의 부엌에서 그들이 해준 요리를 먹고난 후에 깨끗한 내의에 가벼운 단화를 신고 가슴 위에 시계줄을 드리운 채 안락의자에 앉아 있으면, 하 아! 그것은 참으로 즐거운 일이었죠!

도시에서는 나를 친절하게 맞아주었고 나도 그들과 기꺼이 친교를 맺었습니다. 그런 사람들 가운데서 속마음을 터놓고 이야기할 정도로 가장 친밀하고, 가장 유쾌한 것은 순회재판소 의장인 루가노비치와의 교제였습니다. 당신들도 그를 아실 겁니다. 좋은 사람이지요. 그 유명한 방화사건이 일어난 직후 였어요. 재판이 이틀 동안 계속 되었으므로 우리는 몹시 지쳐 있었습니다. 루가노비치는 나를 보며 말했어요.

'자, 어떻습니까? 우리 집으로 식사나 하러 갑시다.'

이것은 뜻밖의 제안이었지요. 왜냐하면 나는 루가노비치와 단지 공적으로만 조금 알고 지냈을 뿐, 한 번도 그의 집에 가본 적이 없었기 때문입니다. 나는 옷을 갈아입으려고 잠깐 내 방에 들렀다가 식사를 하러 갔습니다. 거기에서 나는 루가노비치의 아내인 안나 알렉세예브나와 인사를 나눌 기회를 갖게 되었지요. 당시에 그녀는 아직 무척 젊어서 스물두 살밖에 되지 않았고, 6개월 전에 첫 아이를 낳았더군요. 세월이 흐른 지금에 와서는 그녀에게 무슨 유난스러운 점이 있었기에 내가 그렇게도 그녀를 마음에 들어했던가 그 이유를 말하긴 어렵지만, 그때 함께 식사하면서 나는 그녀의 모든 행동과 말투 등에서 결코 지울 수 없는 강한 인상을 받았습니다. 난 그때까지 한번도 본 적이 없는 젊고 아름답고 상냥하고 교양있는 매혹적인 여자를 만났던 겁니다.

나는 이미 알고 지낸 사람처럼 금방 그녀에게서 친근하고 낯익은 느낌을 받았습니다. 마치 언젠가 어린시절에 어디엔가 어머니의 장롱 위에 놓여있던 앨범 속에서 그 얼굴과 상냥하고 영리한 눈을 본 적이 있는 것만 같았죠.

방화 사건에서 네 명의 유대인들이 범죄집단으로 밝혀져 유죄판결을 받았는데, 내 생각에 그건 전혀 근거 없는 판결이었습니다. 식사 중에 나는 몹시 흥분해서 내가 무슨 이야기를 했는지 지금은 기억 나지 않습니다. 안나 알렉세에브나만이 가볍게 고개를 젓다가 남편에게 물었어요.

'드미트리, 어떻게 된 일이에요?'

루가노비치는 호인이기는 하지만, 누구든 재판에 회부되어 법정에 섰다면 그 사람은 죄가 있기 때문이며, 판결의 정당성에 대한 의심은 오직 법적인 절차를 거쳐 서면으로만 표명해야지 식사 도중이나 개인적인 대화 중에 언급해서는 안 된다는 견해를 갖고 있는 단순한 사람들 중 하나였어요.

'나와 당신은 방화를 하지 않았으니 우리가 재판을 받거나 감옥에 갈 일은 없을 거요.' 그는 부드럽게 말했습니다.

부부는 내가 더 많이 먹고 마시게 하려고 애를 썼습니다. 어떤 자질구레한 일, 예컨데, 그들 부부가 함께 차를 끓인다든지, 한 마디 말로 서로 이해하는 걸 보고 나는 그들이 화목하고 행복하게 살고 있으며 손님을 진정으로 기쁘게 맞이한다는 걸 알 수 있었습니다. 식사 후에 그들은 함께 피아노를 연주했습니다. 잠시 후에 날이 어두워지기 시작하자 나는 집으로 돌아왔습니다. 그 때가 초봄에 있었던 일입니다. 그 후로 나는 여름 내내 아무 데도 외출하지 않고 소피노에서 지냈으며, 시내의 일은 생각조차 하지 못했습니다. 하지만 늘씬한 금발미인에 대한 기억과 회상은 항상 마음 속에 남아 있었지요. 그녀에 대해 생각하지는 않았지만, 말하자면, 그녀의 희미한 그림자가 내 마음속에 드리워져 있었던 거지요.

늦가을에 도시에서는 자선을 위한 공연이 열리고 있었습니다. 나는 현지사의 특별석으로 갔습니다 (막간에 나는 그곳으로 오라는 초대를 받았지요). 거기에서 현지사의 부인과 안나 알렉세예브나가 나란히 앉아 있는 모습을 보았습니다. 나는 매우 아름답고 사랑스러우며 부드러운 눈동자를 보고 또다시 지울 수 없는 강렬한 인상을 받았으며, 지난 번과 같은 비슷한 감정을 경험했습니다.

우리는 나란히 앉아 있다가 홀로 나갔습니다.

'당신 야위셨군요. 어디 편찮으셨나요?' 그녀가 말했어요

'예, 신경통이 있어서 비오는 날에는 잠을 잘 자지 못합니다.'

'기운이 없어 보여요. 봄에 당신이 우리 집에 식사하러 오셨을 때는 훨씬 젊고 활기가 있었는데. 당신은 그때 힘이 넘쳐 흘렀고 이야기도 많이 하셨고, 참 재미있었어요. 솔직히 말하면 당신에게 약간 반했었답니다. 어쩐 일인지, 여름 내내 당신이 집에 들린 걸 자주 회상하곤 했어요. 그리고 오늘 극장에 올 때도 당신을 만날 것같은 예감이 들더군요.'

이렇게 말하면서 그녀는 웃었습니다.

'그런데 오늘 당신은 기운이 없어 보여요. 그래서인지, 나이도 더 들어보이고요.' 그녀는 되풀이해 말했습니다.

다음날 나는 루가노비치네 집에서 아침식사를 했습니다. 식사 후에 그들은 겨울철의 월동준비를 하러 별장으로 떠났는데, 나도

함께 갔지요. 나는 그들과 함께 도시로 돌아왔고, 저녁에 그들의 집에서 따뜻한 가족적인 분위기 속에 차를 마셨습니다. 그때 벽난로는 빨갛게 달구어져 있었고, 젊은 엄마는 딸아이가 잘 자고 있는지 계속 방을 오가며 살펴보고 있었습니다. 그 후로 나는 시내에 갈 때마다 꼭 루가노비치네 집에 들리곤 했지요. 두 사람은 저를 잘 이해해 주었고, 저도 허물없는 태도로 그들을 대하게 되었지요. 그래서 한 집안 식구처럼 사전에 예고도 없이 찾아가고는 했습니다.

'거기 누구세요?' 멀리 떨어진 방에서 내겐 너무나 아름답게 느껴지는 목소리가 들려오곤 했습니다.

"파벨 콘스탄티노비치 씨입니다" 라고 하녀나 유모가 대답하지요.

방에서 나온 안나 알렉세에브나는 염려스러운 표정으로 매번 이렇게 물었습니다.

'왜 이렇게 오랫동안 안 오셨어요? 무슨 일이 있었나요?'

그녀의 눈길, 내게 내민 우아하고 고결한 손, 그녀의 실내복, 머리 모양과 목소리, 걸음걸이는 언제나 내 생활에 새롭고 신선하며 무언가 중요한 감정을 불러 일으켰습니다. 우리는 오랫동안 대화를 나누기도 하고 각자 자신에 관한 일을 생각하면서 오랫동안 침묵하고 있기도 했죠. 또는 그녀가 나를 위해 피아노를 치기도 했어요. 집에 아무도 없을때면 나는 남아서 그들이 오기를 기다리면서 유모와 이야기하거나 아이들과 놀거나 서재의 터키제 소파에 누워 신문을 읽기도 했습니다. 그러다 안나 알렉세에브나가 돌아오면, 현관에서 그녀를 맞이하며 그녀가 사온 물건들을 받아들었지요. 나는 무슨 이유에서인지 마치 심부름하는 아이처럼 언제나 사랑과 기쁨에 넘쳐서 이 물건들을 의기양양하게 집안으로 나르곤 했어요.

'여자는 근심거리가 없으면 돼지 새끼를 사들인다'는 속담이 있죠. 루가노비치 부부도 아무런 근심거리가 없었어요. 그래서 그들은 나와 가까워지고 친해진 겁니다. 내가 오랫동안 시내에 나오지 않으면, 그건 내가 아프거나 내게 무슨 일이 생겼다는 것을 의미했으므로, 그들 부부는 몹시 걱정하곤 했어요.

그들은 고등교육을 받은데다 여러 외국어를 구사할 줄 아는 내가 학문과 문학에 종사하지 않고 시골에 살면서 동분서주하며 일은 엄청나게 하지만 항상 돈이 없어 쪼들려 사는 나를 늘 걱정하곤 했습니다. 그들은 내가 고통을 겪고 있으며, 내가 말하고 웃고 먹는 것도 단지 나의 고통을 감추기 위해서 그러는 거라고 생각했어요. 심지어 기분이 좋고 즐거운 순간에도 그렇게 생각하는 것 같았고, 나는 그들의 탐색하는 듯한 눈길을 느끼곤 했지요. 그들은 실제로 내가 가장 어려움에 처했을 때, 말하자면 어떤 채권자가 나를 협박하거나 혹은 기한 내에 갚을 돈을 마련하지 못하고 있을 때, 특히 안쓰러워했습니다. 부부는 창가에서 서로 소근거리고 난 후에, 루가노비치가 내게로 다가와서 진지한 표정으로 이렇게 말하곤 했어요.

'파벨 콘스탄티노비치, 만일 당신이 지금 돈이 필요하시다면, 사양하지 말고 우리에게서 빌려가길 바랍니다.'

그리고 나서 그는 흥분한 나머지 두 귀가 빨개지곤 했습니다. 그리고 또 이런 일도 있었습니다. 어느 날 부부는 창가에 서서 똑같은 방식으로 소곤거리다가 귀가 빨개진 루가노비치가 내게로 다가와 이렇게 말하기도 했습니다.

'나와 아내는 당신이 우리의 선물을 받아주시길 간청합니다.'

그러면서 장식용 소매단추, 담배 케이스니 램프를 주곤 했어요. 나는 그 답례로 시골에서 엽총으로 잡은 새, 버터, 꽃을 그들에게 보냈습니다.

그들 두 사람은 상당한 재산을 갖고 있었습니다. 처음에 나는 자주 돈을 빌렸고, 내 성격이 까다롭지 않아서 돈을 빌릴 수 있는 곳이라면 어디든 가리지 않고 빌려 썼지만, 루가노비치 부부에게서는 아무리 급해도 빌리지 않으려고 노력했지요. 그런데 이제와서 이런 얘기를 하면 뭐하겠습니까?

저는 불행했습니다. 집에서도 들에서도 헛간에서도 나는 그녀 생각만 했어요. 나는 거의 노인이나 다름없는 (남편은 마흔 살이 넘었습니다) 재미없는 남자와 결혼하여 그의 아이까지 낳은, 젊고 아름답고 영리한 여인의 비밀을 이해하려고 노력했습니다. 그러니까 따분하고 모든 걸 상식적으로만 생각하며, 재미없고 선량하며 어리숙한 남자, 무도회나 축제에서는 위엄있는 사람들 곁에 서서 마치 팔려고 내놓은 소처럼 고분고분하고 무관심한 표정을 짓는 활기없고 불필요한 듯한 남자, 그러나 자신에겐 행복할 권리가 있으며 그녀에게서 아이를 얻을 권리가 있다고 믿는 남자의 비밀을 이해하려고 노력했습니다. 나는 그녀가 왜 내가 아닌 그를 만나게 되었는지, 왜 우리의 인생에서 이처럼 엄청난 실수가 저질러졌는지 알아내려고 애썼습니다.

시내로 갈 때마다 나는 매번 그녀의 눈빛을 보고 그녀가 날 기다렸다는 것을 알 수 있었지요. 벌써 아침부터 그녀에게는 뭔가 특별한 느낌이 들어서 내가 올 것을 예감하고 있었다고 그녀는 고백하기도 했어요. 우리는 오랫동안 이야기하거나 말없이 있기도 했지만, 우리의 사랑을 서로에게 고백하지는 않았고 수줍어하며 열심히 우리의 사랑을 감추었습니다. 우리는 스스로 우리의 비밀을 드러낼 수도 있다는 것만을 두려워했지요. 나는 다정한 마음속 깊이 그녀를 사랑했습니다.

그러나 만일 우리가 사랑을 쟁취할 만한 힘이 부족하다면, 우리의 사랑이 어떤 결과를 초래하게 될 것인지 내 자신에게 신중하게 자문해보았습니다. 이런 조용하고 슬픈 내 사랑이 그녀의 남편과 아이들, 그리고 나를 너무나 좋아하고 믿었던 이 집안 모든 사람들의 행복한 생활을 갑자기 깨뜨려버릴 지 모른다는 게 믿어지지가 않았어요. '이것이 과연 정당한가? 그녀가 나를 따라온다면, 그녀를 어디로 데려가지? 만일 내가 아름답고 재미있는 인생을 살고 있다거나, 예컨데 조국해방을 위해 투쟁을 한다거나 저명한 학자, 배우, 화가의 일에 종사한다면 문제는 다르다. 실제로 어떤 평범하고 단조로운 생활에서 똑같이 평범한 다른 생활이나 더욱 더 단조로운 생활로 그녀를 데리고 가야할 지도 모르지 않는가? 그리고 우리의 행복은 얼마나 오랫동안 지속될 수 있을까?

내가 병으로 죽거나 혹은 뜻하지 않게 서로의 애정이 식어버리면 그녀는 어떻게 될까?'

저는 스스로에게 끊임없이 이렇게 묻고 있었지요. 아마 그녀도 진지하게 이와 비슷한 생각을 했을 겁니다. 그녀는 남편, 아이들 그리고 자기 엄마를 생각하고 있었습니다. 그녀의 어머니는 사위를 친자식처럼 사랑하고 있었죠. 만일 그녀가 자신의 감정이 움직이는 대로 맡겼다면 거짓말을 하든, 진실을 말하든 솔직하게 고백했을 겁니다. 그녀의 입장에서는 어느 경우든 똑같이 두렵고 불편했을 테지요. 그리고 그녀의 사랑이 내게 행복을 가져다줄지, 그렇지 않아도 힘들고 불행한 내 삶을 더 혼란스럽게 만드는 것은 아닐지 하는 생각에 그녀는 괴로워했습니다. 그녀는 자신이 나에 비해 그다지 젊지도 않고 새로운 생활을 시작하기엔 별로 부지런하거나 활력이 넘치지도 않다고 자책하는 것 같았어요. 내가 훌륭한 살림주부이자 내조자가 될 수 있는 영리하고 착실한 아가씨와 결

혼해야 한다고 그녀는 자주 남편과 말하곤 했지요. 그러나 그녀는
곧 시내를 다 뒤져봐도 그런 아가씨를 찾는다는 것이 쉬운 일은 아
닐 거라는 말을 잊지 않았습니다.

그러는 사이에 여러 해가 흘렀습니다. 안나 알렉세에브나에겐
벌써 아이가 둘이나 생겼습니다. 내가 루가노비치 씨네 집에 가면
하녀는 공손히 미소를 띠었고, 아이들은 파벨 콘스탄티노비치 아
저씨가 오셨다고 외치며 내 목에 매달리곤 했어요. 모두가 즐거워
했죠. 그들은 내 마음속에 어떤 일이 일어나고 있는지 몰랐고, 나
역시 즐거워하고 있다고 생각했습니다. 사람들은 모두 나를 고결
한 사람이라고 생각했죠. 어른들도 아이들도 고결한 사람이 방안
을 서성거리고 있다고 느꼈습니다. 이것은 그들과 나에 대한 관계
에서 나에게 어떤 특별한 매력을 가져다 주었으며, 나의 출현으로
그들의 생활은 더욱 활력이 넘치고 아름다워졌다고 여기는 것 같
았어요.

나는 안나 알렉세에브나와 함께 언제나 걸어서 극장에 다니곤
했습니다. 우리는 어깨를 맞대고 나란히 의자에 앉곤 했어요. 내
가 아무 말없이 그녀의 손에서 오페라글라스를 집어들면 그녀가
내 사람인듯 느껴졌고, 우리는 서로가 없이는 살 수 없다는 것을
느꼈어요. 그러나 어떤 이상한 구설수 때문에 극장 밖으로 나오면
우리는 매번 작별인사를 하고 낯선 사람처럼 헤어졌습니다. 시내
에서는 이미 우리에 대해 말들이 많아지기 시작했지만, 모두 헛소

리였지요.

근래 몇 년 동안 안나 알렉세에브나는 훨씬 더 자주 어머니와 언니집에 다니기 시작했습니다. 그녀는 이미 우울증을 앓고 있었고, 망쳐버린 자기 인생이 불만족스럽다고 느끼고 있었어요. 그래서 남편도 아이들도 보고 싶어 하지 않았지요. 그녀는 이제 신경쇠약 때문에 치료를 받고 있다고 했습니다.

우리는 침묵하고 계속해서 침묵을 지키곤 했습니다. 그러다가 다른 사람들이 있는 자리에선 내게 이상하게도 화를 내곤 했어요. 내가 무슨 말을 하건 그녀는 내 말에 동의하지 않았고, 만일 내가 누군가와 논쟁을 벌이면 내 상대방 사람의 편을 들었습니다. 내가 무엇인가를 떨어뜨리거나 하면, 그녀는 쌀쌀맞게 '축하해요'라고 비꼬았습니다.

그녀와 극장에 가면서 내가 오페라글라스를 잊어버리고 안 가져가면, 나중에 그녀는 이렇게 말했어요.

'나는 당신이 가져오는 걸 잊어버릴 줄 알았어요.'

다행인지 불행인지 우리 인생살이나 모든 것에는 끝이 있지요. 우리에게도 이별의 시간이 다가왔습니다. 루가노비치가 서부에 있는 어느 현에 의장으로 임명되었기 때문이죠. 가구와 말, 그리고 별장을 팔아야 했습니다. 별장에 갔다 돌아오면서 마지막으로 정원과 녹색지붕을 보려고 뒤돌아섰을 때 모두가 슬픔에 잠겼습니다. 나는 별장만이 아니라 그녀와도 헤어져야 할 때가 온 것을 깨달았습니다. 그해 8월말에 우리는 의사의 권고대로 안나 알렉세에브나를 요양차 크림반도로 보내고, 얼마 후에 루가노비치는 자기 아이들을 데리고 서부의 현으로 떠나기로 했습니다.

우리는 모두 함께 안나 알렉세에브나를 전송했습니다. 그녀가 이미 남편과 아이들과 작별인사를 하고, 출발을 알리는 세번째 종이 곧 울리려 할 즈음에, 나는 그녀가 하마터면 잊고 떠날 뻔했던 여행 바구니 하나를 선반에 올려주기 위해 그녀의 칸막이 객실로 뛰어 들어갔습니다. 이제 작별인사를 해야 했어요. 칸막이 객실에서 우리의 시선이 마주쳤을 때 우리는 더 이상 참을 수가 없었습니다. 나는 그녀를 껴안았고, 그녀는 내 가슴에 얼굴을 파묻었어요. 눈에서는 눈물이 하염없이 흘러내렸어요. 그녀의 얼굴이며 어깨며 눈물에 젖은 손에 입을 맞추면서 (아아, 우리는 얼마나 불행했는지!) 나는 그녀에게 사랑을 고백했습니다. 그리고 마음속에 쓰라린 고통을 주며 우리의 사랑을 방해했던 모든 것들이 얼마나 쓸모없고, 사소한 일이었으며, 거짓된 것이었는지 깨달았지요. 사랑을 할 때는 그 사랑을 논하면서 일반적인 의미의 죄나 선, 행복이나 불행보다 더 중요하고 가장 높은 곳에서 출발해야만 하고, 그렇지 않으면 결코 논해서는 안된다는 것을 나는 깨달았습니다. 나는 마지막으로 키스를 하고 그녀의 손을 꼭 잡았지요. 그리고 우리는 영원히 헤어졌습니다. 기차는 이미 떠나고 있었습니다. 나는 옆 객실에 앉아서 (그곳은 비어 있었습니다) 다음 역에 정차할 때까지 줄곧 울었습니다. 그리고 나서 소피노의 집까지 걸어서 갔습니다……."

알료힌이 이야기하는 사이에 비는 그치고 해가 모습을 보였다. 부르킨과 이반 이바느이치는 발코니로 나갔다. 발코니에서는 정원과 햇빛을 받아 거울처럼 빛나는 강물의 반짝거리는 경치가 아름답게 보였다. 그들은 넋을 잃고 경치를 바라보면서 자기들에게 아주 솔직하게 이야기를 해준 선량하고 영리한 눈을 가진 이 사내가 학문이나 자기 인생을 더 즐겁게 해 줄 수 있는 일에 종사하지 않고 공연히 동분서주하며 이 광활한 영지에 틀어박혀 사는 것을 못내 안타까워했다.

그가 그녀와 칸막이 객실에서 헤어지면서 그녀의 얼굴과 어깨에 키스했을 때, 젊은 부인이 얼마나 슬픔으로 가득찬 얼굴을 했을지 상상해 보았다. 그들 두 사람은 시내에서 그녀를 만난 적이 있었으며, 심지어 부르킨은 그녀와 아는 사이여서 그녀를 미인이라고 생각해왔다고 했다.

구즈베리

이른 아침부터 비구름이 하늘을 뒤덮고 있었다. 먹구름이 이미 오래전에 들판 위로 몰려와 자리잡고 있는 회색 빛의 잔뜩 흐린 날은 조용하고 무덥지 않지만 지루했고, 기다리던 비는 아직도 내리지 않고 있다. 수의사(獸醫師)인 이반 이바느이치와 중학교 교사인 부르킨은 이제 걷다가 지쳐서, 들판이 끝없이 느껴졌다. 저 멀리 눈앞에는 미로노시츠키 마을의 풍차들이 오른쪽으로 늘어서 있는 게 겨우 눈에 띄었고, 다음은 저 멀리 마을 뒤편으로 언덕들이 일렬로 사라져가는 것을 볼 수 있었다. 두 사람은 이쪽 강변과 저쪽의 초원, 푸른 버드나무들, 그리고 택지를 잘 알고 있었다. 만약 어느 한 언덕에 올라선다면, 그곳에서는 광활한 들판, 기어다니는 유충과 흡사한 전차와 기차를 볼 수 있으며, 화창한 날씨에는 도시까지도 볼 수 있을 것이다. 대자연은 포근하며 명상에 잠긴 듯한 조용한 날씨에 지금 이반 이바느이치와 부르킨은 이런 들판을 바라보고 있자니 한없는 사랑으로 충만되어 조국은 아름답고 위대하다는 생각을 하고 있었다.

"지난번 우리가 프로코피 노인의 헛간에 묵었을 때, 당신은 어떤 사람의 생애에 대해 이야기하려고 했었죠."

부르킨이 말했다.

"그래요, 나는 그때 내 동생에 관해서 이야기하려고 했지요."

이반 이바느이치는 이야기를 시작하려고 깊은 한숨을 천천히 내쉬고 나서, 담배 파이프에 불을 붙였다. 그런데 바로 그때 비가 쏟아지기 시작했다. 그리고 5분이 지나자 벌써 세찬 장대비가 퍼부었기 때문에 언제 비가 그칠 지 짐작하기가 어려웠다. 이반 이바느이치와 부르킨은 지체할 겨를이 없었다. 이미 흠뻑 젖은 개들이 꼬리를 동그랗게 말고 서서 그들을 이상스레 쳐다보았다.

"우리는 어디로든지 몸을 피해야 해요."

부르킨이 말했다.

"알료힌의 집으로 갑시다. 여기에서 가까우니까요."

"갑시다."

그들은 옆길로 들어서서 풀을 베어버린 들판을 따라 길을 벗어날 때까지 곧바로 가다가 오른쪽으로 방향을 돌려 걸어갔다. 곧 포플러와 정원, 그리고 창고의 붉은 지붕이 보였다. 강은 빛나기 시작하였고, 제분소와 흰 욕장과 함께 넓은 수역의 모습이 나타났다. 바로 여기가 알료힌이 살고 있는 코피노 마을이다.

제분소가 가동되고 있었기 때문에 제방이 진동하여 빗소리는 들리지 않았다. 짐마차 주위엔 비에 젖은 말이 고개를 숙인 채 서 있었고, 자루를 머리에 뒤집어 쓴 사람들이 지나다녔다. 습기가 차 있는데다 더럽고 불결했다. 하수역은 춥고 지독한 냄새가 났다. 이반 이바느이치와 부르킨은 이제 온 몸에서 스믈거리는 습하고 불결한 불쾌감을 느꼈으며, 다리에 진흙이 묻어 걸음걸이는 둔해졌고, 제방을 통과한 후, 지주의 창고로 향해 가기 시작했을 때는 서로에게 몹시 화가 난 상태라 말이 없었다.

어느 한 창고에서는 키 소리가 윙윙거리고 있었다. 창고의 문은 열려 있고, 그곳은 먼지가 쌓여 가고 있었다. 문지방에는 알료힌이 직접 나와 서 있었다. 그는 약 마흔살 가량 된 키가 크고 뚱뚱하며 머리를 길게 기른 사내로 지주보다는 교수나 예술가 타입에 훨씬 잘 어울리는 모습이었다. 그는 오랫동안 세탁하지 않은 줄 모양의 띠를 두른 흰 상의와 속바지를 입고 있었으며, 장화에는 진흙과 지푸라기가 더덕더덕 붙어 있었다. 코와 눈은 먼지가 끼어 새까매져 있었다. 그는 이반 이바느이치와 부르킨을 금새 알아보고 매우 반가워했다.

"여러분, 집으로 들어갑시다. 어서."

그는 미소를 지으며 말했다.

집은 커다란 이층집이었다. 알료힌은 한때 집사가 살았던 아랫층에서 살고 있었는데, 그곳엔 원형 천정과 작은 창문들이 달린 두 개의 방이 있었다. 여기에는 간단한 가구와 호밀로 만든 검은 빵과 값싼 보드카 냄새와 마구가 놓여 있었다. 위층의 호화로운 방은 손님이 방문할 때만 그가 가끔 이용했다. 두 사람이 언젠가 한 번 머물렀을 때 본 적이 있는 젊고 아름다운 하녀가 집에서 이반 이바느이치와 부르킨을 맞이했다.

"여러분, 내가 당신들을 만나서 얼마나 기쁜지 상상할 수 없을 겁니다."

알료힌은 그들 뒤에서 앞으로 지나치면서 말했다.

"여기서 기다리시게 하지 말아, 펠라게야!"

그는 하녀에게 말했다.

"손님들께서 옷을 갈아입으시도록 다른 옷을 내 드려. 마침 나도 옷을 갈아입어야겠군. 우선 목욕을 해야겠는데, 봄부터 목욕한 적이 없는 것같기도 하군요. 여러분, 욕실에 가고 싶지 않소? 여기서 잠시 준비하고 계세요."

온화한 모습에 상냥하고 아름다운 펠라게야는 수건과 비누를 가져왔고, 알료힌은 손님들과 함께 욕실로 갔다.

"그래요, 난 벌써 오래 전부터 씻지 못했소."

그가 옷을 벗으면서 말했다.

"우리 욕실은 보시다시피 좋아요. 부친께서 예전에 만들어 놓으셨는데 웬일인지 씻을 짬이 없군요."

그가 단에 앉아서 긴 머리와 목덜미를 씻자, 그 근방의 물이 갈색으로 변했다.

"저, 고백할 것이 있는데……."

이반 이바느이치는 그의 머리를 보면서 의식적으로 말했다.

"저도 씻은 지가 꽤 오래 되었어요."

알료힌은 부끄러운듯 되풀이해 말했고, 한 번 더 씻었다. 그 주위의 물은 잉크처럼 어두운 남색으로 변했다.

이반 이바느이치는 밖으로 나와서 물 속으로 첨벙 소리를 내며 뛰어 들었다. 손을 크게 저으면서 빗물 속을 헤엄치기 시작했고, 물결이 그의 몸을 스치며 흘러갔다. 물결 위에는 새하얀 백합 같은 거품이 흔들리며 움직였다. 그는 하수역의 중간 지점까지 헤엄쳐 가더니 물속으로 잠수했다. 그리고 몇 분 후에는 다른 곳에서 솟았다가 더욱 멀리 헤엄쳐 갔다. 그는 강 끝까지 도달하려고 애쓰면서 계속 잠수했다.

"오, 하느님⋯⋯. 오, 신이여⋯⋯."

그는 만족스러워 하며 이 말을 되풀이했다. 제분소까지 헤엄쳐 가서 그곳에서 농부들과 무슨 이야기를 나누고는 다시 돌아왔다. 그리고 하수역 중간 지점에서 자신의 얼굴을 드러낸 채로 누워 있었다. 부르킨은 알료힌과 이제 옷을 입고 욕실을 나올 채비를 하고 있었지만, 그는 여전히 잠수하며 헤엄치고 있었다.

"오, 하느님⋯⋯. 오, 신의 가호를⋯⋯."

그는 말했다.

"당신에게 행운을!"

부르킨이 그에게 외쳤다.

그들은 집으로 돌아왔다. 위층 커다란 응접실의 램프에 불을 켰을 때, 부르킨과 이반 이바느이치는 보드라운 실내 옷을 입고, 따뜻한 슬리퍼를 신은 채 안락의자에 앉아 있었다. 그리고 알료힌은 세수하고 머리를 빗고 새 프록 코트를 입고 따뜻함과 청결함, 마른 옷과 부드러운 신발에 만족해 하면서 응접실로 왔다. 그리고 온화한 미소를 머금은 채 양탄자 위를 소리없이 들어서는 아름다운 펠라게야가 쟁반에 잼이 든 차를 내놓았을 때, 이반 이바느이치는 이야기를 시작했다. 그의 이야기를 듣는 사람은 부르킨과 알료힌뿐만이 아니었다. 조용히 그리고 진지하게 금빛 액자 안에서 바라보고 있는 나이 든 부인들과 젊은 부인들 그리고 장교들도 그의 이야기를 듣는 것처럼 보였다.

"우리는 형제였지요."

그가 이야기를 시작했다.

"나 이반 이바느이치와 동생 니콜라이 이바느이치였는데, 동생은 나보다 두 살 아래였어요. 나는 공부를 더 해서 수의사가 되었으나, 니콜라이는 이미 19살때 부터 세무감독국에서 근무했지요. 우리 아버지 침샤-기말라이스키는 소년병으로 강제징집을 당했으나, 장교 직에 근속된 후 우리에게 세습되는 귀족 직위와 영지를 남겨주셨습니다. 부친이 사망한 후에 영지는 당연히 우리 소유가 되었고, 아무튼 유년시절을 우리는 자유롭게 시골에서 보낼 수 있었답니다. 우리는 다른 농부의 자식들과 똑같이 하루종일 들판과 숲에서 말을 망보고, 나무의 속껍질을 벗기고, 물고기를 잡고, 그 밖에도 그와 비슷한 놀이를 하면서 시간을 보냈지요. 인생에서 한 번이라도 농어를 잡거나, 화창하고 시원한 가을에 농촌 하늘을 떼 지어 날으며 이동하는 개똥지빠귀를 본 적이 있는 사람이라면, 그는 이미 도시 사람이 아닙니다. 그리고 자신이 죽을 때까지 그걸 잊지 못할 겁니다. 내 동생은 세무감독국에 근무하면서 우울증에 빠져버렸습니다. 세월이 흘렀지만 그는 여전히 한 자리에 머물러 똑같은 것을 종이에 옮겨쓰고, 아무래도 시골생각에만 몰두한 것이 전부였던 것 같습니다. 그에게 생긴 이런 우울증은 아주 조금씩 어떤 욕구로 표출되어 나타났는데, 그의 꿈은 강변이나 호수 주변의 어딘가에 자신의 조그마한 집을 마련하는 것이었습니다.

그는 친절하고 온화한 녀석이었어요. 나는 그를 좋아했지요. 그러나 자신의 모든 삶을 자기 소유의 집에만 한정하고 있는 그의 소망을 나는 결코 동조할 수 없었습니다. 인간에게는 단지 3아르신*의 땅만 있으면 족하다고 말하지만, 정작 3아르신은 인간을 위해서가 아니라 시체에 필요합니다. 만일 우리 지식인들이 땅에 매료되어 집을 소유하려 한다면, 그것은 좋은 일이라고들 말하지요. 하지만 정말로 이 집은 정확히 3아르신의 땅일 뿐입니다. 도시를 떠나서, 삶의 투쟁과 생활의 소음에서 벗어나 자신의 집으로 가버리거나 숨어버리는 것은 삶이 아니지요. 그것은 이기주의이고 태

---

* 1아르신은 약 71cm이다.

만이며 수도원의 생활방식을 따르는 무익한 수도생활일 뿐입니다. 인간에게는 3아르신의 땅이나 집이 아니라 아무런 구속을 받지 않고 자신의 자유로운 영혼의 본성과 특성을 나타낼 수 있는 장소, 즉 자연이 필요합니다.

내 동생 니콜라이는 자기 사무실에 앉아서, 마당 가득히 맛있는 냄새를 풍기며 양배추 수프를 풀밭에서 먹고, 양지 바른 쪽에서 자고, 언제나 문밖에 있는 벤치에 앉아 들과 숲을 바라보게 될 날을 상상하고 있었지요. 농업서적과 달력에 표기된 조언 기록은 모두 그에게 기쁨을 주었는데, 말하자면 좋은 마음의 양식을 만들어 주었답니다. 그는 신문 읽기를 좋아했는데, 신문에서는 단 한가지 적절한 규모의 경작지와 저택, 강, 정원, 제분소, 흐르는 연못이 있는 목초지를 매매하는 광고만을 읽었어요. 그리고 그의 뇌리에는 정원의 오솔길, 꽃, 과일, 찌르레기 소리, 연못의 붕어가 스치곤 했는데, 당신도 알다시피 이것들은 모두 허상입니다. 그가 보았던 광고를 보면 여러가지 상상화들이 있었는데, 웬일인지 그 그림들에는 제각기 구즈베리*가 꼭 들어 있더군요. 여기에서 구즈베리가 없이는 어떤 대저택이나 좋은 땅도 상상할 수 없었던 것입니다.

'시골 생활은 그 자체가 편리해요.' 동생은 늘 말을 했죠. '발코니에 앉아 차를 마시고, 연못에는 오리 떼가 헤엄치고, 아주 좋은 향

---

* 구즈베리-까치밥나무속에 속하는데 나무에는 가시가 있으며 초록색 또는 초록빛이 도는 분홍색 꽃들이 두세 송이씩 무리져 핀다. 시큼한 이 열매는 익혀서 먹거나 종종 젤리, 통조림, 파이 등을 만들거나 후식이나 술을 만든다.

기가 진동하고……. 그리고 구즈베리가 자라고요.'

동생은 자신의 영지를 설계하곤 했는데, 매번 그의 설계도는 똑같았어요. 즉, 1) 지주 귀족의 집, 2) 하인 집, 3) 야채밭, 4) 구즈베리.

그는 빈곤하게 살았습니다. 실컷 먹거나 마시지도 못했고, 마치 거지처럼 남루한 옷을 입고 다녔지요. 그리고 모든 돈은 은행에 집어넣으며 저축만 했습니다. 무서울 정도로 돈을 절약했지요. 나는 동생이 너무 애처로웠어요. 그래서 명절이면 별 생각없이 그에게 선물을 보냈는데, 동생은 그것도 아꼈지요. 정말 인간이 한 가지 목표에다 온 정성을 다 쏟아부으려고 작심을 하면 어쩔 수 없는가 봐요.

세월이 흘렀습니다. 그는 다른 현으로 이사했어요. 그는 이제 만으로 마흔 살이 되었지요. 그러나 그는 여전히 신문광고를 읽고 저축했어요. 그후, 나는 그가 결혼했다는 소식을 들었습니다. 여전히 똑같은 목표인 구즈베리가 있는 자기 집을 사기 위해서 단지 돈만 있을 뿐 늙고 밉상인 과부와 동생은 아무런 감정도 없는 결혼을 했더랍니다. 그는 아내와 함께 역시 구차하게 살았는데, 아내는 반쯤 굶은 채 생활을 지탱해갔어요. 그녀의 돈은 동생이 자기 명의로 은행에 넣어두었습니다. 예전에 그녀는 우체국장과 결혼해서 만두와 과실주에 길들여져 있었으나, 두 번째 남편에게서는 검은 빵도 실컷 볼 수 없었지요. 그녀는 그런 생활 때문에 몸이

쇠약해져서 일 년을 살고 사흘이 지나서 죽어버렸습니다. 물론 내 동생은 그녀의 죽음에 자신의 책임이 있다고는 조금도 생각하지 않았습니다. 보드카처럼 돈이란 사람을 괴짜로 만드는가 봅니다. 우리가 사는 도시에서 어떤 상인이 죽었습니다. 죽기전에 자신의 꿀단지를 꺼내오라고 한 다음, 어느 누구의 손에도 들어가지 못하도록 꿀을 바른 자신의 유가지폐와 돈을 모두 먹어버렸답니다. 언젠가 나는 역에서 한 무리의 사람들이 모여있는 것을 보았는데, 어떤 중개상인이 기관차에 부딪쳐 다리가 절단되었더군요. 우리는 그를 응급실로 옮겼으나, 겁이 날 만큼 엄청난 피를 흘렸어요. 그는 자신의 다리를 찾아달라고 모든 사람들에게 애원했습니다. 사람들은 모두 마음 아파했지요. 왜냐하면 절단된 다리의 장화 속에는 영원히 사라지지 않을 것 같은 20루블이 들어있었기 때문이지요.

"이야기가 다른 데로 흘러가는 군요." 부르킨이 말했다.

"아내가 죽고나자, " 이반 이바느이치는 30초 동안 생각한 후에 말을 계속했다.

"내 동생은 자신의 영지를 찾아 냈습니다. 물론 5년 동안 찾아다닌 결과지요. 하지만 결국 이제껏 꿈꾸었던 것과는 다른 것을 매입해버린 실수를 저질렀습니다. 동생 니콜라이는 중개인을 통해 의무를 양도해서 지주 귀족의 집과 하인 집, 그리고 공원이 딸린

112제샤찐*의 영지를 샀습니다. 하지만 과수원도, 구즈베리도, 오리떼가 있는 연못도 없었어요. 강이 있었지만 그 강물빛은 커피 색깔을 띠고 있었습니다. 그것은 영지의 한 편에 벽돌 공장이 있고, 다른 쪽 편에는 골재 공장이 있었기 때문이지요. 그러나 내 동생 니콜라이는 별로 슬퍼하지 않았어요. 그는 20여 그루의 구즈베리 관목을 주문해서 자기 손으로 심었고, 지주로 살았기 때문이지요.

작년에 나는 그의 집을 방문하기 위해 떠났습니다. 나는 그곳에 무엇이 있고, 어떻게 살고 있는지 직접 가서 본 후에 생각해볼 작정이었습니다. 내 동생의 편지에는 자기 영지를 '춤바로크로바 푸스토쉬**' 또는 '기말라이스코예 토지(toge)***'라고 불렀어요. 나는 한낮이 지나서 '기말라이스코예 토지'에 도착했습니다. 사방에 도랑과 울타리, 담장이 있고 전나무가 나란히 심어져 있어서 말이 서 있는 뜰을 어떻게 통과해야 할 지 모를 지경이었어요. 나는 집을 향해 걸었습니다. 돼지를 닮은 뚱뚱하고 불그스레한 개가 나를 마중나왔어요. 개는 게을러빠져서 짖지도 않더군요. 역시 돼지를 닮은 뚱뚱한 하녀가 부엌에서 맨발로 나오더니 나리는 식후에 휴식을 취하고 계신다고 전하더군요. 내가 동생 방으로 들어가니, 그는 무릎까지 이불을 덮은 채 침대에 앉아 있었습니다. 그의 뺨과

---

*   1 데샤친은 1.092헥타르의 면적에 해당한다.

** 푸스토쉬는 황무지, 불모지의 의미.

*** 기말라이스키(니콜라이의 성)의 토가. 토지는 프랑스어로 토가(고대 로마시대 남성들이 입던 옷)를 의미한다.

코, 입술은 마치 잡아 당긴 것처럼 피부가 늘어나 있어서 늙어 보인데다가 살이 쪘더군요. 그는 이불 속에서 꿀꿀거리고 있는 돼지처럼 보였습니다.

우리는 서로 포옹하며 기뻐했는데, 한 때는 젊었지만 지금은 둘 다 백발이 되어 죽을 날이 가까웠다는 서글픈 생각 때문에 약간 흐느껴 울기까지 했습니다.

'그래, 넌 여기서 어떻게 지내냐?' 내가 물었죠.

'그럭저럭 지냅니다. 하느님의 은혜로 잘 살고 있지요.'

그는 옛날의 소심하고 가난했던 그런 관리가 아니라 이젠 지주나리가 되어 있었지요. 그는 이제 이곳의 관습에 익숙해졌고, 취미도 갖기 시작했습니다. 말하자면, 포식하고, 욕탕에서 목욕을 하고, 살이 찌고, 이제는 사회에 대해서, 그리고 두 공장에 대해 걱정을 하고, 농부들이 자기를 '나리'라고 부르지 않으면 몹시 모욕감을 느낄 정도로 살고 있었어요. 그리고 지주로서 자신의 영혼에 세심하게 마음을 바쳐서 실행하기 힘든 친절을 자랑스럽게 베풀 줄도 알고 있더군요. 그런데, 베풀었던 친절이란 게 어떤 건지 알아요? 악화될 대로 악화된 농부들의 병을 소다와 피마자 기름으로 치료해주고, 자신이 영지를 매입한 날엔 마을 한 가운데서 감사의 기도를 올리며, 술 반 양동이를 내어놓는 것이랍니다. 아! 술 반 양동이라니 얼마나 끔찍한 일인가요! 오늘은 뚱뚱한 지주가 가축으로 인한 피해를 당하면 가축주인인 농부를 지방 관리에게 고발하려고 끌고 가지만, 내일은 축제일이 되어서 농부들에게 술 반 양동이를 내어 놓는답니다. 그들은 술을 마시고 만세를 부르며, 술 취한 사람들은 더러 지주에게 무릎을 꿇고 절을 하지요. 배부르고 게으른 생활을 더욱 더 개선된 방향으로 이끌려는 삶의 변화가 러시아인들에게는 자부심과 뻔뻔스러워지는 쪽으로 발전하고 있어요. 언젠가 세무감독국에서 자신의 고유한 개성을 갖는 것조차 싫어하던 니콜라이는 이젠 완전히 책임자의 말투로 오직 한 가지 진리만을 이야기한답니다.

'교육은 꼭 필요하지만, 민중을 위한 교육을 시행하기엔 아직 시기상조입니다.' '체벌하는 것은 대개 해로운 것이지만 어떤 경우엔 유익하며 중요합니다.' '나는 민중을 알고 있으며 그들과 잘 지내고 있습니다.'

그가 말하더군요.

'민중은 나를 사랑합니다. 내가 손가락 하나만 까닥해도 민중은 날 위해 할 수 있는 모든 일을 할 것입니다.'

그가 이런 말을 맨 정신에 친절한 미소를 지으며 했다고 하더군요. 그는 스무 번 가량이나 되풀이해 이렇게 말했습니다

'우리는 귀족입니다.'

'나는 정말로 귀족이에요.'

이제는 필경 우리 할아버지가 농부였고, 아버지가 군인이었다는 사실을 그는 기억해 낼 수 없을 겁니다. 침샤-기말라이스키라

는 우리의 성을 지금 그가 매우 유쾌한 목소리로 들먹거리며, 대단하고 고귀한 성씨로 여기는 것처럼 보이지만, 실상 그것은 모순입니다.

그러나 문제는 거기에 있는 게 아니라 내 자신에게 있습니다. 내가 그의 저택에 머무르는 동안 짧은 시간에 내 마음속에 어떤 변화가 일어났다는 걸 당신에게 말씀드리지요.

우리가 밤에 차를 마실 때, 하녀는 식탁 위에 구즈베리가 가득 든 접시를 내놓았어요. 이것은 사온 게 아니라, 관목을 심은 후 첫 수확한 자신의 구즈베리 열매였습니다. 니콜라이는 잠시 구즈베리를 보더니 눈물을 글썽인 채 조용히 웃었습니다. 그는 흥분한 나머지 말을 못하더군요. 그 다음에는 구즈베리가 담긴 단지를 하나 내놓았어요. 마침내 자기가 좋아하는 장난감을 선물받은 어린애처럼, 의기양양하게 날 바라보며 말하더군요.

'얼마나 맛있는지 몰라요!'

그는 탐욕스레 먹더군요. 그리고 또 다시 반복해서 말했어요

'아, 정말 맛있군! 형님도 맛 좀 보세요!'

그런데 먹어보니 그것은 딱딱하고 신맛이 났습니다. 푸쉬킨은 '진리에 대한 무지는 우리가 거짓말을 하는 것보다 더 낫다'라는 말을 했었지요. 인생의 목표를 달성하고, 자신의 운명과 스스로 만족할 만큼 모든 것을 얻은 행복한 사람을 나는 보았고, 그 사람의 고귀한 꿈은 그렇게 분명히 실현되었던 겁니다. 이 사람의 행복

에 대해 생각할 때면, 난 웬일인지 항상 뭔가 슬픔에 젖게 됩니다. 지금도 행복한 그 사람의 모습에서 느껴지는 고통과 절망에 가까운 감정이 나를 사로잡네요. 특히 밤에 괴로웠지요. 나는 동생의 침대와 나란히 잠자리를 폈습니다. 그리고 그가 자지 않고 일어나 구즈베리가 담긴 접시에 다가가 구즈베리를 집는 소리를 들었습니다. 나는 생각했어요. 과연 얼마나 많은 사람들이 실제로 만족하면서 행복해 할까! 이것은 얼마나 억압적인 힘인가!

이런 삶을 주목하기 바랍니다. 즉 강자의 파렴치하고 태만한 무례함과 권력자의 짐승 같은 비열한 행위, 주변의 참기 힘든 빈곤과 편협함, 퇴화, 과음, 위선, 거짓말……. 이런 것들이 존재하는 가운데서도 각 가정들과 거리에는 고요함과 평온함이 공존하고 있습니다. 도시에 사는 50만명의 시민 중에 고함을 지르며 대규모의 폭동을 일으키는 사람은 한 사람도 없습니다. 우리는 식품을 사러 시장을 돌아다니고, 낮에 먹고, 밤에 자고, 실없는 소리를 지껄이고, 결혼하고, 노력하며, 자신의 유해를 묘지로 조심스럽게 끌고 가는 것을 볼 수 있습니다. 그러나 우리는 삶의 그 어딘가에서 알지 못한 채 발생하는 두렵고 고통스런 일을 볼 수도 들을 수도 없습니다. 모든 것이 조용하고 평온하기만 하니까요. 그리고 감추어진 어떤 통계만이 이의를 제기할 뿐입니다. 그것은 얼마만큼의 사람들이 정신이상을 겪고 있는지, 얼마만큼의 사람들이 한 양동이의 술을 마셨는지, 몇명의 아이들이 식량 부족으로 굶어죽었는지를 보여주는 통계말입니다. 그리고 이런 질서는 반드시 필요합니다. 어쩌면 불행한 사람들은 자신의 무거운 짐을 지며 침묵해버리기 때문에 행복한 사람들은 기분이 좋겠지요. 그리고 이러한 침묵이 없었다면, 그 행복은 불가능했을테니까요. 그것은 일반적인 영향력입니다. 만족해하고 행복한 모든 인간들의 등뒤에서 그 누군가가 손에 망치를 들고 서서 불행한 때도 있고 행복한 때도 있다는 사실을 상기시켜줘야 합니다. 삶은 인간에게 언젠가는 자신의 발톱을 드러낼 것이기에 재앙이, 말하자면 질병과 빈곤, 손해 등이 발생할 것입니다. 현재 우리 인간이 다른 것(재앙과 같은 것)들을 듣지도 보지도 못하는 것처럼, 미래에도 역시 이런 사실을 아무도 예견하지 못할 겁니다. 그러나 망치를 든 사람은 없고, 행복한 사람들은 잘 살고 있으며, 사소한 걱정들이 사시나무의 바람처럼 그를 약간 흥분시킬 뿐이죠. 모든 것이 순조롭게만 보입니다.

그날 밤 나 역시 만족스럽고 행복하다는 사실을 알게 되었습니다.

이반 이바느이치는 일어나면서 말을 계속했다.

"나 역시 식사할 때와 사냥터에서 어떻게 살 것인가, 어떻게 믿을 것인가, 어떻게 민중을 이끌어갈 것인가를 가르쳤어요. 또한 지식은 빛이고 교육은 필수적이지만, 단순한 사람들을 위해선 읽고 쓸 줄 아는 기초적인 지식으로도 충분하다고 말했습니다. 자유는 행복을 가져다 주는 것이며, 공기가 없으면 안되는 것처럼 자유가 없어서도 안되지요. 그러나 기다려야 한다고 말했습니다. 그래요. 나는 그렇게 말했습니다. 그렇다면, 제가 질문을 하나 할까요? 이름에서 무엇을 기대할 수 있습니까?"

이반 이바느이치는 부르킨을 진지하게 바라보면서 계속해 물었다.

"내가 당신에게 물어보고 있는 건 이름에서 무엇을 기대하는가? 입니다. 이름에 어떤 생각들이 존재하나요?"

사람들이 내게 그러더군요. 모든 사상은 자신의 삶에서 한꺼번에 이 아니라 점진적으로 실현되어 가는 거라고요. 하지만 누가 그것을 말해 줍니까? 또 그것이 옳다는 증거는 어디에 있습니까? 여러분들은 사물의 자연법칙과 현상의 합법성을 인용하겠지요. 그러나 살아있는 사상을 지닌 인간인 나는 참호 위에 서서 그가 스스로 성장하는 것을 기다리거나 아니면 그를 진흙으로 덮어 묻어주게 될 때를 기다리는 것에 과연 질서와 합법성이 존재하고 있는 것인지 모르겠습니다. 그때는 아마도 내가 어떻게 그를 뛰어넘을 수 있을까요, 아니면 어떻게 그를 경유하는 다리를 만들 수 있을까요? 게다가 이름에서 무얼 기대할 수 있겠습니까? 살아갈 기력이 없을 때는 기다리세요, 그 동안에 살아야 하고 그리고 살고 싶어지니까요!

나는 그때 아침 일찍 동생 집에서 떠났습니다. 그 후로 도시에서 일어나는 일은 내겐 참기 어려웠지요. 고요함과 평온함은 나를 억압할 것이며, 지금 식탁 주위에 둘러앉아 차를 마시고 있는 행복한 가정처럼, 나에겐 가장 어려운 상황이 아니기 때문에 나는 창밖을 바라보는 것이 두려웠어요. 나는 이제 늙어서 투쟁할 수도 없으며 혐오스러울 만큼 무능하답니다. 나는 이제 정신적으로 우울하고 초조해지며 화가 치밀곤 합니다. 밤마다 내 머리엔 상념들이 마구 쌓이기 때문에 잠을 도통 이룰 수가 없습니다. 아, 만약 내가 젊은이였더라면!"

이반 이바느이치는 흥분해서 이리저리 걸어다니며 되풀이해 말했다.

"만약 내가 젊은이였다면!"

그는 갑자기 알료힌에게 다가가서 그의 양쪽 손을 잡았다.

"파벨 콘스탄치니치." 그는 애원하는 듯한 목소리로 말했다.

"자신을 안심시키거나 잠들게 하지 마세요! 좋은 일을 하세요! 젊고 힘있고 건강할 때 좋은 일을 하는 걸 싫어하지 말아요! 자기가 해야 할 일을 하지 않는 것은 행복이 아닙니다. 또한 만일 인생에 사상과 목적이 있다면, 이 사상과 목적은 우리의 행복이 아니라, 뭔가 더욱 합리적이고 훌륭한 것이어야 합니다. 좋은 일을 하십시오!"

이반은 이 모든 것을 마치 스스로에게 개인적으로 부탁하는 것처럼 슬픔에 찬 애잔한 미소를 지으며 말했다.

그후 우리 세 사람은 말없이 응접실 구석에 있는 안락의자에 각자 앉아있었다. 이반의 이야기는 부르킨도 알료힌도 만족시키지 못했다. 황혼녘에 살아있는 것처럼 보이는 액자 속 장군들과 부인들이 듣기에도 구즈베리를 먹었던 가난한 관리에 대한 이야기를 듣는 것은 지루한 일이었을 것이다. 이들은 웬지 멋진 사람들과 여자들에 대해서 말하고 듣기를 원하고 있는 것 같았다. 지금 세 사람이 앉아있는 덮개를 씌운 샹들리에와 안락의자, 그리고 다리 밑에 카펫이 놓여 있는 응접실에서, 지금은 아름다운 펠라게야가 소리없이 걸어다니고 있는 이 응접실에서 그 언젠가 걸어 다녔고 앉아서 차를 마셨던 바로 그 사람들이 지금 액자를 통해 세 사람을 바라 보고 있다. 바로 이 사람들에 대한 이야기를 하는 것이 어쩌면 어떤 이야기보다도 더 훌륭했을 것이었다.

알료힌은 너무나 잠을 자고 싶었다. 왜냐하면 그는 일 때문에 새벽 세 시에 일어났기 때문이다. 그는 지금 눈이 감겨왔지만 자기가 없을 때 손님들이 뭔가 재미있는 이야기를 하지 않을까 걱정되어 떠나지 않고 있었다. 이반 이바느이치가 방금 말했던 것이 이성적인 것인지 또는 공평한 것인지 그는 알 수 없었다. 알료힌은 손님들이 곡식이나, 건초, 타르에 대한 이야기가 아니라 그의 삶과 직접적인 관계가 없는 뭔가에 대해 말하는 것을 이해하기는 힘들었다. 하지만 그는 기뻤다. 그리고 그들이 계속해서 이야기 하기를 바랬다.

"자, 이젠 그만 자야겠습니다."

부르킨이 일어나면서 말했다.

"평안한 밤이 되기를 바랍니다."

알료힌은 작별 인사를 하고 아래층 자신의 방으로 갔다. 손님들은 위층에 남았다. 그들 두 사람은 조각 장식이 달린 낡은 두 개의 목재 침대가 있는 큰방에서 밤을 보냈는데, 구석에는 상아로 만든 그리스도의 성상이 있었다. 아름다운 펠라게야가 잠자리를 펴자 폭이 넓고 차가운 그들의 침대에서는 신선한 담요의 향기가 싱그럽게 풍겼다.

이반 이바느이치는 조용히 옷을 벗고 누웠다.

"죄 많은 우리를 용서하소서!"

그는 말하고 생각에 잠겼다.

탁자에 놓여있던 그의 담배 파이프에서 담뱃재 냄새가 코를 찔렀으나 이런 지독한 냄새가 어디에서 나는지 도저히 알 수 없었던 부르킨은 오랫동안 잠을 이루지 못했다.

빗방울은 밤새도록 창문을 때렸다.

경박한 여자

1

올가 이바노브나의 결혼식에는 올가의 친구들과 그녀를 아는 훌륭한 사람들이 모두 참석했다.

"저 사람을 좀 봐. 그는 무언가 남다른 사람처럼 보이지 않아?"

그녀는 자기 친구들에게 왜 자신이 이름 없고 평범한 남자와 결혼했는지, 마치 해명이라도 하고싶어하는 듯 신랑에 대해서 말했다.

그녀의 신랑인 오시프 스테파노비치 드이모프는 내과의사였다. 그는 두 군데의 병원에서 일하고 있었다. 매일 오전 9시부터 12시까지는 한 병원에서 환자들을 보고, 오후에는 다른 병원에 가서 사망한 환자들의 시신을 검시했다. 그리고 개인적으로 일을 해서 아무런 의미도 없는 돈을 벌고 있었다. 그러니까 일 년에 오백 루블 정도를 더 번다. 그게 전부다. 뭘 더 그에 대해서 이야기할 수 있을까? 하지만 올가 이바노브나와 그녀의 친구들, 그리고 그녀를 아는 사람들은 결코 평범한 사람들이 아니었다. 그들은 제각기 한 방면에서 두각을 나타낸 사람들이었으며, 유명인사들이었고, 아직 유명인사가 아니라면, 틀림없이 전도유망한 사람들이었다. 큰 극장의 연극배우도 있고, 오래 전에 대중적인 인기를 누렸던 연극배우, 우아하고 영리하며 기품있는 사람들도 있었다.

사람좋게 생긴 뚱뚱한 오페라 가수가 있었다. 그녀는 올가에게 만일 그녀도 게으름을 피우지 않고 노력한다면 훌륭한 가수가 될 수 있는데, 그녀 스스로가 몸을 망치고 있다고 동정하듯 한숨쉬며 확신하곤 했다.

그리고 몇 명의 화가들이 있었다. 그들의 리더는 랴보프스키였다. 그는 풍속과 동물, 그리고 풍경을 그리는 화가로 전시회가 성공해 최근 작품이 한 점에 5백 루블에 팔리는 스물다섯 살의 잘 생긴 금발의 청년이었다. 그는 올가에게 스케치를 가르쳐주며, 언젠가는 그녀도 성공할 것이라고 말하곤 했다.

또 첼로 연주자가 있었다. 그는 자신이 알고 있는 모든 여자들 중에서 올가 이바노브나만이 유일하게 자기와 함께 피아노 연주를 할 수 있다고 솔직하게 시인했다.

그리고 작가도 있었다. 그는 이미 단편소설이나 희곡 혹은 장편소설을 써서 이미 유명인사가 된 젊은이였다.

또 누가 있지? 아, 지주 계급의 바실리 바실리이치가 있다! 아마추어 삽화가이자 문양화가로 러시아 전통 문양과 서사시와 설화에 깊은 관심을 갖고, 종이나 도자기나 그을린 나무판에 확실한 기적을 만들어낼 사람이었다.

이처럼 예술적이고 자유분망하고 숙명적으로 제멋대로인 사람들은 생각이 깊고 겸손한 편이었다. 그들은 의사라는 존재에 대해서는 단지 병이 들었을 때에만 기억해 낼 뿐이었다. 즉 이 사람들은 드이모프라는 이름이 시도로프나 타라소프 처럼 평범하게 들려서 무엇을 잘하지도 못하는 쓸모없는 사람이며, 보잘것없는 하찮은 인간이라고 여겼지만, 그는 키가 크고 어깨도 넓은 사람이었다. 그의 프록코트는 두 사람이 들어갈 만큼 컸으며, 수염을 상점 점원처럼 무성하게 기르고 있었다. 만일 그가 작가나 화가가 되었더라면 사람들은 그의 수염이 에밀 졸라 같아 보인다고 말했을 것이다.

화가는 올가 이바노브나에게 그녀의 연한 황갈색 머리와 흰 웨딩드레스를 두고 봄에 부드럽고 하얀 꽃으로 뒤덮인 날씬한 벚꽃나무와 매우 비슷하다고 찬사를 던졌다.

"아니예요, 들어보세요!" 올가 이바노브나는 그의 팔을 잡으며 말했다.

"당신은 우리가 어떻게 만나게 되었는지 궁금하지 않나요? 들어보세요. 들어봐요. 당신은 우리 아빠와 드이모프가 같은 병원에서 일하고 있었다는 걸 알죠? 우리 불쌍한 아빠가 병에 걸려 앓아 누우셨을 때, 드이모프는 며칠 밤낮을 아빠의 침대 곁에서 떠나지 않앉어요. 정말로 헌신적이었죠! 들어보세요. 랴보프스키, 그리고 당신도, 작가분도 대단히 재미있을 거예요. 좀더 가까이 와보세요. 얼마나 헌신적이고 성실한 행동인가요! 나 역시 밤에 자지않고 아빠 곁에 앉아 있었지요. 그러다가 갑자기……. 난 착한 젊은이에게 반하고 말았답니다. 드이모프와 난 사랑에 빠져버렸다고요. 운명은 분명히 때로는 정말 환상적이에요.

부친이 돌아가신 후에 그는 가끔씩 나를 찾아오곤 했어요. 거리에서 그를 만나곤 했죠. 그런데 어느 날 날씨가 온화한 밤에, 짜잔! 그가 내게 프로포즈를 한 거예요……. 청천벽력같이 말이죠……. 난 밤새도록 울면서 미칠듯이 사랑에 빠졌죠. 그러고는 당신들이 보는 바와 같이, 난 그의 아내가 되었답니다. 그에게는 곰처럼 강하고 든든한 무엇이 있어요. 그렇게 생각하지 않으세요? 지금 그는 얼굴이 반쯤 밖에 보이지 않는데도 이마에서 광채가 나잖아요? 그가 정면으로 돌아서면 그의 이마가 정면으로 보일 거예요. 랴보프스키, 당신은 저 이마를 보고 뭐라고 하시겠어요? 드이모프, 우리는 당신에 관해서 얘기하고 있다우!"

그녀는 신랑에게 소리를 질렀다.

"이리 오세요. 당신의 정직한 손으로 랴보프스키와 악수하세요……. 정말 좋은 친구가 되기를 바래요."

드이모프는 온화하고 꾸밈이 없는 미소를 지으면서, 랴보프스키에게 손을 내밀며 말했다.

"매우 반갑네요. 나와 랴보프스키는 대학과정을 함께 마치고 졸업했습니다. 그러니 이 사람은 당신들만의 친구가 아니라고요, 그렇지?"

2

올가 이바노브나는 스물 두살이었고, 드이모프는 서른 한 살이었다. 결혼 후에 그들은 잘 살았다.

올가 이바노브나는 응접실의 벽을 그녀와 친구들의 스케치 작품으로 장식했다. 액자를 한 것도 있고, 안 한 것도 있었다. 피아노와 가구 사이의 빈 공간에는 중국제 양산, 이젤, 여러 색칠 소재, 유화에 쓰이는 칼들, 작은 흉상들, 사진들을 채워놓았다.

식당 벽에는 값싸고 대중적인 판화들과 짚신들과 작은 낫들을 장식해 놓았다. 한 구석에는 풀을 베는 낫과 고무래*를 놓아두었다. 그녀는 식탁을 러시아식으로 꾸몄다.

침실은 동굴처럼 만들었다. 천장과 벽에는 검은 천을 드리우고 침대에는 베니스풍의 램프를 걸어놓았으며, 문에는 미늘창**을 든

---

* 논이나 밭의 흙을 고르거나 씨뿌린 뒤 흙을 덮을 때, 또는 곡식을 모으거나 펴는데 쓰는 연장.

** 막대 끝에 기다란 창이 달린 곡괭이와 도끼날을 결합시킨 무기 (halbert, halbard 라고도 쓴다). 길이는 대개 1.5 ~ 1.8m이다. 미늘창은 15~16세기 초 유럽 중부지역에서 중요한 무기로 사용되었다.

석고상을 놓아두었다. 모두들 신혼집을 보고 매우 매력적인 은신처라고 말했다.

올가는 매일 오전 11시가 되어서야 침대에서 일어나, 피아노를 치거나, 만일 날씨가 좋으면 유화 그림을 그리곤 했다. 오후 한 시쯤 되면 영업용 마차를 타고 옷 만드는 재단사에게 갔다.

그녀와 드이모프는 돈이 별로 없었으므로 꼭 필요한 것을 사는 것에만 쓸 수 있었다. 그녀의 옷을 만드는 재단사는 그녀의 옷이 새옷으로 보이게 하고, 새로운 느낌을 자아내게 하기 위해 온갖 기술을 총동원하곤 했다. 가끔은 오래 된 염색 옷과 오래 된 싸구려 명주 베일과 레이스, 벨벳, 실크 따위로 거의 기적에 가까운 옷을 만들어 내곤 했다. 그것은 옷이 아니라 꿈이었다.

재단사의 집에서 일이 끝나면 올가는 잘 아는 여배우의 집에 가서 연극계의 뉴스를 듣고, 새로 시작하는 연극의 첫날저녁 공연에 관람할 초대권을 받거나 다른 후원을 얻기도 했다.

여배우 친구집에 들른 다음에는 화가의 화실이나 미술전시회에 가야 했고, 그런 다음에는 유명인사를 자기 집으로 초대하거나, 답례로 다른 사람의 집을 방문해서 잡담을 나누곤 했다.

그녀는 어느 곳에서든지 사람들에게서 즐겁고 친절한 대접을 받았다. 사람들은 모두 그녀를 훌륭하고 매력적인 여자라고 치켜세웠다. 그녀를 찾아온 유명인사들은 그녀를 자기들과 한 부류처럼 기쁘게 맞아주며 대접해준다고 그녀는 생각하고 있었다. 그리고 모두들 그녀의 재능과 취향과 총명함 때문에 장래에 크게 대성할 수 있을 거라고 입을 모았다. 그러나 한꺼번에 여러 가지를 하려고 하진 말라는 충고도 했다.

그녀는 노래를 부르고, 피아노를 치고, 유화그림을 그리고, 조각을 하고, 아마추어 연극배우로 연기를 하고 그 모든 것에 재능을 보이며 재치 있게 해내곤 했다. 조명을 위해 작은 등불을 만들거나, 옷을 입거나, 단순히 누구의 타이를 매주기만 해도 그녀가 한 일은 곧바로 대단히 예술적이고, 우아하고 매력적인 작품이 되었다.

그러나 무엇보다도 놀라운 것은, 그녀가 사람을 사귀고 유명한 사람들과 빠른 시간안에 신속히 친해질 수 있는 능력을 갖고 있다는 사실이었다. 누군가가 아무리 작은 일이더라도 조금만 유명해지려고 하면, 그녀는 곧 그와 친교를 맺었으며, 바로 그 날로 자기 집에 초대했다. 늘 그녀는 새로운 친구를 만들었고, 그 날은 그들에게 기념일이 되곤 했다. 그러나 그녀는 그들에게 갈증을 느꼈고, 그 갈증은 결코 채워지지 않았다. 오래 된 사람들이 사라져 잊혀지면 새로운 사람들이 그 자리를 채웠다. 그녀는 새로운 사람들에게 금방 익숙해지거나 아니면 실망을 느꼈다. 그래서 그녀는 더욱 열심히 새로운 명사들을 찾아다녔다.

오후 다섯 시쯤엔 집에서 남편과 함께 저녁 식사를 했다. 남편의 단순함과 풍부한 상식과 온후한 성품이 그녀를 기쁘게 하고 감동시켰다. 그녀는 끊임없이 즐거워하며, 충동적으로 자주 뛰어올라 목을 끌어안고 그의 얼굴에 키스를 퍼붓곤 했다.

"드이모프, 당신은 지성적이고 고상한 남자예요."

그녀는 말했다.

"그러나 매우 중요한 한 가지 결점이 있어요. 도무지 예술에 관심이 없다는 것이에요. 미술과 음악의 가치를 인정하려고 하지 않잖아요?"

"나는 그것들을 잘 알지 못해요. 나는 지금까지 자연과학과 의학에 종사해오면서, 예술에 관심을 가질 시간이 없었오."

그가 점잖게 말했다.

"그렇다면 그것은 끔찍한 일이에요, 드이모프!"

"왜 그러지요? 당신 친구들은 자연과학이나 의학을 모르는데도, 당신은 그것에 대해서는 비난하지 않잖아요. 모든 사람들은 자기만의 취미가 있는 법이오. 나는 풍경화와 오페라를 잘 모르지만 이렇게 생각해요. 만약 어떤 총명한 사람들이 그것들에 자기 인생을 바친다면, 다른 사람들이 그를 위해 상당한 대가를 지불해야 할 거라고요."

"이리와요, 드이모프, 당신의 정직한 손과 우리 악수해요!"

저녁식사를 한 뒤 올가 이바노브나는 다른 지인의 집을 방문하고 극장에 가거나 연주회에 가서 자정이 넘어서야 집에 돌아왔다. 매일매일 이런 생활을 되풀이 했다.

수요일마다 그녀는 저녁에 파티를 열었다. 이 저녁파티에서 여주인과 손님들은 결코 카드놀이를 하거나 춤을 추지 않았다 그대신 그들은 여러 종류의 예술적인 오락을 즐겼다. 연극무대의 배우는 대사를 낭송하고, 가수는 노래를 부르며, 화가는 올가 이바노브나가 가지고 있던 앨범 중에서 사진 하나를 골라서 그림을 그리고, 첼로연주자는 연주를 했다. 그리고 여주인도 역시 그림을 그리고, 점토로 형상을 만들고, 노래를 부르며 반주를 했다.

낭송과 음악 그리고 노래가 끝나고 쉬는 막간에는 문학과 연극 작품과 미술에 관한 이야기를 하고 논쟁을 벌였다. 올가 이바노브나가 모든 여자들의 역할을 다 소화했기 때문에 초대받은 사람들 중에는 여배우와 그녀의 전속 재단사를 제외하곤, 다른 여자 손님은 없었다.

매번 저녁파티에서, 여주인은 종소리가 울릴 때마다 움찔하고는 "그가 왔어요!"라고 자랑스러운 목소리로 외쳐댔다.

여기에서 '그'라는 사람은 올가가 특별히 초대한 새로운 명사였다.

손님들 중에 드이모프는 없었으며, 아무도 그를 기억해내지 못했다. 하지만 정확히 밤 11시 반이 되면, 식당문이 열리고, 드이모프가 특유의 온후하고 친절한 미소를 띠면서 말하는 것이었다.

"신사 숙녀 여러분, 가벼운 밤참을 드십시오."

모두들 식당으로 몰려가서 식탁 위에 매번 똑같은 메뉴의 요리가 차려져 있는 것을 보았다. 굴을 넣은 요리, 구운 돼지고기나 송아지고기, 정어리, 치즈, 캐비어, 버섯, 보드카와 두 병의 디캔터가 놓여 있었다.

"내 사랑하는 우리 지배인!"

올가 이바노브나는 황홀한듯이 양손 손가락을 깍지 끼어서 그를 껴안았다.

"당신은 정말 매력적이에요! 신사분들, 이 사람의 이마를 좀 보세요! 드이모프, 옆으로 비스듬히 몸을 돌려 보세요. 신사분들, 보세요! 벵갈호랑이 얼굴상이지만 숫사슴처럼 친절하고 부드러운 표정을 보세요. 여보!"

손님들은 음식을 먹으면서 드이모프의 얼굴을 한번 힐끗 쳐다보며 이렇게 생각했다.

'정말, 선량한 친구로군.'

하지만 금방 그의 존재를 잊어버리고 연극이나 음악, 미술에 대해서 하던 이야기를 계속했다.

젊은 부부는 행복했다. 그들의 평화로운 나날을 방해하는 것은 아무것도 없었다.

그렇지만 그들의 신혼생활에서 세 번째 주는 그리 행복하게 보내지를 못했다. 오히려 좀 슬픈 편이었다. 드이모프는 병원에서 단독(丹毒)*에 걸려 엿새 동안이나 병석에 누워 있었다. 그래서 자

* 피부의 헌데나 다친 곳으로 세균이 들어가서 열이 높아지고 얼굴이 붉어지며 붓게 되어 부기(浮氣), 동통을 일으키는 전염병.

신의 아름다운 검은 머리칼을 빡빡 밀어야만 했다. 올가 이바노브나는 그의 곁에 가까이 앉아서 비통하게 울었다. 그러나 그의 병이 조금 차도를 보이자, 그녀는 그의 짧은 머리 위에 흰 손수건을 동여매고 그를 모델로 배두인(사막에서 유목생활을 하는 아랍인 종족)의 그림을 그리기 시작했다. 그들 두 사람 모두 즐거웠다. 사흘이 지나자 그는 꽤 몸이 회복되어서 병원에 다시 출근하기 시작했다.

그런데 그에게 또 다른 새로운 일이 생겼다.

"나는 운이 나빠진 게 아닌가하고 걱정했소, 여보." 그는 어느날 식사중에 말했다. "오늘 나는 검시를 네 번이나 해야 했소. 그리고 검시를 하다가 그만 손가락을 두 번이나 베었소. 집에 와서야 난 그걸 알았지."

올가 이바노브나는 놀랐다. 그는 미소를 지으며 이런 상처는 하찮은 것이라고 말했다. 검시하는 동안 가끔은 두 손을 벤다고도 했다.

"넋을 잃고 얼이 빠져서 부주의한 탓이오, 여보."

놀란 올가 이바노브나는 그가 패혈증에 걸릴까 봐 걱정이 되어 밤마다 기도를 했다. 그러나 모든 것이 괜찮았다. 그들의 생활은 슬픈 일이나 분노도 없이, 평화롭고 행복하게 지나갔다. 생활은 매우 훌륭했다. 수많은 즐거움을 약속하면서 멀리서부터 봄이 미소를 지으며 다가오고 있었다. 그들의 행복은 끝이 없을 것 같았다!

4월과 5월과 6월에는 도시에서 떨어진 시골 오두막에 가서 산책을 하고, 스케치를 하고, 낚시질을 하고, 나이팅게일의 소리를 들었다.

그런 다음 7월과 8월에는 올가가 볼가 강으로 가는 화가들의 유럽여행에 참가하기로 되어 있었다. 올가는 그 여행그룹의 평생회원이었다.

그녀는 여행을 가려고 벌써 리넨으로 만든 여름 여행 옷 두 벌을 맞추었으며, 그림물감과 붓, 캔버스와 새 팔레트를 구입했다.

랴보프스키는 그녀가 그림작업에 얼마나 진전이 있는지 보려고, 거의 날마다 찾아왔다. 그녀가 그림을 보여주자 그는 두 손을 호주머니에 깊숙이 찔러 넣고, 입술을 굳게 다물고 숨을 크게 쉬더니 말했다.

"봅시다……. 저쪽 구름은 너무 선명해요. 구름이 저녁 빛에 저렇게 밝을 수는 없어요. 앞의 경치는 조금 기가 죽었군요. 아시겠죠? 무언가 충분치 않다는 말이에요……. 저 오두막은 누군가가 으스러뜨린 것 같아요. 불쌍하게 신음하고 있네요……. 귀퉁이는 조금 더 어두워야 해요. 그러나 전체적으로 그렇게 나쁘지는 않아요. 열심히 해보세요……."

그가 알아듣기 어려운 말을 하면 할수록 올가는 더욱 그를 이해할 수 있을 것 같았다.

3

　성령 강림제 다음 월요일, 드이모프는 점심을 먹은 후 간식과 과자를 사가지고 별장에 있는 아내에게 갔다. 벌써 2주일이나 아내를 보지 못해서 그녀가 몹시 그리웠다. 그녀를 찾아가는 동안 기차객실에서나 숲 속에 있는 오두막을 멀리서 바라볼 때나 그는 줄곧 배고픔과 피로를 느끼고 있었으므로, 그는 어떻게 아내와 둘이서 즐겁게 저녁을 먹을 것인가, 그 뒤에 어떻게 잠자리에 들까하고 상상의 나래를 폈다. 그는 행복한 기분으로 캐비어와 치즈, 흰 연어가 든 자신의 짐꾸러미를 쳐다 보았다. 그가 별장에 도착했을 때는 벌써 해가 지고 있었다. 늙은 하녀는 올가 이바노브나가 지금 집에 안계시지만 곧 돌아오실거라고 말했다. 낡아서 보기 흉한 오두막의 낮은 천장에는 벽지가 찢어진 채로 있고, 울퉁불퉁한 마루 판자는 갈라져 있었다.

　별장에는 방이 세 개 있었다. 방 하나에는 침대가 있고, 다른 방 하나에는 의자가 몇 개 놓여 있었다. 그 의자 위에는 캔버스와 붓들과 더럽혀진 종이조각들이 널려 있고, 창문 위의 벽에는 남자들의 외투와 모자가 걸려 있었다. 세번째 방에서 드이모프는 전에 본 적이 없는 세 명의 낯선 남자들을 보았다. 두 사람은 턱수염을 약간 기른 갈색머리의 남자들이었고, 나머지 한 사람은 뚱뚱한 남자로 말끔하게 수염을 깎은 것으로 보아 배우임이 분명했다. 식탁 위에서는 사모바르가 끓고 있었다.

"무슨 일입니까?"

배우가 경계하는 표정으로 드이모프를 아래위로 살펴보며 낮은 목소리로 물었다.

"올가 이바노브나를 찾소? 좀 기다리시오, 그녀는 곧 올겁니다."

드이모프는 앉아서 기다리기 시작했다. 턱수염을 약간 기른 남자들 가운데 하나가 졸린 눈을 뜨고 무신경하게 한 번 쳐다보고는 자기 잔에 차를 따르며 물었다.

"차 좀 드시겠습니까?"

드이모프는 마시고 또 먹고도 싶었으나, 식욕을 잃지 않을까 걱정스러워 사양했다.

이윽고 발소리와 익숙한 웃음소리가 들려왔다. 문이 꽈당하고 열리고 챙이 넓은 모자를 쓴 올가 이바노브나가 손에 상자를 들고 뛰어들어왔다. 그녀 뒤를 따라서 커다란 비치파라솔과 접는 의자를 들고 붉으스레한 뺨에 쾌활한 랴보프스키가 들어왔다.

"드이모프!"

올가 이바노브나는 기쁨으로 얼굴을 붉히며 소리를 질렀다.

"드이모프!"

그녀는 그의 커다란 가슴에 양손과 머리를 파묻으며 다시 한번 불렀다. "당신이군요! 왜 그렇게 오랫동안 오지 않았어요? 왜? 왜요?"

"언제 짬을 내기가 힘들었어, 여보. 항상 바빴고, 시간이 날때면 기차시간이 맞지 않고."

"그렇지만 저는 당신을 보니 얼마나 기쁜지 몰라요! 저는 밤새도록 당신 꿈만 꾸었어요. 또 당신이 병에 걸리지 않았을까 걱정했어요. 아, 당신이 얼마나 근사하고, 당신이 오늘 와줘서 내가 얼마나 기쁜지 아신다면! 나를 구해 줄 사람은 당신밖에 없어요. 내일 이곳에서 아주 근사한 전통 혼례식이 열린단 말에요."

그녀는 남편의 넥타이를 잡아당기며 웃으면서 말을 계속했다.

"치켈리데예프라고 하는 기차역에서 근무하는 젊은 전신기사가 결혼을 한다고요. 잘 생긴 젊은이인데, 그의 얼굴에서는 뭔지 곰처럼 강한 힘이 느껴져요……. 옛날 러시아 왕조를 세운 바랑고이인의 얼굴을 그대로 간직하고 있는 멋진 젊은이죠. 이곳에 있는 휴양객들은 모두 그에게 흥미를 느끼고 있어요. 우리도 그의 결혼식에 가겠다고 약속을 했답니다. 그는 돈에 홀리지 않는 사람이에요. 그는 가난하고 외롭고 수줍어하는 사람이죠. 그에게 친절하게 대하지 않는다면 부끄러워해야 할 거예요. 예식은 아침 예배가 끝나자마자 있는데, 예식이 끝나면 모든 사람들이 교회를 나와 신부 집으로 간대요. 아시겠죠? 숲 속에서는 새들이 노래하고, 풀 위에서는 햇빛이 반짝거리고, 우리 모두는 연두색을 배경으로 여러 가지 색깔의 점들이 되고! 정말 근사하고 멋진 프랑스 인상주의파 전통 예식이죠! 그런데, 드이모프, 나는 무얼 입고 교회에 가죠?"

올가 이바노브나는 곧 울 것 같은 얼굴표정으로 말했다.

"여기는 입을 게 아무것도 없어요, 전혀 아무것도! 드레스도 없고, 꽃도 없고, 장갑도 없어요……. 당신이 나를 구해줘야 해요. 당신이 오늘 왔다는 사실은 날 구해준다는 운명의 징후예요. 여보, 내 방 열쇠를 드릴 테니 집에 가서 옷장속의 내 핑크빛 드레스를 갖다주세요. 옷장 안에 있을 거예요. 당신 그 옷 아시죠? ……. 맨 앞에 걸려 있어요. 그리고 창고에 보면 오른쪽 마룻바닥 위에 마분지 상자가 두 개 있는데 찾을 수 있을 거예요. 한 개를 열면 베일이 있어요. 베일 말예요. 베일. 옷감 몇 벌하고, 그 밑에 보면 꽃들이 있어요. 꽃들을 꺼낼 때는 매우 조심해야 해요. 여보, 구겨지지 않도록 조심하세요……. 모두 보내주면 내가 고를 거예요. 아, 장갑도 보내주세요."

"좋아요." 드이모프가 말했다.

"내가 내일가서 다 보내주지."

"내일이요?" 올가 이바노브나는 놀라서 묻고 그를 쳐다 보았다.

"당신은 내일 언제 시간이 있나요? 첫 기차는 내일 아홉 시에나 떠날 거예요, 그런데 결혼식은 11시에 있다구요. 안돼요, 여보, 오늘 가야 해요, 꼭 오늘이요! 만약 내일 당신이 직접 올 수 없으면 심부름꾼한테 보내세요. 지금 가세요. 기차시간이 얼마 남지 않았어요! 놓치지 마세요, 여보."

"좋아요."

"당신을 떠나게 해서 미안해요, 여보."

올가 이바노브나의 눈에서는 눈물이 글썽거렸다.

"왜 난 바보 같이 전신기사에게 약속해버렸을까?"

드이모프는 서둘러 차를 마시고, 롤빵을 하나 집어들더니 점잖게 미소를 지으며 역으로 나갔다. 캐비어와 치즈와 흰 연어는 갈색머리의 두 남자와 뚱뚱한 배우가 먹어치웠다.

4

달빛이 비치는 7월의 조용한 밤에, 올가 이바노브나는 볼가 강을 오르는 기선의 갑판 위에 서서 강물과 아름다운 강변을 바라보고 있었다. 그녀와 나란히 선 랴보프스키는 그녀에게, 물속에 비치는 검은 그림자는 그림자가 아니라, 꿈이라고 말했다. 부드럽게 빛나는 광채를 가진 마법의 강물 위에서 깊이를 알 수 없는 하늘과 슬프고 애조를 띤 강변은 우리에게 인생의 덧없음과 보다 고귀하고, 보다 영원하고, 보다 행복에 빛나는 그 무엇이 있음을 말해 준다고 했다. 모든 것을 잊어버리고, 죽고, 추억이 되기 위해 그런 것들이 있는 것이라고.

과거는 하찮고 흥미가 없으며, 미래는 중요하지 않다고 했다. 오직 이 아름다운 밤, 온 생애에서 결코 잊혀지지 않을 밤이 곧 끝날 것이며 영원 속으로 흘러갈 것이라고……

올가는 라보프스키의 목소리와 밤의 정적에 취해 있었다. 그러면서 자신은 영원할 것이며 죽지 않으리라고 스스로에게 다짐했다. 그녀가 전에 결코 본 적이 없는 청록색 물빛과 하늘, 강 언덕과 어두운 그림자와 그녀의 가슴을 가득 채우고 있는 헤아릴 수 없는 기쁨이 그녀에게 이렇게 속삭였다.

그녀는 어느 날 위대한 화가가 될 것이며, 달빛 빛나는 밤의 저쪽, 멀고 먼 어느 곳의 무한세계에서 성공과 명예와 만인의 사랑이 그녀를 기다리고 있다고…….

눈을 들어 먼 곳을 응시하자 수많은 군중과 불빛이 보이고, 장엄한 축하의 음악 소리와 열광하는 함성 소리가 들리는 듯했다. 하얀 드레스를 입은 그녀를 향해 사방에서 던지는 꽃속에 파묻히는 장면을 보는 것 같았다.

그녀는 또 다시 스스로에게 말했다. 그녀 옆에는 신이 선택한 진실로 위대하고 재능이 넘치는 천재인 남자가 난간에 기대어 서 있다…….

지금까지 그가 창조한 일은 모두 아름답고, 새롭고, 독창적인 것이었다. 그가 점점 발전하여 그의 희귀한 재능이 성숙해졌을 때, 미래의 창조자로서 그가 만들어내는 것은 눈부시게 위대할 것이다. 그것은 그의 얼굴과 그가 자신을 표현해 내는 방법과 그의 몸가짐에서 자연스럽게 보여질 것이다.

그는 독창적인 대화법과 자신만의 언어로 그림자와 밤의 농도와 달빛에 대해서 이야기한다. 그래서 사람들은 그에게서 넘치는 매력에 어찌할 바를 몰라 한다. 그는 출신뿐만 아니라 그 자체가 매우 근사한 사람이다. 그의 인생은 새처럼 자유롭고 독립적이며 지저분한 일상생활로부터 초연하다.

"날씨가 추워지군요."

올가 이바노브나가 몸을 부르르 떨면서 말했다. 랴보프스키는 자기 외투를 벗어 그녀에게 걸쳐주며 슬프게 말했다.

"나는 당신의 매력에 사로 잡혀버렸소. 나는 당신의 노예입니다. 당신은 어쩌면 오늘밤 이토록 아름답습니까?"

그는 한시도 그녀에게서 눈을 떼지 않고 바라보았다. 그의 눈빛이 너무 강렬해서 그녀는 그의 얼굴을 쳐다보기가 두려웠다.

"나는 미치도록 당신을 사랑합니다."

그가 그녀의 뺨에 숨을 내뿜으며 속삭였다.

"뭐라고 한 마디만 말해줘요. 나는 살지 않겠습니다. 예술을 포기하겠어요……." 그는 거친 흥분에 휩싸여 중얼거렸다. "나를 사랑한다고, 사랑한다고……."

"그런 말 하지 말아요"

올가 이바노브나는 눈을 감은 채 말했다.

"두려워요. 그러면 드이모프는요?"

"드이모프라고? 드이모프가 무슨 상관이오? 볼가 강이 있고, 달과 아름다움과 내 사랑과 나의 환희는 있지만, 드이모프에 관한 것은 아무 것도 없습니다……. 내게 지난 과거는 필요없어요, 내게 한순간만이라도 줘요……. 한순간만!"

올가 이바노브나의 가슴이 맹렬하게 뛰기 시작했다. 그녀는 남편에 대해서 생각해보려고 했으나, 지나간 과거의 모든 것이, 그녀의 결혼식도 드이모프도 저녁 파티도 그녀에게는 초라하고 하찮으며 지루하고 불필요한 것으로 생각되었으며 점점 더 거리감을 느끼는 것 같았다. 정말로 드이모프가 무슨 상관이란 말인가? 드이모프라니? 드이모프에게 어쩌란 말인가? 그는 현실일 뿐 꿈은 전혀 아니지 않은가?

'그로서는, 그처럼 단순하고 평범한 사람치고는 이미 충분한 행복을 누린거야.'

그녀는 두 손으로 얼굴을 가리며 생각했다.

'사람들은 나를 비난하고 욕하겠지……. 나를 저주해도 좋아. 나는 파멸할 거야. 수치와 불명예를 감수하겠어……. 인간은 인생에 있어서 모든 것을 경험하는 것이 필요해. 보라고, 얼마나 짜릿하고 얼마나 좋아!'

"뭐하는 거에요? 응?"

화가는 그녀를 껴안았고, 힘없이 그를 밀어내려는 시늉만하는 그녀의 두 손에 정열적인 키스를 퍼부었다.

"그대는 날 사랑하죠? 그렇죠? 그렇죠? 오, 아름다운 밤이여! 황홀한 밤이여!"

"그래요, 아름다운 밤이에요!"

올가 이바노브나는 눈물로 반짝이는 그의 두 눈을 들여다 보며 속삭였다. 그리고는 재빨리 주위를 둘러본 다음 그를 껴안고 강하게 그의 입술에 키스를 했다.

"키네쉬마에 다가가고 있군요."

갑판의 반대편에서 누군가 말하는 소리가 들렸다.

무거운 발소리가 들렸다. 간이식당에서 온 웨이터가 지나가고 있었다.

"여보세요."

올가가 행복에 겨워 눈물을 글썽이면서 웃음 지으며 그에게 말했다.

"우리에게 포도주를 갖다줄래요?"

흥분해서 얼굴이 창백해진 화가는 벤치에 앉아, 존경과 감사의 눈빛으로 올가를 쳐다보았다. 그리고 눈을 감고 나른한 듯 미소를 지으며 말했다. "피곤해요."

그리고는 자신의 머리를 난간에 기대었다.

5

9월 2일은 따뜻하고 조용한 날이지만, 구름이 낀 날씨였다. 이른 아침의 볼가 강에는 안개가 자욱하더니 아홉 시가 지나자 이슬비가 내리기 시작했다. 날씨가 맑아질 가망이 전혀 보이지 않았다.

랴보프스키는 차를 마시면서 올가 이바노브나에게 그림 그리는 것이야말로 가장 보람이 없고 재미없는 예술이라고 말했다. 그리고 자신은 화가도 아니며, 자기에게 재능이 있다고 말하는 사람들은 바보들이라고 하더니 갑자기 칼을 집어들고 아무런 이유도 없이, 자신의 가장 잘 된 스케치를 찢어버렸다. 그러고는 차를 마신 후 그는 우울하게 창가에 앉아서 볼가 강을 내려다 보고 있었다.

볼가 강은 더 이상 반짝거리지 않았다. 흐릿하고 차갑게만 보였다. 모든 것이 황량하고 우울한 가을을 연상시켰다. 자연은 볼가의 강 연안에서 빛나는 현란한 초록색과 다이아몬드 같은 햇살과 푸른 하늘과 축제의 광채를 끌어모아 다음 해 봄까지 가슴에 묻어놓은 것 같았다. 강 위를 날아가는 까마귀 떼들이 올가를 놀렸다.

"알몸이네! 알몸이야!"

랴보프스키는 까마귀들의 울음소리를 듣고 자신은 완전히 지쳤으며 재능을 잃었다고 생각했다. 이 세상의 모든 것은 일시적이고 상대적이며 어리석어 보였다. 그는 이 여자에게 얽매이고 싶지 않았다. 한마디로 그는 기분이 좋지 않았고, 의기소침해져 있었다.

올가 이바노브나는 칸막이 뒤 침대 위에 앉아서, 그녀의 아름다운 연한 황갈색의 머리칼을 빗질하며, 자기 집의 응접실과 침실과 남편의 서재를 떠올렸다. 그녀는 극장과 재단사와 유명인사가 된 친구들에 대해서 생각하고 있었다.

그들은 지금 무얼하고 있을까? 그들도 자기 생각을 할까? 계절이 시작되었으니 파티 계획을 세워야 하는데, 그리고 드이모프는? 사랑하는 드이모프는! 그는 그녀에게 가능한 빨리 집으로 돌아오라고 조르면서 얼마나 겸손하고 애처롭게 어린애처럼 애원하는 편지를 써보냈던가!

매달 그는 그녀에게 75루블을 보내주었고, 그녀가 화가에게 백루블의 빚을 지고 있다고 편지를 쓰자, 그는 곧바로 백루블을 보내주었다. 얼마나 친절하고 관대한 사람인가!

여행은 올가 이바노브나를 지치게 했다. 그녀는 싫증을 느꼈고, 한시라도 빨리 농부들과 강의 습한 냄새로부터 벗어나고 싶었다. 농부의 농가에서 살 때나 이 마을에서 저 마을로 돌아다닐 때부터 그녀가 경험해 왔던 육체적으로 불결한 느낌을 벗어버리고 싶었다. 만일 랴보프스키가 다른 화가들에게 9월 20일까지 여기서 그들과 같이 지내겠다고 약속하지 않았더라면, 오늘이라도 당장 떠났을 것이다. 만약 그랬다면 얼마나 좋았을까!

"제기랄!" 랴보프스키는 신음소리를 냈다.

"언제나 해가 나오려나? 해가 없으니 햇빛이 비치는 풍경을 그릴 수가 없잖아! ……."

"하지만 당신은 구름이 낀 하늘을 그린 스케치를 가지고 있잖아요." 올가가 칸막이 뒤에서 나오면서 말했다.

"기억나요? 오른쪽 편엔 숲이 있고, 왼쪽엔 암소와 거위떼들이 있는 것 말에요. 이제 당신이 그것을 마무리하면 되겠네요."

"뭐라고!" 화가가 눈살을 찌푸렸다.

"끝냈소! 정말로 당신은 내가 바보처럼 무얼해야 하는지도 모른다고 생각하나 보군!"

"왜 나에게 그렇게 화를 내죠?"

올가는 한숨을 쉬었다.

"그래요, 훌륭하군요"

올가의 얼굴이 떨리더니 벽난로 쪽으로 다가가 엉엉 울기 시작했다.

"어쩨, 눈물이 없더라니. 당장 그쳐요! 난 울어야 할 이유가 천 가지나 되지만, 난 울지 않잖소!"

"천 가지 이유라구요!" 올가 이바노브나가 흐느껴 울었다.

"가장 중요한 이유는 당신이 나를 부담스러워하기 때문이죠. 그렇죠!"

그녀는 말하고 소리내어 울었다.

"사실을 말하자면, 당신은 우리들의 사랑을 부끄러워하고 있어요. 이런 사실을 숨기는 건 불가능한데도, 당신은 다른 화가들이 눈치채지 못하도록 애를 쓰더군요. 모두들 오래 전부터 알고 있다고요."

"올가, 내가 하나만 당신에게 부탁할게요." 화가는 손을 가슴에 없고 간청했다. "하나만. 날 괴롭히지 말아요! 난 당신한테 더 이상 아무것도 필요치 않아요!"

"하지만 당신은 아직도 나를 사랑하고 있다고 맹세해 줘요!"

"학을 떼게 만드는군." 화가는 이빨사이로 말을 내뱉고는 벌떡 일어났다. "결국 난 볼가 강에 투신자살을 하거나 미치게 될 거야! 제발 날 그냥 놔줘요!"

"그럼 나를 죽이세요, 죽여요!" 올가 이바노브나가 부르짖었다. "죽여줘요!"

그녀는 다시 흐느껴 울면서 칸막이 뒤로 갔다. 짚으로 씌운 지붕 위에서는 비가 살랑살랑 소리를 냈다. 랴보프스키는 머리를 감싸쥐고 왔다갔다 하더니 결의에 찬 얼굴로 마치 누군가에게 무언가를 증명해야겠다는 모습으로 모자를 쓰고, 사냥총을 어깨에 매고 농가에서 나갔다.

그가 나가버린 뒤에도 올가 이바노브나는 오랫동안 침대에 엎드려 울었다. 그녀는 랴보프스키가 돌아왔을 때 그녀의 주검을 발견할 수 있도록 음독자살을 하면 좋겠다고 생각했다. 또 그녀는 자기의 응접실과 남편의 서재에 대해 생각하기 시작하면서, 그녀가 드이모프와 나란히 앉아 조용하고 조촐하게 즐거운 시간을 보내던 모습이며, 그녀가 저녁에 극장에서 앉아있었던 순간들을 상상했다. 그리고 그녀는 문명생활과 도시의 소음, 그리고 유명인사들에 대한 갈망을 느끼기 시작했다. 농가별장으로 시골 아낙네가 들어와 저녁을 준비하기 위해서 스토브에 불을 피우기 시작했다. 타는 냄새가 나고 방안이 파란 연기로 가득 차 올랐다. 화가들이 비에 젖은 얼굴에 더럽혀진 굽높은 구두를 신은 채 들어왔다. 그들은 스케치를 들여다보고는 볼가 강은 나쁜 날씨에도 불구하고 자신의 매력을 지니고 있다고 말했다……. 벽에서는 값싼 시계소리가 똑딱거리고, 추위에 언 파리들이 성상 가까운 구석 앞에 모여서 왱왱거리며, 벤치 아래에 깔린 두꺼운 마분지에서는 바퀴벌레들이 움직이며 사그락거리는 소리를 냈다.

해질 무렵에야 랴보프스키는 집으로 돌아왔다. 그는 테이블 위에 모자를 던지더니, 더러워진 굽높은 장화를 신은 채, 얼굴은 창백하고 귀찮은 듯한 표정으로 벤치에 늘어지게 앉아서 눈을 감았다.

"피곤해……." 그는 중얼거리고나서 눈썹을 움찔거리며 눈꺼풀을 들어올리려 애썼다.

올가는 그를 달래고 자신이 화나 있지 않다는 것을 보여주기 위해서, 그에게로 다가가 키스를 한 후 그의 금발 곱슬머리에 빗질을 해주었다. 그녀는 그의 머리를 빗어주고 싶었던 것이다.

"뭣하는 거야?" 그는 마치 무언가 찬 물건을 댄 것처럼 몸을 움추리더니 눈을 떴다.

"왜 이래요? 나를 좀 가만히 내버려 둬, 부탁해, 제발."

그는 그녀의 손을 뿌리치고 비켜섰는데, 그녀는 그의 얼굴에 나타난 혐오와 성가신 듯한 표정을 보았다. 이때 시골 아낙네가 그에게 양배추 수프가 담긴 접시를 가져왔다. 올가는 시골 아낙네의 손가락이 수프 속에 담겨 있는 것을 보고 있었다. 불결하게 느껴지는 시골 아낙네와 랴보프스키가 게걸스럽게 먹기 시작한 양배추 수프, 그리고 농가 등, 처음엔 순박하다는 이유로, 그리고 예술적인 무질서 때문에 그녀가 그렇게 좋아했던 이런 모든 생활이 이제는 소름이 끼치도록 싫어졌다. 그녀는 갑자기 자신이 모욕당하는 것처럼 느껴져서 차갑게 말했다.

"우린 당분간 떨어져 있기로 해요. 그렇지않으면 우리는 따분함에서 벗어나려고 대판 싸우게 될 지 몰라요. 이런 생활이 진절머리가 나요. 난 오늘 떠나겠어요."

"무얼 타고? 빗자루를 타고?"

"오늘이 목요일이니까 오늘 9시 반에 증기선이 도착할 거에요."

"아? 그래, 맞아요……. 그렇다면 가세요……." 랴보프스키가 냅킨 대신 수건으로 입을 닦으며 부드럽게 말했다.

"당신에게는 이곳 생활이 따분하고 할 일도 없을 겁니다. 당신을 붙잡는다면, 난 매우 이기적인 사람이 되겠지요. 가세요. 20일 이후에 볼 수 있겠죠."

올가 이바노브나는 흥겹게 짐을 꾸리기 시작했다. 그녀의 뺨은 만족감으로 붉어지기조차 했다. '조만간 응접실에서 그림을 그리게되고, 침실에서 잠을 잘 수 있으며, 식탁보가 깔린 테이블에서 정찬을 먹을 수 있다는게 정말일까?'하고 그녀는 자기 스스로에게 물어보았다. 그녀는 이젠 마음이 가벼워졌으며, 더 이상 화가에게 화내지 않았다.

"그림물감과 그림붓들은 당신에게 남겨둘게요." 그녀가 말했다.

"남으면 갖다주세요…… 제가 없다고 게으름 피우거나 싫증내지말고 작업에 전념하세요."

아홉 시가 되자 랴보프스키는 그녀에게 작별의 키스를 했다. 다른 화가들이 있는 곳에서는 키스하지 않기 위해서 그랬을 거라고 그녀는 생각했다. 그는 부두에서 배웅 해주었다. 증기선이 도착해서 그녀를 싣고 떠났다.

그녀는 이틀하고 반나절이 걸려서 집에 도착했다. 그녀는 모자와 방수외투조차 벗지 않고, 흥분으로 심하게 숨을 몰아쉬면서 응접실로 또 식당으로 들어갔다. 드이모프는 프록코트를 입지 않고, 조끼 단추를 채우지 않은 채 식탁 앞에 앉아서 포크로 나이프를 문지르고 있었다. 그 앞의 접시에는 꿩요리가 놓여 있었다. 올가 이바노브나는 집에 들어올 때, 남편에게 모든 것을 숨기기로 결심했고, 그런 일을 처리할 수 있는 수완이 자기에겐 충분히 있다고 확신하고 있었다. 그러나 지금, 그녀는 남편의 넉넉하고 온화하며 행복한 미소와 기쁨으로 반짝이는 눈빛을 보았을 때, 이 사람을 속이는 것은 역시 비열하고 구역질나는 일이며, 중상모략이나 도둑질, 살인처럼, 그녀에게는 불가능하게 느껴졌다. 그래서 그녀는 한순간 이제까지 일어난 모든 일들을 남편에게 고백해야겠다고 결심했다. 남편이 그녀를 포옹하고 키스한 다음에, 그녀는 그의 앞에 무릎을 꿇고서 얼굴을 손으로 가렸다.

"무슨 일이지? 왜그래, 여보?"

그는 부드럽게 물었다.

"보고 싶었소?"

그녀는 수치심으로 상기된 얼굴을 들고 죄스러운 애원하는 눈빛으로 그를 쳐다보았다. 하지만 공포와 수치심이 그녀가 진실을 말하는 걸 방해했다.

"아무 일도 아니예요……."

그녀는 말했다.

"난 그냥……."

"앉읍시다."

그녀를 일으켜서 식탁에 앉히며 그는 말했다.

"자…… 꿩 요리를 좀 먹어봐요. 당신 배가 고플거야. 가여운 사람."

그녀는 낯익은 공기를 마음껏 들이마시며 꿩 요리를 먹었다. 그는 행복하게 웃으며 온화한 얼굴로 그녀를 바라보았다.

6

한창 겨울이 진행될 때부터 드이모프는 아내가 자기를 속이고 있다는 것을 눈치챈 것 같았다. 그는 마치 그 자신이 양심의 가책을 느끼고 있는 것처럼, 이젠 아내를 똑바로 쳐다볼 수가 없었으며, 그녀와 마주칠 때 기쁘게 미소지을 수가 없었다. 아내와 단 둘이서 지내는 경우를 피하기 위해, 그는 집으로 오랜 친구인 코로스첼료프를 식사에 자주 초대하곤 했다. 이 사람은 키가 작고, 머리를 짧게 자르고 지친 얼굴을 하고 다녔다. 그는 올가 이바노브나와 이야기를 할 때는 매우 당황해서 자기 자켓의 단추를 죄다 끌렀다가 다시 잠그고, 또 오른손으로 왼쪽 코밑수염을 둥글게 말아올리곤 했다. 식사 중에 두 의사는, 마치 올가 이바노브나에게 거짓말 하지 말고 단지 식사를 하면서 침묵의 기회를 주기 위한 것처럼, 의학에 대해서만 이야기를 나누었다. 횡경막의 위치가 너무 높으면 심장이 두근거리는 부정맥(不整脈)을 일으킬 수 있다거나, 최근에는 신경염에서도 다양한 경우가 나타난다거나, 하루 전에 악성빈혈로 사망한 환자를 검시하다가 드이모프가 췌장암을 발견했다거나 하는 따위의 얘기들이었다. 식사 후에 코로스첼료프는 피아노를 치고, 드이모프는 한숨을 쉬면서 그에게 말했다.

"어이, 친구, 무언가 슬픈 곡을 쳐 보게."

어깨를 추켜 올리고 손가락을 쭉 펴면서 코로스첼료프는 건반을 몇 개 치고 나서 테너로 노래를 부르기 시작했다. "러시아농부가 신음하지 않을 것 같은 그런 수도원을 내게 가르쳐 주오." 코로스첼료프는 노래를 부르며 피아노를 치고, 드이모프는 한숨을 내쉬면서 묵상에 잠겨 있었다.

근래에 올가 이바노브나는 매우 경솔하게 행동하였다. 매일 아침, 그녀는 아주 불쾌한 기분으로 잠에서 깨어나, 그녀가 이젠 사랑하지도 않고 모든 것이 다 끝나버린 랴보프스키를 생각했다. 그러나 커피를 마시고 나면 랴보프스키가 그녀에게서 남편의 사랑을 가져가 버리고 지금 그녀는 남편도 랴보프스키도 없이 혼자 남아 있다는 생각이 들었다. 잠시후에 그녀는 자기가 잘 아는 사람들이 랴보프스키에 대해 이야기한 사실을 기억해 냈다. 그가 전시회를 위해 그린 그림은 폴레노프식 취향으로 여러 장르를 혼합한 풍경화인 훌륭한 걸작인데, 그의 화실에 가본 사람들은 그 그림에 모두 열광했다는 것이었다. 그러나 알다시피 이것을 그는 그녀의 영향을 받아 그린 거고, 그녀의 영향 덕분에 그는 대체로 훨씬 훌륭하게 변화하게 된 거라고 생각했다. 그녀의 영향은 그에게 매우 필요하기 때문에 만약 그녀가 그와 헤어진다면 그는 정신적으로 타락할 것이라고 생각했다. 그리고 그녀는 그가 마지막으로 회색 프록코트에 새 넥타이를 매고 그녀에게 찾아와서 맥없이 '내가 멋있어 보여요?' 하고 물을 거라고 상상했다. 정말로 긴 고수머리에 파랗게 빛나는 눈동자를 가진 우아한 그는 매우 아름다웠으며(적어도 그녀에게는 그렇게 보였다), 그녀에게 친절했었다.

여러 가지 추억과 수많은 상념을 떠올리면서 올가 이바노브나는 옷을 차려입고 꽤 흥분된 상태에서 랴보프스키의 작업실을 찾아갔다. 그는 정말로 자신이 그린 훌륭한 작품에 기뻐하며 감탄하고 있었다. 그는 뛰고 장난치고 웃으며 심각한 질문에도 농담으로 응답하곤 했다. 올가 이바노브나는 랴보프스키가 자기 그림에 대해 보인 사랑을 질투했다. 그리고 작품도 미웠으나 교양있게 그림 앞에 약 오 분간 침묵을 지킨채 서 있었다. 그리고 마치 성스러운 보물 앞에서 하듯이 한숨을 쉬고는 이렇게 조용히 말했다.

"그래요, 당신은 이제껏 이렇게 훌륭한 그림을 그린 적이 없었어요. 정말 대단해요."

그리고나서 올가는 그에게 자기를 사랑해달라고, 가엾게 여겨달라고 그에게 애원하기 시작했다. 그녀는 울면서 그의 손에 키스를 하고 사랑을 맹세해달라고 졸라댔다. 그리고 그녀가 좋은 영향을 주지 않았더라면 그는 필시 파멸했을 것이라고 주장했다.

그러나 그의 하루를 엉망으로 만들어버리고, 스스로도 모욕감을 느끼며 작업실을 나오면, 그녀는 옷 만드는 재단사의 집에 가거나, 공짜 극장표를 받기 위해 아는 여배우의 집을 방문하곤 했다.

그녀가 찾아갔을 때, 그가 화실에 없으면, 그녀는 '만일 당신이 오늘 내게 찾아오지 않으면, 그땐 음독자살 해버리겠어'라고 맹세하는 내용의 편지를 그에게 남겨놓곤 했다. 그는 두려워서 그녀를 찾아왔고, 집에 있다가 저녁을 먹었다. 그는 남편의 존재에도 아랑곳없이 무례하게 그녀에게 말을 걸었고, 그녀도 똑같이 그에게 말대꾸를 했다. 그들 두 사람은 무엇이 자신들을 연결시키고 있는

지 느끼고 있었다. 두 사람은 서로가 서로에게 폭군이며 원수였던 것이다. 그들은 그런 증오심에 휩싸여 있었기 때문에 자신들이 추잡하고 무례한 짓을 하고 있으며, 심지어 머리를 짧게 깎은 코로스첼료프 조차도 모든 것을 다 알게 되었다는 사실을 깨닫지 못했다. 식사가 끝나면 랴보프스키는 서둘러서 작별인사를 하고 가버렸다.

"당신은 어디로 가죠?"

올가는 분노로 가득 찬 눈으로 그를 노려보며 물었다.

그는 눈쌀을 찌푸리고 눈을 움추리면서 어떤 여자의 이름을 부르는데, 그녀의 질투를 비웃으며 그녀가 불쾌하게 여기도록 단지 여자 이름을 대는 게 분명했다. 그녀는 자기 침실로 가서 침대에 누워 질투와 실망, 모욕감 그리고 수치심으로 베개를 물어뜯으며 대성통곡하기 시작했다. 드이모프는 코로스첼료프를 응접실에 남겨둔 채 침실로 가서 조용히 말했다.

"큰 소리로 울지 말아요. 여보. 왜 그래요? 이런 문제는 조용하게 처리해야 해요. 이미 일어난 일은 이젠 결코 돌이킬 수 없소."

관자놀이까지 지끈거리는 질투의 고통을 억누르지 못한 채, 아직도 상황이 달라질 수 있다는 믿음을 갖고 올가는 목욕한 뒤, 눈물로 얼룩진 얼굴에 분을 바르고, 랴보프스키가 이름을 불렀던 그 여자에게 쫓아갔다. 만일 랴보프스키가 그곳에 없으면, 그녀는 두 번째 여자에게, 또 세 번째 여자에게…… 찾아갔다. 처음에 그녀는 그렇게 찾아다니는 것이 창피했으나, 그 뒤에는 익숙해져 버렸다, 그러다가 어느 날 저녁에는 그녀가 랴보프스키를 찾기 위해 아는 여자들을 모조리 찾아다녔다. 그래서 사람들은 이런 사실을 모두 알게 되었다.

또 어느 날은 올가가 랴보프스키에게 남편을 들먹이며 이렇게 말했다.

"그 사람이 관대한 아량으로 날 죽이고 있어요!"

이 말이 너무나 근사해 보여서 그녀는 랴보프스키와의 연애사건을 알고 있는 화가들을 만날 때마다 연극적인 몸짓으로 남편을 들먹이며 말했다.

"그 사람이 관대한 아량으로 날 죽이고 있어요!"

그러나 드이모프의 집은 작년처럼 똑같은 생활이 계속되었다. 수요일에는 저녁파티를 열었다. 배우는 대사를 낭독하고, 화가들은 그림을 그리고, 첼리스트는 연주하고, 가수는 노래를 불렀다. 그리고 언제나 밤 11시 반이 되면 식당쪽 문이 열리고 드이모프가 말했다.

"신사 숙녀 여러분, 밤참을 드십시오."

전처럼 올가 이바노브나는 위대한 사람들을 찾아다니고, 발견하고, 실망하고는 다시 찾아다녔다. 전처럼, 매일 그녀는 밤늦게 집으로 돌아왔으나, 드이모프는 작년처럼 자지 않고, 자기 서재에 앉아서 무슨 일인가를 하고 있었다. 그는 새벽 3시경에 잠자리에 들었다가 아침 8시에 일어났다. 어느날 저녁에, 그녀가 극장에 가려고 거울 앞에 서 있을 때, 드이모프가 연미복을 입고 흰 넥타이를 맨 채 침실로 들어왔다. 그는 예전처럼 수줍은 미소를 지으며 행복한 얼굴로 아내의 눈을 똑바로 쳐다보았다.

"나의 학위논문이 통과되었소."

그는 유쾌하게 말했다.

"통과됐어요?"

올가 이바노브나가 물었다.

"그럼!"

그는 웃으면서 아직도 머리장식을 매만지면서 그에게 등을 돌리고 서있는 아내의 얼굴을 거울 속에서 보기 위하여 그의 목을 쑥 내밀었다.

"그럼!"

그가 다시 말했다.

"당신 알아요? 나에게 대학교에서 일반 병리학 강의를 맡아달라고 제의할 것 같소."

만일 올가 이바노브나가 그의 기쁨과 들뜬 기분을 그와 함께 나누었더라면, 그의 회색이 만연한 얼굴로 보아 그는 그녀의 모든 것을 용서하고, 허물을 잊어버렸을 것이다. 그러나 그녀는 극장에 늦어지는 것을 걱정하면서 아무 말도 하지 않았다. 그는 2분 정도 앉아있다가, 죄지은 것 같은 미소를 지으며 방을 나갔다.

7

무척 걱정스러운 날이었다.

드이모프는 두통이 아주 심해서, 아침에 차를 마시지 않았으며 병원에도 나가지 않고 결근했다. 그리고 온종일 서재의 터키제 소파 위에 누워있었다. 올가 이바노브나는 평상시처럼 낮 열두 시에 랴보프스키에게 자기 스케치를 보여주고, 왜 어제 그가 찾아오지 않았는지 따지기 위해서 그를 찾아갔다. 그녀는 스케치의 그림이 형편없다는 것을 알고 있었으며 단지 화가에게 찾아갈 핑곗거리를 만들려고 그렸던 것이다. 그녀는 초인종도 누르지 않고 안으로 들어갔다. 현관에서 신발을 벗고 있을 때 화실에서 누군가가 조용히 뛰어가는 소리를 들은 것 같았다. 그녀는 화실 안을 보려고 서둘렀을 때는 커다란 그림 뒤로 사라진 갈색 치마자락만을 살짝 보았을 뿐이었다. 분명 여자가 숨었다는 것은 의심의 여지가 없었다. 그녀 자신도 얼마나 자주 저 그림 뒤에 숨어 있었던가! 랴보프스키는 몹시 당황해서, 마치 그녀의 출현에 놀란 것처럼, 그녀를 향해 두 손을 벌리고 말했다.

"아~아~아! 당신을 보게 되어 아주 반가워요. 무슨 좋은 일이라도 있습니까?"

올가 이바노브나의 눈에는 눈물이 가득 고였다. 지금 그림 뒤에 서서 분명 심술궂게 조소하고 있을 낯선 여자인, 연적에 대해, 그리고 그의 거짓말에 대해, 그녀는 수치스럽고 고통스러워 이야기를 꺼낼 수가 없었다.

"나는 당신에게 보이려고 스케치를 가져왔어요."

그녀는 부끄러운 듯 가느다란 목소리로 말했다. 그녀의 입술은 떨리고 있었다.

"나투르 모르트(nature morte)*예요."

"아-아-아……. 스케치군요?"

화가는 스케치를 받아들고, 수박겉핥기로 그것을 들여다보며 다른 방으로 갔다.

올가 이바노브나는 얌전하게 그의 뒤를 따라 갔다.

"나투르 모르트……페르브이 소르트** "

그는 운을 맞추어 중얼거렸다.

"쿠로르트…… 쵸르트…… 포르트…… ."***

화실 안에서 급하게 움직이는 발소리와 치마자락 스치는 소리가 들렸다. 그 여자가 빠져나간 것이다. 올가 이바노브나는 큰소리로 고함치며 화가의 머리를 뭔가 무거운 것으로 후려치고 뛰쳐나가고 싶었지만, 눈물이 앞을 가려 아무것도 볼 수 없었다. 그녀는 수치스러운 나머지 자신이 올가 이바노브나도 여류화가도 아

---

* 정물화.

** 일등품.

*** 쿠로르트(요양지), 쵸르트(악마), 포르트(항구)는 운율을 찾으려고 나열한 것이다.

닌 조그만 벌레처럼 느껴졌다.

"피곤하군……." 하고 화가는 맥없이 말했다. 그는 졸음을 쫓아 내려는 듯 머리를 흔들며 스케치를 바라보았다.

"이건 마음에 들어요, 물론. 그렇지만 오늘도 스케치, 작년에도 스케치, 한달 후에도 스케치겠지요…… 지겹지도 않아요? 내가 당신의 입장에 있다면, 그림을 내던지고 음악이나 다른 것을 해보겠어요. 당신은 화가라기보다는 음악가예요. 그건 그렇고. 아아 정말 피곤하군! 지금 차를 가져오라고 하지요…… 어때요?"

그는 방에서 나갔다. 올가는 그가 하인에게 뭐가 지시하는 소리를 들었다. 작별인사를 하지 않으려고, 해명하지 않으려고, 그보다는 눈물을 보이지 않으려고, 그녀는 랴보프스키가 돌아오기 전에, 빨리 현관에서 뛰쳐나와, 덧신을 신은 채로 거리로 나왔다. 그제서야 비로소 그녀는 가볍게 한숨을 돌리고, 랴보프스키로부터, 그림그리기로부터, 화실에서 그녀를 짓눌렀던 수치심으로부터 자신이 영원히 자유로워졌다고 느꼈다. 다 끝난 것이다!

그녀는 여재단사에게 갔다가 어제 온 바르나이를 찾아갔다. 바르나이의 집에서 나와서는 악보를 파는 가게로 갔다. 그동안 내내 그녀는 어떻게 랴보프스키에게 냉담하고 잔인하며 자존심을 지킬수 있는 편지를 쓸 것인가 고민하고 있었다. 또한 봄이나 여름에드이모프와 크림으로 여행을 가서 과거를 완전히 청산하고 새로운 삶을 시작해야겠다고 생각하고 있었다.

저녁 늦게 집으로 돌아온 그녀는 옷도 벗지 않고 곧장 편지를 쓰기 위해 응접실 탁자에 앉았다. 랴보프스키는 그녀가 화가가 아니라고 말한 것에 대한 복수심으로 그녀는 편지에다, 그가 해마다 똑같은 그림만 그리고, 매일 똑같은 말을 하며, 앞으로도 그는 더 이상 좋은 작품을 그려내지 못할거라고 그에게 편지를 쓸 것이다. 또한 그는 그녀에게서 좋은 영향을 받으며 많은 신세를 졌는데, 만약 그의 일이 잘 안 풀린다면, 그것은 오늘 그림 뒤에 숨었던 여자처럼 의심스러운 인물들 때문에 그녀의 영향력이 마비된 때문이라고 쓰고 싶었다.

"올가!"

드이모프가 서재에서 불렀다.

"왜 그래요?"

"당신, 내방으로 들어오지 말고, 문쪽으로 다가와요. 이유는…… 난 심한 디프테리아에 전염되어서, 지금…… 난 몸이 좋지 않아요. 빨리 사람을 보내서 코로스첼료프를 불러와요."

올가 이바노브나는 항상 남편을 부를 때 그의 이름을 부르지 않고 성을 불렀다. 그의 이름 오시프를 그녀는 좋아하지 않았다. 오시프라는 그의 이름이 고골의 오시프*를 연상시켜서 마음에 들지 않았기 때문이었다. 게다가 〈오시프 아흐리프, 아 아르히프 아시프〉**라는

---

* 고골의 희곡 〈감사관〉에 나오는 우스꽝스러운 하인.
** "오시프는 목이 쉬고 아르히프는 목이 잠겼다"라는 의미이다.

말장난도 있었다. 지금에야 그녀는 이름을 불렀다.

"오시프, 그럴리가 없어요!"

"가요! 몸이 좋지 않아서……."

문 뒤에서 드이모프가 말했다. 그리고 그가 소파에 가서 드러눕는 소리가 들렸다.

"어서 가요!"

그의 희미한 목소리가 들렸다.

'이게 어떻게 된 일이야?'

올가 이바노브나는 두려움으로 전율을 느끼며 생각했다.

'이 병은 위험하잖아!'

무의식중에 그녀는 촛대를 들고 자기 침실로 들어갔다. 그리고 거기에서 무얼 해야 할지 생각하다가 무심코 거울속의 자신을 보았다. 놀라서 창백해진 그녀의 얼굴, 소매를 부풀리고 가슴에 노란 주름 장식을 단 반코트, 요란한 줄무늬 치마, 그런 옷차림을 한 자신이 끔찍하고 혐오스러워 보였다. 갑자기 가슴이 쓰라릴 정도로 드이모프가 불쌍해졌다. 그녀에 대한 그의 무한한 사랑, 그의 젊은 생명, 심지어 벌써 오래전부터 그가 자지 않은 침대까지도 불쌍했다. 평소의 온순하며 순진한 그의 미소가 떠올랐다. 그녀는 비통하게 울면서 코로스첼료프에게 간청하는 편지를 썼다. 새벽 두 시였다.

8

아침 일곱시에 올가 이바노브나는 밤새 잠을 설쳐서 머리가 무거웠고, 머리도 빗지 않아 흉한 몰골에 죄지은 듯한 표정으로 침실에서 나왔다. 새까만 구레나룻을 기른 어느 신사가 그녀 옆을 지나 현관으로 가고 있었는데 아마도 의사임이 분명했다. 약 냄새가 풍겼다. 서재로 통하는 문 옆에 코로스첼료프가 오른손으로 왼쪽 코밑수염을 말아 올리며 서 있었다.

"그 방에 미안하지만 들여 보내 드릴 수가 없군요."

그는 올가 이바노브나에게 무뚝뚝하게 말했다.

"전염될 수 있어요. 그리고 당신이 들어간데도 소용 없어요. 그는 혼수상태에 있으니까요."

"그이가 정말로 디프테리아에 걸렸나요?"

올가 이바노브나는 목소리를 낮추어 물었다.

"이렇게 무모한 인간들은 정말로 재판을 받아야 해."

코로스첼료프는 올가 이바노브나의 물음에는 대답하지 않고 이렇게 중얼거렸다.

"그가 어떻게 전염되었는지 아세요? 화요일에 어떤 사내아이에게서 조그만 유리 대롱으로 디프테리아로 생긴 얇은 피막을 빨아내다가 그렇게 된 거랍니다. 그런데 무엇 때문에 그랬을까? 바보같이…… 참, 무모하게도……."

"위험한가요? 아주?"

올가 이바노브나가 물었다.

"그렇습니다, 위독한 상태라고 하더군요. 슈렉을 불러들이면 좋겠어요."

키가 작고 붉은머리에 코가 긴 유대인 억양을 쓰는 사람이 다녀가고, 그 다음엔 키가 크고 등이 굽었고 머리가 덥수룩해서 보제*를 닮은 사람이 왔다. 그리고 붉으스레한 얼굴에 안경을 쓴 매우 뚱뚱한 젊은이도 다녀갔다. 이들은 자기 동료의 병상을 지키기 위해 온 의사들이었다. 코로스첼료프는 자신의 병문안을 끝내고도 집에 가지 않고 남아서 마치 그림자처럼 온 방들을 돌아다녔다. 하녀는 당번을 마친 의사들에게 차를 대접하거나 자주 약국에 달려갔다오곤 했다. 조용하고 쓸쓸했다.

올가 이바노브나는 자기 침실에 앉아서, 이것은 남편을 속인 죄로 신이 그녀에게 벌을 주고 있는 것이라 생각했다. 과묵하고 속삭거리지도 않는 불가해한 존재, 수줍음 때문에 개성을 못보여 별특징이 없는 존재, 지나치게 선량해서 박력이 없어 보이는 이 존재가 어딘가 자기 소파 위에서 불평할 줄도 모른 채 고통 받고 있다. 만일 그가 헛소리라도 불평을 해댄다면 당번을 서고 있는 의사는 단지 디프테리아에게만 죄가 있는 것이 아니라는 걸 알게 될 것이다. 의사들은 코로스첼료프에게 묻고 싶었다. 왜냐하면, 그는 모

---

* 러시아 정교회의 사제 밑에서 조수로 일하며 교회의 잡일을 맡아 하는 수도사.

든 것을 알고 있었으며, 그가 친구의 부인을 조소하는 듯한 눈길로 바라보는 데는 필경 이유가 있을 것이기 때문이다. 그는 마치 그녀가 진짜 주범이며, 디프테리아는 그저 그녀의 공모자에 불과하다는 태도로 그녀를 대했다. 그녀에게는 이미 볼가 강에서의 저녁 달도, 사랑의 고백도, 농가에서의 시적인 생활도 기억나지 않았다. 단지 생각나는 것은 제멋대로였던 자신의 행동과 변덕 때문에 무언가 불결하고 끈적거리는 것으로 머리에서부터 발끝까지 온통 더럽혀져 있으며, 그녀는 이젠 결코 씻어버릴 수 없을 거라는 것이었다…….

'정말 난 끔찍한 거짓말을 했어!'

그녀는 랴보프스키와의 불안한 사랑을 회상하며 이렇게 생각했다.

'천벌을 받아도 싸지! ……'

네 시에 그녀는 코로스첼료프와 함께 점심을 먹었다. 그는 아무 것도 먹지 않고, 단지 붉은 포도주만 마시면서 눈쌀을 찌푸리고 있었다. 그녀도 역시 아무것도 먹지 않았다. 그녀는 그 순간 마음속으로 기도를 하면서, 만약 드이모프가 회복된다면, 그땐 그를 다시 사랑할 것이며 충실한 아내가 될 것을 신에게 맹세했다. 그러다가 잠깐 잊고서 코로스첼료프를 바라보며 이런 생각도 했다.

'그래 저런 어리숙한 얼굴에 지저분한 버릇을 갖고서 아무것도 뛰어난 게 없이 평범하고 유명하지도 못한 인간으로 사는 것이 정

말 지겹지 않을까?'

전염될 것이 두려워 아직 한번도 남편의 서재에 들어가지 않았다고 신이 그녀를 당장 죽일것만 같았다. 전반적으로 답답하고 우울한 감정, 그리고 인생은 이미 망가졌으며 무엇으로도 그것을 되돌릴 수 없다는 확신이 맴돌았다. 식사가 끝나자 날이 어두워졌다. 올가 이바노브나가 응접실로 들어가보니, 코로스첼료프는 소파 위에서 잠들어 있었다. "키-푸아, 키-푸아" 하면서 그는 코를 골았다.

그리고 순번대로 병세를 보러 왔던 의사들은 이 집안의 혼란을 느끼지 못하고 있었다. 낯선 남자가 응접실의 소파에서 자고 있고, 벽에는 스케치들이 걸려 있으며, 또 여주인이 머리도 빗지 않고 단정치 못한 옷차림을 하고 있는 상황 - 이 모든 것들은 아무런 흥미를 일으키지 못했다.

의사 중 한 사람이 무심코 무슨 일인가에 웃음을 터뜨렸는데 그 웃음소리가 어쩐지 이상하고 음산하게 들려서 기분이 나빠질 정도였다. 올가 이바노브나가 다시 응접실에 들어왔을 때, 코로스첼료프는 이미 깨어나 앉아서 담배를 피우고 있었다.

"그의 비강(鼻腔)이 디프테리아에 감염됐습니다."

그는 낮은 목소리로 말했다.

"벌써 심장도 약해졌어요. 요는 상태가 좋지 않다는 거죠."

"그럼 당신이 슈렉을 불러 오세요."

올가 이바노브나가 말했다.

"벌써 왔다 갔습니다. 디프테리아균이 코로 전이됐다는 걸 그 사람이 발견했어요. 나 원. 슈렉이 다 뭡니까! 요는 슈렉도 별 뾰 쪽한 수가 없다는 겁니다. 그는 슈렉이고, 나는 코로스첼료프죠. 그 이상 아무 것도 아니예요."

시간은 끔찍하게도 오래 늘어졌다. 올가 이바노브나는 옷을 입 은채 아침 그대로 치우지도 않은 침대에서 선잠을 잤다. 그녀는 온 방들이 바닥부터 천장까지 거대한 쇳덩어리로 가득 차 있는 것 처럼 느껴졌다. 그 쇳덩어리만 들어내면 모두가 즐겁고 편안해질 것만 같았다. 정신을 차린 그녀는 그것이 쇳덩어리가 아니라 드이 모프의 병이라는 것을 깨달았다.

'나투르 모르트, 포르트……'

그녀는 또 다시 망각 속으로 빠져들며 생각했다.

'스포르트…… 쿠로르트……. 슈렉은 어떻게 되지? 슈렉, 그렉 *, 브렉…… 크렉.. 그런데 내 친구들은 지금 어디에 있을까? 그 들은 우리가 겪고 있는 고통을 알고 있을까? 주여, 우리를 구하소 서…… 슈렉, 그렉…….'

그리고 다시 쇳덩어리…… 시간은 지리하게 늘어졌지만 아래층 의 시계는 자주 종을 쳤다. 그리고 끊임없이 초인종이 울리는 건 의사들이 찾아온 것일 게다……. 하녀가 빈 컵이 놓인 쟁반을 들

---

* 그리스 사람.

고 들어와서 물었다. .

"마님, 잠자리를 봐 드릴까요?"

대답이 없자 하녀는 나갔다. 아래층에서 시계가 종을 쳤다. 볼가 강의 비가 꿈속에 나타났다. 다시 누군가가 침실로 들어왔는데, 집안식구는 아닌 것 같았다. 올가 이바노브나가 벌떡 일어나서 보니 코로스첼료프였다.

"몇 시죠?"

그녀가 물었다.

"3시쯤."

"그런데 뭐죠?"

"뭐라니요! 끝나가고 있다는 걸 말씀드리려고 왔습니다……."

그는 얼굴을 붉히며 그녀와 나란히 침대에 앉아 소매로 눈물을 닦았다. 그녀는 즉시 말귀를 못 알아들었다가 갑자기 온 몸이 싸늘해지는 것을 느끼며 천천히 성호를 긋기 시작했다.

"꺼져가고 있다고요……."

그는 희미한 목소리로 되풀이해 말하면서 다시 흐느껴 울었다.

"자신을 희생시켰기 때문에 죽어가고 있습니다……. 학문에 있어서 얼마나 큰 손실인가!"

"우리 모두를 그 사람과 비교한다면, 그는 참으로 위대하고 비범한 인물이었습니다! 그가 우리 모두에게 얼마나 큰 희망을 주었는데!"

코로스첼료프는 손마디를 꺾으며 말을 계속했다.

"오, 맙소사, 그런 학자는 불을 켜고 찾아봐도 찾지 못할 겁니다. 오시프 드이모프, 오시프 드이모프, 당신은 무슨 짓을 한거요! 오, 오, 하느님!"

코로스첼료프는 절망에 빠진 채 두 손으로 얼굴을 감싸며 머리를 흔들어 댔다.

"또 정신력은 얼마나 대단했던가!"

그는 갈수록 누군가를 원망하는 투로 말을 계속했다.

"선하고, 순수하고 사랑이 넘치는 영혼이었어. 사람이 아니라 유리였지! 학문에 봉사했는데 그 학문 때문에 죽었어. 황소처럼 밤낮으로 일했지만 아무도 그를 소중히 여기지 않았지. 이 젊은 학자가, 미래의 교수가 진료할 일거리를 찾아다니고 밤마다 번역을 해서 돈을 댔던 것이 이 따위…… 형편없는 넝마조각을 위해서였다니!"

코로스첼료프는 증오심에 찬 눈으로 올가 이바노브나를 노려보더니, 두 손으로 침대 시트를 움켜쥐고 마치 시트가 죄를 지은 것마냥 쫙 찢어버렸다.

"그는 자기 자신을 소중하게 여기지 않았고 남들도 그를 소중하게 돌보지 않았어. 에이, 부질없는 일이야. 요점은!"

"그래요, 보기드문 사람이었죠!"

누군가가 응접실에서 낮은 베이스의 목소리로 말했다.

올가 이바노브나는 그와 함께 했던 자신의 삶을 처음부터 끝까지 회상해 보았다. 그리고 그가 얼마나 비범하고 보기드문 사람인지, 자신이 알았던 다른 사람들에 비하면 그가 얼마나 위대한 인간인지 문득 깨달았다. 또한 그녀는 돌아 가신 부친과 모든 동료 의사들이 그를 어떻게 대했는지를 기억해내고 그들 모두가 그에게서 미래의 명사를 보았으리라는 것을 이제야 이해했다. 주위의 벽과 천장과 램프, 그리고 마루 위의 양탄자가 그녀를 조롱하듯 어른거렸다. 그것들은 마치 "그녀는 기회를 놓쳤어! 기회를 놓쳤어!"라고 말하는 것 같았다. 그녀는 울면서 침실에서 뛰쳐나가 응접실로 들어갔다. 그리고 어떤 낯선 사람의 옆을 지나쳐서 서재에 있는 남편에게로 달려들어갔다. 그는 허리까지 담요를 덮은 채 터키제 소파 위에 꼼짝도 하지 않고 누워 있었다. 그의 얼굴은 몹시 야위었고 살아있는 사람에게서는 결코 볼 수 없는 누런 납빛을 띠고 있었다. 단지 이마와 검은 눈썹 그리고 낯익은 미소만이 비로소 이 사람이 드이모프라는 것을 알게 해주었다. 올가 이바노브나는 급하게 그의 가슴과 이마 그리고 손을 만져보았다. 가슴은 아직 따스했으나 이마와 손은 불쾌할 만큼 차가웠다. 반쯤 뜬 눈은 올가 이바노브나가 아니라 담요를 바라보고 있었다.

"드이모프!"

그녀는 큰 소리로 불렀다.

"드이모프!"

그녀는 남편에게 설명하고 싶었다. 실수가 있었다고, 그러나 아직 모든 것을 잃지는 않았다고, 인생은 아직도 멋지고 행복할 수 있다고, 그는 보기 드물게 비범하고 위대한 인물이라고, 그녀는 평생동안 그를 존경하고 기도하며 성스러운 경외감을 느낄 거라고…….

"드이모프!"

남편이 이제 다시는 깨어나지 못한다는 것을 도저히 믿을 수 없는 그녀는 그의 어깨를 흔들며 이름을 불렀다.

"드이모프, 드이모프!"

응접실에서는 코로스첼료프가 하녀에게 말하고 있었다.

"여기에서 물어볼 게 뭐람? 교회 수위에게 가서 양로원 노인네들 사는 곳이 어딘지 물어 보세요. 그들이 시신을 씻어서 운반할 것입니다. 필요한 건 모두 해줄 거요."

술안주

부활절 전날 밤이었다. 새벽 예배를 드리기 한 시간 전에 친구들이 나를 데리러 집에 들렀다. 친구들은 연미복을 입고 흰 넥타이를 하고 있었다.

"자네들, 때마침 잘 맞춰 왔군."

나는 말했다.

"식탁 치우는 걸 좀 도와줘……. 난 혼자잖아. 여자는 우리 집에 없어. 그러니 좀 도와주게. 플름보프, 식탁을 옆으로 밀자구!"

친구들이 식탁 쪽으로 움직였고, 5분쯤 후에는 아주 입맛 당기는 식탁이 차려져 있었다. 넓적다리고기, 소시지, 보드카, 포도주, 그리고 새끼돼지고기를 넣은 젤리 요리 등등…….

우리는 식탁을 치운 뒤 운두가 높은 정장용 모자를 챙겼다. 가야 할 시간이었다. 하지만 예상대로 되지는 않았다. 누군가가 초인종을 눌렀다.

"집에 있어?" 우리는 누군가의 쉰 목소리를 들었다.

"어서 오게, 일리야!"

프레크라스노브쿠소프*가 들어왔고 그의 뒤를 따라 키가 작고 몸이 야윈 사람이 조심스럽게 걸어 들어왔다. 두 사람의 겨드랑이에는 서류가방이 끼워져 있었다…….

"쉿!" 하고 나는 친구들에게 말했다.

"조용히 해!"

"소개하겠네!"

프레크라스노브쿠소프는 야윈 사람을 가리키며 말했다.

"이쪽은 일리야 드로비스쿨로프**일세! 며칠 전 우리 모임에 들겠다고 찾아왔어……. 일류샤! 주눅 들 거 없어. 익숙해져야 할 때야! 우리는 걷다가 생각나서 물건을 챙긴 후 여기에 들른 거야. 잠시 들려야겠다고 생각한 거지. 내일 걱정하지 않을 정도로만 축하하자고 생각했어."

내가 5루블짜리 지폐 두 장을 쥐어 주자 드로비스쿨로프가 당황스러워했다.

"그러니까." 프레크라스노브쿠소프는 자신의 주먹 안을 힐끔 본 뒤에 다시 입을 열었다. "나갈려고 했던 거야? 너무 이르지 않아? 잠깐 앉아서 숨좀 돌리자고. 앉아, 일리야. 걱정하지 마! 이젠 익숙해질거야! 야, 이 먹을 것들 좀 봐, 먹을 것들이 많이 있군! 안 그래? 술안주로 아주 좋겠어! 넓적다리고기를 보면 생각나는 이야기

---

* '아주 특별하게 맛있는' 이라는 단어를 조합해서 만든 성(姓)이다..

** '골 때리는'의 뜻을 가진 성(姓)이다.

가 있지……."

프레크라스노브쿠소프는 내가 차려놓은 음식과 관련된 낯 뜨거운 이야기를 들려주었다.

15분이 지나갔다. 손님들을 내쫓기 위해 나는 안드류쉬카를 밖으로 내보내 "살려주세요" 라고 외치게 했다. 안드류쉬카가 밖으로 나가 5분 정도 소리를 질렀지만, 손님들은 아무 반응이 없었다……. "살려주세요"라는 말이 자신들과는 상관 없다는 듯 아주 태연해 보였다.

"아직 한참 기다려야 정진(精進)을 끝내고 고기를 먹을 수 있잖아!" 하고 프레크라스노브쿠소프가 말했다.

"아직은 죄를 짓는 거야. 우리가 생각하는 것, 우리들만…… 하지만 여보게들, 딱 한 잔만 하자고! 보드카에 고기가 든 것도 아닌데! 안 그런가? 한 잔만 하자구!"

친구들은 프레크라스노브쿠소프의 생각을 내심 반기는 눈치였다. 잠시 후 친구들은 식탁으로 다가가 술을 잔에 가득 따른 후 마셨다. 그리고 안주로는 청어를 한 입 베어 먹었다. 그리고 나머지는 그렇게 눈으로 쳐다만 보았다. 프레크라스노브쿠소프는 보드카를 찬양했다. 그리고 그 보드카가 어느 공장에서 생산된 것인지 궁굼해하면서 또 한 잔을 마셨다. 일류샤는 당황스러웠다. 하지만 그도 역시 보드카가 어느 공장에서 생산된 것인지 알고 싶어 했다……. 친구들은 술을 마셨다. 하지만 어느 공장에서 제조한 술인지는 알지 못했다.

"영광스러운 보드카여!" 프레크라스노브쿠소프가 말했다. "우리 아저씨가 양조장을 하셨거든. 그러니까 아저씨에게도 보드카가 있었다는 말이지……."

손님은 아저씨의 '오브제'*인 보드카를 맛보았던 일을 이야기해 주었고 친구들은 손님 주위로 몰려들어 또 다른 이야기를 해 달라고 하면서 다시 술을 마셨다. 그때 드로비스쿨로프가 소시지 한 조각을 손수건으로 싼 다음 코를 푸는 척하면서 슬쩍 입에 집어넣었고 프레크라스노브쿠소프는 치즈를 넣어 만든 부활절 케이크 한 조각을 입에 넣었다.

"이런, 이게 부정 타는 음식**이란 걸 깜박했어!"

그가 케이크를 삼키며 말했다.

"한 잔 더 마셔야겠네……."

사람들은 자정에 새벽예배 종소리가 울렸다고 하지만 우리는 그 소리를 듣지 못했다. 자정 무렵 우리는 식탁 주위에서 서성거

---

* 오브제(objet)'는 일반적으로는 '물건, 물체, 객체' 등의 의미를 지닌 프랑스어이다. 미술에서는 주제에 대응하여 일상적 합리적인 의식을 파괴하는 물체 본연의 존재 방식을 가리키는 용어다. 나뭇가지라든가 동물의 가죽 등 자연적인 물체를 사용하는 경우도 있고, 주전자 등의 공산품을 사용하는 경우도 있다. 즉, 예술과는 아무런 관계가 없는 물건이나 그 한 부분을 본래의 일상적인 용도에서 떼어내 절연함으로써 보는 사람에게 잠재된 욕망이나 환상을 불러 일으키게 하는 상징적 기능의 물체를 말한다. 일상 생활에 쓰이는 모든 물체는 그 나름의 용도나 기능 또는 독특한 의미를 지니고 있게 마련이나 이런 물체가 일단 오브제로 쓰이면 그 본래의 용도나 기능은 의미를 잃게 되고 이때까지 우리가 미처 체험하지 못했던 어떤 연상작용이나 기묘한 효과를 얻게 된다.

** 제계중에는 사용할 수 없는 음식으로 계란, 육류, 우유 등을 말한다.

리다가 스스로에게 자문해 보았다. "뭘 더 마셔야 하지?"

당황한 표정을 지으며 드로비스쿨로프는 구석에 앉아 새끼돼지 고기를 넣은 젤리를 열심히 먹고 있었다. 프레크라스노브쿠소프는 주먹으로 자신의 서류가방을 치면서 이렇게 말했다.

"자네들은 날 싫어하지만, 난 자네들을…… 좋아해! 정말이야, 좋아한다구! 나는 닭을 훔치는 도둑놈이고 늑대고 솔개고 사납고 육식을 하는 새 같은 놈이야. 하지만 나를 좋아하면 안 된다는 것을 알 만큼의 지능과 감정은 있어. 예를 들어 내가 이렇게 부활절 음식들을 가져왔잖아……. 안 가져왔나? 하지만 내일 나는 음식을 가져오지 않았다고 말할 거야……. 그런데도 자네들이 나를 좋아 할 수 있을까?"

새끼돼지고기를 다 먹어치운 드로비스쿨로프가 두려움을 이겨 내고 다음과 같이 말했다.

"나? 아직 나를 좋아해도 돼……. 난 교양 있는 사람이거든……. 이건 나와 상관없는 일이야! 난 이런 짓 할 줄 몰라……. 그러니 까, 그저 푸르 만저*지! 내가 누구냐면…… 시를 쓰지……. 그래, 맨날 술에 취해서 시로 조서를 작성하고 있지. 사실 난 모든 것을 풀어 놓는 것을 좋아해. 그래서 난 신문을 좋아하지 않아. 그 속 에는 감추어진 것이 너무 많기 때문이지. 신문을 보면 누가 보수 주의자이고 누가 진보주의자인지 알 수가 없어. 공평함이란 것은

---

* 프랑스어로 pour manger, 즉 먹기 위해서라는 뜻이다.

눈 뜨고 볼 수가 없어! 보수주의자는 스스로를 더럽혔으니 따귀를 맞아야 하고, 진보주의자는 더러운 짓을 했으니 상판대기를 맞아야 해! 모두 맞아야 정신들 차리지! 내 꿈은 내가 직접 신문을 찍어 내는 거야. 흐-흐…… 내가 직접 편집국에 앉아서, 볼을 풍선처럼 부풀려 편지봉투의 봉인을 뜯어내는 거지. 편지봉투 안에는 별것이 다 있거든…… 판도라 상자처럼 말이야…… 흐-흐-흐…… 편지봉투의 봉인을 뜯어내고 그걸 다 읽을 수 있게 되면, 저놈을 잡아라, 저 관리 녀석을 잡아라! 하고 다녀야 할 거야. 정말 재미있지 않겠어?"

세 시가 되자 손님들은 가방을 챙겨 들고 무질서와 난잡함이 판치는 선술집으로 가버렸다. 술안주 상에 남은 것이라곤 칼과 포크들 그리고 두 개의 숟가락뿐이었다. 나머지 여섯 개의 숟가락은 사라지고 없었다.

아가피야

S군(郡)에 머무르는 동안 나는 사바 스투카치가 가꾸는 두보프 채마밭에 자주 들르곤 했다. 사람들은 그를 '사프카'라고 불렀다. 그 채마밭 근처에 강이 하나 있었는데 나는 늘 그곳에서 〈대대적인 낚시질〉을 하곤 했다. 낚시 도구와 식량을 모조리 챙기고 언제 다시 돌아온다는 기약도 없이 훌쩍 떠나는 것이다. 사실 나는 낚시에는 큰 관심이 없었다. 그보다는 오히려 아무 걱정 근심 없이 빈둥거리며 돌아다니고, 아무 때나 밥을 먹고, 사프카와 이야기를 나누고, 느긋하게 고요한 여름 밤을 보내는 것이 더 좋았다. 사프카는 스물다섯 살 난 젊은이로 키가 크고 잘 생겼으며 몸이 차돌처럼 단단했다. 그는 사려 깊고 똑똑한 데다가 글도 읽고 쓸 줄 알았고 또 술도 가끔 마셨다. 하지만 그렇게 젊고 튼튼하고 기운이 센 사람도 일꾼으로서는 쓸모가 없었다. 동아줄처럼 단단한 그의 근육 속에 어찌할 수 없는 게으름이 가득 차 있었기 때문이다. 다른 사람들처럼 자신의 농가에서 살았던 젊은이는 분여지(分與地)가 있어도 밭을 갈거나 씨를 뿌리지 않았고 일과는 담을 쌓고 살

왔다. 늙은 어머니가 구걸을 하고 다녀도 하늘을 나는 새처럼 살았던 사프카는 아침이 되어도 점심으로 무얼 먹을지 알지 못했다. 하지만 그건 의지나 기운이 부족해서도 아니었고 어머니를 가엾게 여기는 마음이 부족해서도 아니었다. 그는 단지 일하고 싶은 마음이 없었고 또 왜 일해야 하는지를 깨닫지 못했던 것이다. 그의 외모에서는 아무 목적 없는 편안한 삶에 대한 타고난 욕망이, 아니 거의 예술가적인 욕망과 함께 걱정 근심 없는 태평함이 강하게 풍겼다. 젊고 건강한 몸이 생리적으로 육체노동에 끌릴 때에도 사프카는 부질없고 제멋대로 할 수 있는 일, 그러니까 아무짝에도 쓸모 없는 말뚝을 깎거나 아낙네들과 장난치는 일에 잠시 열중하곤 했다. 그가 가장 좋아하는 자세는 정신을 집중한 채 꼼짝하지 않고 가만히 있는 것이었다. 그는 한곳에서 몇 시간 동안, 그것도 한곳만 바라보며 꼼짝하지 않고 서 있을 수 있었다. 움직일 때라고는 신통한 생각이 떠오를 때, 그것도 무언가 갑작스럽고 빠른 동작을 해야 할 때뿐이었다. 예컨대 달려가는 개의 꼬리를 잡는다든지, 아낙의 머릿수건을 벗긴다든지, 큰 구덩이를 뛰어넘을 때 그랬다. 움직이기를 그렇게 싫어하니 가진 것 없는 빈털터리가 된 것도 당연하고 그 누구보다 외롭게 사는 것도 당연한 일이었다. 시간이 흐를수록 밀린 세금이 늘어났고, 그는 촌락공동체가 마련해 준 일자리를 찾아갈 수밖에 없었다. 그것은 늙은이에게나 걸맞은 일자리, 즉 공동 채마밭을 지키는 이름만 그럴듯한 감시인 자리였다. 하지만 사람들이 아무리 "너무 빨리 늙어버린 것 아니야" 라고 놀려 대도 그는 아랑곳하지 않았다. 꼼짝 않고 생각에 잠길 수 있는 그곳, 편안하고 조용한 그곳이 그의 천성에 딱 맞았기 때문이다.

화창한 5월의 어느 날 저녁 나는 바로 그 사프카를 찾아가게 되었다. 지금도 기억하지만 나는 마른풀 냄새가 숨이 막힐 정도로 짙게 풍기는 오두막의 찢어지고 해진 깔개 위에 누워 있었다. 나는 두 손으로 머리를 받친 채 앞을 바라보고 있었고 발치에는 나무 갈퀴가 놓여 있었다. 갈퀴 뒤에 앉아 있는 사프카의 개 쿠치카의 모습이 까만 점처럼 보였고 쿠치카로부터 4미터도 안 되는 곳의 땅은 가파른 강변 쪽으로 푹 꺼져 있었다. 누워 있는 내게는 강이 보이지 않았다. 단지 이쪽 강변에 빽빽하게 들어선 버드나무의 끝가지들과 구불구불하고 마치 베어 먹은 듯한, 반대편 강변의 가장자리가 보일 뿐이었다. 강변 너머 멀리 어두운 언덕 위에는 시골 농가들이 마치 깜짝 놀란 어린 자고새들처럼 바싹 달라붙어 있었다. 사프카는 이 농가들 중 한 곳에서 살고 있었다. 언덕 너머에서는 저녁노을이 붉게 타오르고 있었고 옅은 자줏빛 띠 하나가 겨우 남아 있었는데, 그 띠마저도 화톳불이 재로 덮이듯 조그만 구름들로 덮이기 시작했다.

채마밭 오른쪽으로는 홀연히 불어오는 바람에 조용히 속삭이거나 이따금씩 부르르 떨며 거무스레해지는 오리나무 숲이 보였고,

왼쪽으로는 끝없이 펼쳐진 들판이 보였다. 어둠 속 들판과 하늘의 경계가 불분명해지는 곳에서 불빛이 밝게 비추고 있었고 내게서 좀 떨어진 곳에는 사프카가 앉아 있었다. 터키식으로 꿇어앉은 그는 머리를 수그린 채 상념에 잠겨 쿠치카를 바라보고 있었다. 살아있는 미끼를 끼운 낚시찌는 오랫동안 강물 위에서 꼼짝도 않고 있었고, 우리는 휴식을 취하는 것 말고는 아무것도 할 일이 없었다. 지칠 줄 모르고 빈둥거리는 사프카는 이런 휴식을 아주 좋아했다. 노을은 아직 완전히 사라지지 않았고, 여름밤은 부드럽고 포근하게 애무하듯 자연을 휘감고 있었다.

모든 것들이 깊은 첫잠에 빠져 들고 있을 때, 깨어 있는 낯선 새 한 마리만이 음절을 또박또박 끊으며 길게 소리 내어 울고 있었다. 그 소리는 마치 '너, 니키타 보았어?'라고 묻고는 곧바로 '보았어! 보았어! 보았어!'라고 대답하는 것 같았다.

"왜 오늘은 꾀꼬리들이 안 울지?" 나는 사프카에게 물었다.

사프카는 천천히 나를 향해 고개를 돌렸다. 그의 얼굴 선은 굵고 또렷하고 표정이 풍부하며 여자의 얼굴처럼 부드러웠다. 그는 다정하고 상념에 잠긴 눈길을 돌려 숲과 버드나무를 힐끗 쳐다본 다음 주머니에서 천천히 피리를 꺼내 입에 대고는 암꾀꼬리 소리를 내기 시작했다. 그러자 그의 피리 소리에 화답이라도 하듯 맞은편 강변에 있던 뜸부기가 울기 시작했다.

"나리, 꾀꼬리입니다……." 사프카가 쓴웃음을 지었다. "뜸북! 뜸북! 마치 낚시를 잡아당기는 소리 같지만, 아마 저놈은 노래하고 있다고 생각하겠지요."

"난 이 새가 마음에 들어……." 내가 말했다. "알고 있나? 이동할 때 뜸부기는 땅 위를 뛰어간다네. 강과 바다를 건널 때가 아니면 늘 걸어 다니지."

"호, 놀랍군요!"

사프카는 큰 소리로 울어 대는 뜸부기 쪽으로 존경 어린 눈길을 보내며 중얼거렸다. 사프카가 이야기 듣는 것을 매우 좋아한다는 사실을 알고 나는 책에서 읽은 뜸부기 이야기를 모두 해주었다. 그리고 나는 어느새 뜸부기 이야기에서 새들의 이동에 관한 이야기로 넘어갔다. 사프카는 눈 한 번 깜빡이지 않고 내 이야기를 유심히 들었고 듣는 내내 만족스러운 미소를 지었다.

"그럼 새들의 고향은 어딘가요?" 그가 물었다.

"여긴가요? 다른 곳인가요?"

"물론 여기지. 여기서 태어나 새끼들을 낳아 기르니까 여기가 새들의 고향이지. 다만 얼어 죽지 않으려고 멀리 날아가는 것뿐이야."

"재미있는데요!" 사프카가 기지개를 켰다.

"무슨 얘기든 다 재미있어요. 새든 사람이든…… 돌멩이든 모두 다 나름의 지혜를 갖고 있어요! 아, 그런데 나리, 나리께서 오실 줄 알았으면 계집에게 오지 말라고 했을 텐데요……. 오늘 밤에 계집

하나가 기어이 오겠다고 해서요…….."

"아, 그렇게 하게. 방해하지 않을 테니까." 내가 말했다.

"나는 숲에 누워 있으면 돼……."

"정말 그래도 될까요? 내일 오면 무슨 죽을 일이라도 생기는지……. 여자가 여기 있으면 그저 침이나 질질 흘리며 이야기를 듣겠지요. 여자 앞에서는 도통 진지한 얘기를 할 수가 없다니까요."

"다리야를 기다리는가?" 나는 잠시 침묵을 지키다가 사프카에게 물었다.

"아뇨…… 오늘 밤엔 다른 계집이 오겠다고 하네요…… 아가피야 스트렐치하 라는 계집이에요……."

사프카는 마치 담배나 수프에 대해 이야기하듯 예사롭게 말하면서 은근슬쩍 말꼬리를 흐렸다. 나는 깜짝 놀라서 엉거주춤 일어섰다. 아가피야 스트렐치하는 내가 아는 여자였기 때문이다……. 그녀의 나이가 열아홉이나 스무 살쯤 되었을까? 어쨌든 그녀는 젊고 늠름한 전철수(轉轍手)에게 시집간 지 채 일 년도 되지 않은 아주 젊은 각시였다. 그녀는 시골 마을에 살았고, 남편은 매일 밤 선로 작업을 마친 후 집으로 돌아왔다.

"이봐, 자네가 하는 계집들과의 연애놀이는 뒤끝이 좋지 못할걸세." 나는 한숨을 내쉬었다.

"뭐, 될 대로 되라지요……."

사프카가 잠시 생각한 후에 다시 입을 열었다.

"계집들에게 말했지만 도무지 말을 들어먹어야 말이죠……. 멍청한 것들이 쓴맛을 덜 봐서 그렇죠."

침묵이 흘렀다. 그 사이에 어둠은 더욱 짙어졌고, 사물들의 형체도 흐릿해졌다. 언덕 너머에 있던 불그스레한 노을 띠가 완전히 사라지자, 별들은 더욱 밝게 빛나기 시작했다. 우울하고 단조로운 여치들의 울음소리와 뜸부기 우는 소리 그리고 메추라기의 울음소리도 밤의 정적을 깨뜨리지는 못했다. 아니 그 소리들이 밤의 정적을 훨씬 더 단조롭게 만들었다. 새들이나 벌레들보다는 오히려 하늘에서 우리를 내려다보는 별들이 나직한 소리로 우리의 귀를 매혹시키는 것 같았다…….

사프카가 먼저 침묵을 깼다. 그는 쿠치카를 바라보던 시선을 천천히 내게로 옮겼다.

"나리, 지루하신 것 같은데, 저녁을 드시죠!"

그는 나의 동의를 기다리지도 않고 곧장 배를 깔고 초막 안으로 기어 들어가더니 뭔가를 더듬어 찾았다. 바로 그때 초막 전체가 종잇장처럼 흔들리기 시작했다. 잠시 후 초막 밖으로 기어 나온 그는 내가 가져온 보드카와 사기 접시를 내 앞에 내놓았다. 접시에는 구운 계란들과 돼지기름을 바른 납작하고 둥근 호밀 빵, 검은 빵 조각 등이 놓여 있었다……. 우리는 바닥이 울퉁불퉁해 제대로 서 있지 못하는 잔에 보드카를 따라 마신 후 차려진 음식을 먹기 시작했다. 잿빛의 굵은 소금과 돼지기름을 바른 지저분한 빵, 고무처럼 말랑말랑한 계란이 아주 맛있었다.

"자넨 홀아비처럼 살면서도 좋은 것들을 많이 가지고 있군 그래." 접시를 가리키며 내가 말했다.

"어디서 났지?"

"계집들이 가져와요……." 사프카가 중얼거렸다.

"여자들이 왜 이런 걸 가져오지?"

"글쎄요……. 연민 때문이겠죠……."

여자들의 '연민'의 흔적은 음식뿐만 아니라 사프카의 옷에도 남아 있었다. 그날 저녁 사프카의 허리에는 새 모직 허리띠가 매어져 있었고 지저분한 목에는 구리 십자가가 달린 선홍색 리본이 매어져 있었다. 여자들이 사프카를 못 견디게 좋아한다는 것과 사프카가 여자들에 대한 이야기를 별로 좋아하지 않는다는 것을 알고 있었던 나는 더 이상 캐묻지 않았다. 게다가 우리는 더 이상 이야기를 할 수도 없었다. 몸을 비벼 대며 끈질기게 먹을 것을 기다리던 쿠치카가 별안간 귀를 쫑긋 세우고 으르렁대기 시작했다.

"누가 여울을 건너오고 있네요……." 사프카가 말했다.

3분쯤 지나자 쿠치카가 다시 으르렁대기 시작했고 기침소리가 났다.

"쉿!" 주인이 개를 향해 소리쳤다.

어둠 속에서 조심스러운 발소리가 희미하게 들리더니 이내 숲

224

을 빠져 나오는 여자의 실루엣이 보였다. 주위가 어두웠지만 나는 그녀를 알아볼 수 있었다. 아가피야 스트렐치하였다. 우리 쪽으로 조심스럽게 다가온 그녀는 발걸음을 멈추고 가쁜 숨을 몰아쉬었다. 걸어오느라 힘이 들었다기보다는 어두운 밤에 여울을 건널 때면 누구나 경험하게 되는 두려움과 불쾌한 감정 때문에 숨이 가빴을 것이다. 그녀는 초막 옆에 한 사람이 아닌 두 사람이 있는 것을 알고는 가볍게 소리를 지르며 한 걸음 뒤로 물러섰다.

"아……. 너구나!" 사프카가 둥근 빵을 입에 쑤셔 넣으며 말했다.

"나야…… 저예요." 그녀는 무언가가 든 보따리를 땅 위에 털썩 내려놓고는 나를 곁눈질해 보면서 중얼거렸다.

"야코프가 안부 전해 달라고 했어요……."

"무슨 헛소리야, 야코프라니!" 사프카가 쓴웃음을 지었다.

"거짓말할 것 없어. 나리는 네가 여기 왜 왔는지 알고 계시니까. 앉아서 같이 먹자!"

나를 곁눈질하던 아가피야는 잠시 망설인 후에 자리에 앉았다.

"오늘 밤에는 안 오는 줄 알았어……." 오랜 침묵 끝에 사프카가 말했다.

"왜 앉아만 있어? 먹어! 아니면 보드카라도 한 잔 마실 거야?"

"무슨 말이에요?" 아가피야가 말했다.

"난 술꾼이 아니에요……."

"그래도 한잔해……. 가슴이 뜨거워질 거야……. 자!"

사프카가 찌그러진 술잔을 내밀자 아가피야는 천천히 보드카를 마셨다. 하지만 그녀는 안주에는 손도 대지 않은 채 후하고 입김만 한 번 크게 내뿜었다.

"뭘 가져왔군……." 보따리를 푸는 사프카의 목소리에 거만하고 익살스러운 뉘앙스가 담겨 있었다.

"계집들은 뭘 가져오지 않고는 못 배기나 봐. 야, 만두하고 감자아냐……. 잘들 처먹고 사는군."

사프카가 나를 향해 얼굴을 돌리며 한숨을 내쉬었다.

"이 마을에서 겨울에 저장해 둔 감자를 아직도 가지고 있는 건 여자들뿐이죠."

어둠 때문에 아가피야의 얼굴이 잘 보이지 않았다. 그러나 그녀의 어깨와 머리의 움직임으로 보아 그녀는 사프카의 얼굴에서 눈을 떼지 못하는 것 같았다. 두 사람의 밀회를 방해하고 싶지 않았던 나는 몸을 일으켜 산책을 나가려고 했다. 그런데 그때 갑자기 꾀꼬리의 나지막한 콘트랄토 소리가 들렸고 30초 후에는 그 소리가 높고 가느다란 단속음으로 변했다. 사프카가 벌떡 일어나 그소리에 귀를 기울였다.

"어제 그 꾀꼬리야!" 사프카가 말했다.

"잠깐만요!"

급히 자리를 뜬 사프카가 소리 없이 숲으로 달려갔다.

"꾀꼬리를 잡아서 뭐 하려고?" 나는 그의 등 뒤에 대고 소리쳤다.

"그냥 내버려 둬!"

사프카는 소리치지 말라는 듯 한 손을 내젓고는 어둠 속으로 사라졌다. 마음만 먹는다면 사프카는 훌륭한 사냥꾼도 될 수 있고 훌륭한 낚시꾼도 될 수 있었다. 하지만 그의 재능 역시 힘과 마찬가지로 쓸데없이 낭비되곤 했다. 평범한 일을 할 때는 게을렀지만 사냥할 때는 기이한 행동에 쓸데없는 열정을 쏟아 붓곤 했던 것이다. 그는 꾀꼬리를 잡을 때 반드시 두 손으로 잡았고 꼬치고기를 사냥용 총으로 쏘았다. 그리고 커다란 낚시로 작은 물고기를 잡으려고 몇 시간씩 강가에 서 있기도 했다.

나와 남게 된 아가피야는 한 번 기침을 한 후에 손바닥으로 여러 번 이마를 문질렀다……. 보드카를 마신 후에 취기가 올라오는 모양이었다.

"어떻게 지내, 아가샤?" 나는 더 이상 말 없이 있을 수가 없었다.

"잘 지내요……. 나리, 그런데 아무한테도 말씀하시면 안 돼요……."

그녀가 갑자기 속삭이는 목소리로 말했다.

"그럼, 물론이지." 나는 그녀를 안심시켰다.

"그런데 넌 정말 대담하구나. 아가샤……. 야코프가 알면 어떻게 하려고?"

"그이는 몰라요……."

"하지만 갑자기 눈치 챌 수도 있잖아?"

"아뇨……. 제가 남편보다 먼저 집에 가면 돼요. 그이는 지금 선로 작업을 하고 있어요. 그리고 우편열차가 떠나야 집으로 돌아올 수 있어요. 기차 지나가는 소리는 여기서도 들려요……."

아가피야는 다시 한 손으로 이마를 문지르고 사프카가 사라진 쪽을 바라보았다. 꾀꼬리가 울었다. 새 한 마리가 땅에 스칠 정도로 낮게 날다가 우리를 발견하고는 몸을 떨더니 가볍게 날갯짓을 하며 강 쪽으로 날아갔다.

꾀꼬리는 금세 울음을 멈췄지만 사프카는 돌아오지 않았다. 아가피야는 자리에서 일어나 불안한 듯 몇 걸음 내딛다가는 도로 자리에 주저앉고 말았다.

"도대체 어떻게 된 인간이야!" 아가피야가 참지 못하고 말했다.

"모처럼 찾아온 기회인데……. 전 이제 가 봐야겠어요."

"사프카!" 나는 소리를 질렀다. "사프카!"

메아리조차 대답하지 않았다. 아가피야는 불안한 듯 몸을 움직이더니 다시 자리에서 일어났다.

"이젠 가야겠어요!" 그녀는 흥분한 목소리로 말했다.

"이제 기차가 올 거예요. 전 기차가 언제 지나가는지 알아요!"

가련한 여자의 말은 틀리지 않았다. 15분도 지나지 않아 기차 소리가 희미하게 들려왔다. 아가피야는 오랫동안 숲을 응시하더니 초조하게 두 손을 움직이기 시작했다.

"그런데 그는 어디 있죠?" 아가피야가 신경질적으로 웃으며 말했다. "악마가 데려가 버렸나? 저는 가요! 나리, 정말 갈게요!"

그 사이에 기차 소리는 더욱 또렷해져서 바퀴 굴러가는 소리와 기관차의 칙칙거리는 소리를 분명하게 구별할 수 있었다. 그때 기적이 울리더니 기차가 둔중한 소리를 내며 다리 위를 지나갔고 일분쯤 후에는 다시 조용해졌다.

"조금만 더 기다릴래요……." 아가피야가 단호하게 말한 후 자리에 앉으며 한 숨을 내쉬었다. "그래요, 기다려야지!"

마침내 어둠 속에서 사프카가 나타났다. 그는 보드라운 채마밭 흙을 맨발로 소리 없이 밟으며 조용히 흥얼거리고 있었다.

"이게 바로 행복이지요!" 그는 즐겁게 웃었다. "덤불로 다가가서 한 손으로 그놈을 잡으려고 했는데 입을 딱 다물어 버리지 뭐예요! 에이, 빌어먹을! 다시 노래하기를 눈이 빠지게 기다리다가 그냥 포기했어요……."

아가피야 쪽으로 다가온 사프카는 꼴사납게 땅바닥으로 쓰러질 뻔했지만 양손으로 아가피야의 허리를 잡아 간신히 몸의 균형을 잡을 수 있었다.

"그런데 너는 왜 애 낳는 산모처럼 그렇게 잔뜩 찌푸린 얼굴을 하고 있지?" 사프카가 물었다.

사프카는 착하고 순박했다. 그런데 여자들을 대할 때면, 그는 경멸하는 듯한 태도를 보였고 심지어 자신을 사모하는 여자들의 감정까지도 경멸하는 듯한 태도로 비웃었다. 어쩌면 그런 모욕적인 태도가 시골여자들에게 뿌리칠 수 없는 매력으로 다가왔는지도 모른다. 그는 키도 크고 얼굴도 잘생긴 남자였다. 그리고 여자들을 경멸하듯이 바라보는 그의 눈길에도 은은한 부드러움이 묻어 있었다. 그러나 그가 지닌 매력을 외모로만 설명할 수는 없었다. 멋진 외모와 독특한 태도는 물론이고, 그가 누구도 부인할 수 없는 인생 낙오자라는 사실과 고향집에서 채마밭으로 쫓겨날 수밖에 없었던 불행한 처지 역시 여자들의 마음을 움직였을 것이다.

"자, 네가 여기에 왜 왔는지 나리께 말씀 드려!" 아가피야의 허리를 잡고 서 있던 사프카가 말했다.

"자, 말해 봐, 이 여편네야! 하하……. 이봐, 아가샤, 보드카 한 잔 더 할까?"

나는 자리에서 일어나 채마밭 이랑을 따라 걸어갔다. 거뭇거뭇한 두둑들이 크고 납작한 무덤들처럼 보였고 이랑에서는 파헤쳐진 흙의 냄새와 이슬로 덮이기 시작한 풀잎들의 부드럽고 축축한 냄새가 풍겼다. 왼쪽에서는 빨간 불빛이 계속 빛나고 있었는데 그 모습이 마치 미소를 띤 듯 상냥해 보였다. 나는 행복한 웃음소리를 들었다. 그것은 아가피야의 웃음소리였다.

'그런데 기차는?' 갑자기 이런 생각이 들었다. '기차는 이미 오래 전에 지나갔는데…….'

나는 잠시 기다렸다가 초막으로 돌아왔다. 초막에서는 사프카가 가만히 무릎을 꿇고 앉아 작은 소리로 노래를 흥얼거리고 있었다. 노래 가사는 "아 너는, 오 너는…… 나와 너는……" 같은 단순한 것이었다.

보드카와 사프카의 경멸하는듯한 애무, 후덥지근한 밤공기에 취한 아가피야는 사프카 옆에 누워 자신의 얼굴을 그의 무릎에 바싹 갖다 댔다. 그녀는 감정에 푹 빠져 있었던 탓에 내가 온 것도 알아채지 못했다.

"아가샤, 기차 지나간 지 한참 됐어!" 내가 말했다.

"자, 이제 가야지?" 사프카가 머리를 끄덕이며 말했다.

"여기서 이러고 있을 거야? 부끄러운 줄도 모르고."

아가피야가 움찔 놀라 사프카의 무릎에서 머리를 들어올렸지만 나를 힐끗 쳐다보고는 다시 그의 무릎에 머리를 기댔다.

"가야 할 때가 한참 지났어!" 내가 말했다.

아가피야는 몸을 뒤척이다가 한쪽 무릎을 세워 엉거주춤 일어섰다……. 그녀는 괴로워하고 있었다……. 나는 아가피야가 망설이고 있다는 것을 어둠 속에서도 알 수 있었다. 한 순간 자신이 어디에 와 있는지 깨달은 듯 몸을 일으키려 해 보았지만 어떤 무자비하고 강력한 힘에 온몸이 밀쳐지기라도 한 듯, 그녀는 다시 사프카에게 매달렸다.

"싫어요!"

그녀의 말에는 가슴 깊은 곳에서 나오는 거친 웃음소리가 섞여 있었고 그 웃음에는 무모한 결의와 무기력함, 아픔이 배어 있었다.

나는 조용히 숲으로 걸어가서 낚시도구가 있는 강 쪽으로 내려
갔다. 강은 잠들어 있었다. 높은 줄기에 달린 보드라운 겹꽃이 아
직은 잠들지 않았다는 것을 알려주려고 하는 아이처럼 내 뺨을 부
드럽게 건드렸다. 특별히 할 일이 없었던 나는 낚싯줄을 더듬어
찾아 잡아당겼다. 하지만 낚싯줄은 힘없이 들어 올려졌다. 아무것
도 잡히지 않은 것이다……. 맞은편의 강변과 마을은 보이지 않았
다. 한 농가에서는 불빛이 반짝이다가 이내 꺼져버렸다.

나는 강변으로 내려가 낮에 보아 둔 우묵한 자리를 찾아 마치
안락의자에 앉듯 편안하게 앉았다. 그리고 오랫동안 그렇게 앉아
있었다……. 별빛이 흐려지는 것이 보였고, 서늘한 기운이 가벼운
숨결처럼 대지에 퍼져 잠에서 깨어나는 버드나무 잎을 건드리는
것이 보였다…….

"아가피야!" 마을 쪽에서 누군가의 희미한 목소리가 들려왔다.

"아가피야!"

집으로 돌아온 남편이 마을 이곳저곳을 돌며 아내를 찾고 있었
다. 그런데 바로 그 순간 채마밭에서 키득거리는 웃음소리가 들렸
다. 그의 아내가 자신의 본분을 망각하고 연애놀이에 푹 빠져 몇
시간의 행복으로, 자기를 기다리고 있을 내일의 고통을 보상받기
위해 애쓰고 있었던 것이다.

나는 그만 잠이 들고 말았다.

내가 잠에서 깼을 때, 사프카는 옆에 앉아 내 어깨를 가볍게 흔

들고 있었다. 강과 숲, 물에 씻긴 푸른 강변, 마을과 들판, 이 모든 것을 비추며 해맑은 아침 햇살이 얼굴을 내밀고 있었다. 방금 떠오른 햇빛이 가는 나무 줄기들 사이를 뚫고 와 내 등을 때렸다.

"고기를 잡고 계신 거예요?" 사프카가 쓴웃음을 지었다.

"자, 일어나세요!"

나는 기분 좋게 기지개를 켰고 막 깨어난 내 가슴은 물기를 머금은 향기로운 공기를 게걸스럽게 들이마시기 시작했다.

"아가샤는 갔나?" 내가 물었다.

"저기 있어요." 사프카가 여울 쪽을 가리켰다.

나는 사프카가 가리키는 쪽으로 눈길을 돌렸다. 머릿수건이 흘러내려 머리칼이 헝클어진 아가피야가 치마를 약간 들어올린 채 강을 건너고 있었다. 그녀는 가까스로 두 다리를 움직이고 있었다……

"고양이는 자신이 누구의 고기를 먹어 치웠는지 알고 있지요!"

사프카가 눈을 가늘게 뜨고 아가피야를 바라보며 중얼거렸다.

"꼬리를 내리고 돌아가는군…… 계집들은 고양이처럼 장난을 좋아하고 토끼처럼 겁이 많아요……. 저 바보는 어제 가라고 했을 때 가지 않았죠. 이제 저 계집은 벌을 받고 나는 읍내로 끌려갈 거예요……. 계집 때문에 한바탕 싸움을 벌여야겠지요……."

뭍에 오른 아가피야는 들판을 지나 마을로 걸어갔다. 처음에는 아주 용감하게 걷던 그녀가 어느 순간 불안과 두려움에 사로잡혔는지 갑자기 걸음을 멈추고는 뒤로 돌아서서 깊은 숨을 들이마셨다.

"정말, 지독히도 무서워하는군!"

아가피야의 뒤로, 이슬에 젖은 풀밭을 따라 펼쳐진 선명한 초록빛 띠를 바라보며 사프카가 쓴웃음을 지었다.

"가고 싶지 않은 거야! 남편이란 자가 벌써 한 시간 동안이나 기다리고 있는데……. 그 사람 본 적 있으세요?"

마지막 말을 내뱉는 사프카의 입가에 미소가 떠올랐지만, 나는 심장 언저리가 써늘해졌다. 야코프가 마을 어귀에 있는 농가 옆에서 자기 쪽으로 걸어오는 아내를 똑바로 바라보고 있었다. 그는 장승처럼 꼼짝 않고 서 있었다. 그는 아내를 바라보며 무슨 생각을 하고 있었을까? 아내를 만나면 무슨 말을 하려고 했을까? 아가피야는 잠시 멈춰 서서 마치 우리가 도와주기를 바란다는 듯이 뒤를 한 번 돌아보고는 다시 걸음을 옮겼다. 술에 취한 사람도 멀쩡한 사람도 그런 걸음걸이를 하지는 않았다. 아가피야는 분명 남편의 따가운 눈길을 견딜 수 없어 몸을 비비 꼬고 있었을 것이다. 그녀는 때로는 지그재그로 걸었고 때로는 무릎을 굽힌 채 제자리걸음을 하면서 곤란하다는 듯 두 팔을 벌렸고 때로는 뒷걸음질을 쳤다. 그녀는 백 걸음쯤 가다가 다시 한 번 뒤를 돌아보고는 그 자리에 주저앉고 말았다.

"자넨 덤불 뒤에라도 숨지 그래……." 내가 사프카에게 말했다.

"혹시 남편이 자넬 보기라도 하면……."

"어차피 남편은 아가샤*가 누구와 함께 있다가 오는지 알고 있어요……. 계집들이 양배추를 가지러 그것도 오밤중에 채마밭에 가는 일은 없잖아요."

나는 사프카의 얼굴을 슬쩍 보았다. 그의 얼굴은 창백했고 혐오스러운 연민으로 일그러져 있었다. 그것은 고통스러워하는 짐승을 볼 때 사람들이 느끼게 되는 그런 연민이었다.

"고양이는 웃고, 쥐는 눈물을 흘리지요……." 그가 한숨을 내쉬었다.

아가피야는 벌떡 일어나 머리를 가로젓고는 용감한 걸음걸이로 남편을 향해 걸어갔다. 아마도 있는 힘을 다해 마음을 다잡았으리라.

---

* 아가피야의 애칭.

아리아드나

오뎃사*로부터 세바스토폴로 가는 여객선의 갑판 위에서 잘 생긴 얼굴에 둥그런 턱수염을 한 어떤 신사가 담배를 피우려고 내게 다가와 말을 걸었다.

"갑판실 옆에 앉아 있는 저 독일인들을 유심히 보세요. 독일인들이나 영국인들은 서로 모이면 자기들끼리 대개 모직물 가격이나 작물 수확, 그리고 자신들의 개인사에 대해 이야기하지요. 그런데 왜 그런지 몰라도 우리 러시아인들은 모이기만 하면 여자나 숭고한 어머니에 대해서만 얘기를 합니다. 중요한 건 항상 여자들에 관해 말한다는 거지요."

이 신사와는 이미 안면이 있었다. 전날 우리는 한 기차를 타고 국경을 넘었다. 나는 볼로치스크**에서 세관 검사 때, 그가 자신의 동행인인 처와 함께 부인 옷으로 가득 찬 산더미 같은 여행 가방들 앞에 서 있는 것을 본 적이 있었다. 그때 그는 실크로 만든 천조

---

* 흑해연안에 있는 남부러시아의 휴양도시.

** 러시아 제국 시절의 국경 지대로 오뎃사로부터 베를린, 비엔나로 잇는 철도가 지나가는 지역.

각에 부과된 통관세에 놀라서 어떻게 해야할 지를 몰라했다. 그때 그의 동행인은 그 세금을 물어야하는 것에 반대하며, 누군가에게 항의하면서 불평을 늘어놓고 있었다. 그 후 오뎃사로 가는 내내 나는 그가 부인들을 위한 칸으로 파이나 오렌지를 실어 나르는 것을 보았다.

공기가 약간 축축해졌고 배가 가볍게 흔들리자, 부인들은 자신의 객실로 돌아갔다. 둥그런 턱수염을 기른 신사는 내 곁에 앉더니 이야기를 이어갔다.

"흠, 그러니까 러시아인들이 모이면 그들은 숭고한 어머니나 여자들에 대해서만 이야길 하죠. 또한 우리는 지식인들인 만큼, 하나의 진리에 대해 말하고 문제를 고차원에서 해결할 수 있다는 게 그만큼 중요한 거지요. 러시아 배우들은 장난칠 줄 모른답니다. 그들은 보드빌*에서조차도 심오하게 연기를 펼치니까요. 우리처럼 말이에요. 삶의 사소한 것들에 대해 말할 때도 우린 그것을 다른 방식으로 풀어내지 못하고 고상한 관점에서만 해석해내려고 합니다. 이것은 과감성과 진실성과 소박함이 부족하기 때문이지요. 여자들을 대상으로 우리가 그렇게 자주 이야기한다는 건, 우리가 만족하지 못하고 있기 때문이라고 여겨져요. 우리가 여자를 지나치게 이상적으로 바라보기 때문에, 현실에서 달성하기 힘든 요구들을 하게 되는 거죠. 따라서 우리는 원하는 것과는 너무

---

* 노래가 섞인 통속적인 소극.

나 동떨어진 결과를 얻게 되고, 결국은 불만이 쌓이고, 깨어져버린 희망과 영혼의 고통에 시달리게 되지요. 그러니 누구든 자신이 아파하는 그것에 대해 말하게 되는 것이죠. 이런 이야기를 계속해도 지겹지 않겠어요?"

"아니요, 조금도 염려하지 마세요."

"그러시다면 제 소개를 해도 될까요?"

나의 대화 상대는 가볍게 일어나면서 말했다.

"이반 일리치 샤모힌입니다. 모스크바 지주들 가운데 한 사람이죠. 나는 당신을 잘 알고 있습니다."

그는 앉은 채로 내 얼굴을 진정이 담긴 온화한 눈길로 바라보며 말을 계속했다.

"항상 여성들에 대해 끊임없이 말하는 걸 두고, 막스 노르다우*와 같은 어중간한 수준의 철학자는 그것을 성도착증세가 아니면 우리가 농노제를 지지하기 때문이라고 말했지만, 저는 이 문제를 달리 해석합니다. 되풀이합니다만, 우리는 이상주의자들이기 때문에 만족하지 못한다는 사실입니다. 우리는 우릴 낳았고, 우리 아이들을 낳는 존재가 우리보다 우월하고 세상 그 무엇보다 우월하길 바라는 겁니다. 우리가 아직 젊을 때에는, 사랑하는 대상을 아름다운 존재로 만들고 신격화합니다. 우리에게 사랑과 행복은 같은 의미를 지니고 있지요. 우리 러시아에서는 사랑하지 않는 사

---

* 유대인 출신의 의사 겸 철학자.

람들의 결혼은 경멸의 대상이 됩니다. 육체적 욕구도 웃음거리가 됩니다. 가장 성공을 거둔 장편소설이나 중편소설에 등장하는 여성들은 모두 미인이고, 시적이며 고결하지요. 그리고 만약 러시아인이 예전부터 라파엘의 마돈나를 보고 열광했다거나 여성 해방을 염려해왔다고 말한다면, 확신하건데, 그것은 전혀 거짓말이 아닙니다. 하지만 불행 또한 거기에 자리잡고 있습니다. 만일 우리가 결혼하고 나서 아니면 여자를 만나고 대략 2~3년을 사귄 후에 자신에 대해 환멸에 빠지거나 속았다는 느낌을 받게 된다면, 다른 여자를 만난다 해도 또 다시 환멸과 공포가 반복될 것입니다. 그러면 결국은 여자들 모두가 거짓말쟁이이고, 보잘것없고, 진실하지 않은 헛된 존재이며, 멍청하고 냉혹한 존재라고, 말하자면, 우리 남자들보다 우월한 존재가 아니라 더 열등한 존재라고 확신하게 됩니다. 따라서 우리에겐 불만족스럽고, 속았다는 느낌 이외엔 아무 것도 남는 것이 없지요. 그래서 우리는 여자에 대해 이야기를 하지만, 실제로는 우리가 그렇게 잔인하게 배신당한 것에 대해 다만 투덜거리고 있는 것일 뿐입니다."

샤모힌이 말하는 동안, 러시아어와 러시아의 상황이 그에게 큰 만족감을 주고 있다고 느껴졌다. 이것은 아마도 그가 오랫동안 외국에서 조국을 몹시도 그리워한데서 오는 것이라는 생각이 들었다. 그리고 그는 러시아인들을 칭찬하면서, 드물게 보게 되는 그들의 이상주의를 덧붙이면서도, 외국인들을 나쁘게 평하지는 않왔다. 이 점이 그에게 호의를 가질 만한 이유이다. 그는 심기가 불편해 보였고, 여자에 대해서보다는 그 자신에 대해서 더 많이 이야기하고 싶어한다는 생각이 들었다. 그래서 내겐 그의 고백과도 같은 어떤 장황한 개인사를 듣는 게 피할 수 없는 일이 되어버렸다.

그리고 실제로 우리가 포도주 한 병을 주문하고 한 잔씩 마셨을 때, 그는 이렇게 말을 시작했다.

"벨트만*의 어느 중편소설에서 누군가가 이렇게 말했던 것이 생각납니다. '이게 바로 역사야!' 그러자 다른 사람이 응답했지요. '아냐, 그건 역사가 아니라, 단지 역사의 서곡에 불과해.' 그러니까 지금까지 내가 이야기한 것도 단지 서곡에 불과합니다. 전 당신에게 나의 마지막 연애사건을 얘기하고 싶군요. 죄송하지만, 한 번 더 물어 볼 수 밖에 없군요. 내 이야기를 듣는 게 지겹지 않으세요?" 내가 지겹지 않다고 대답하자 그는 말을 계속했다.

"사건은 모스크바 현 북쪽의 한 촌락에서 발생했습니다. 우선 그곳의 자연에 대해 당신에게 꼭 이야기를 해야겠어요. 경이로웠습니다. 우리 집은 '급류가 흐르는 곳'이라고 부르는 물살이 빠른 작은 강의 상류에 자리 잡고 있었습니다.

그곳에서는 강물이 밤낮으로 큰 소리를 내며 흐르지요. 오래된 대정원, 한적한 화단, 양봉장, 채소밭, 강 아래로 커다란 이슬방울

---

* 19세기 러시아 소설가, 시인. 푸시킨의 친구이다.

을 머금은 울창한 회백색 버드나무 숲, 그 쪽으로 보이는 초원, 초원 뒤의 작은 언덕 너머로 무섭고 침침한 침엽수림을 상상해 보세요. 이 침엽수림에는 보일 듯 말 듯 보이는 송이버섯들이 자라고 있고, 사슴들이 자주 출몰하기도 합니다. 제가 죽어서 관에 못질을 할 때가 되면, 아마 이런 것들이 꿈에 나타나겠지요. 햇살이 눈부신 이른 아침, 아니면 더없이 아름다운 봄날 저녁, 정원과 그 뒷편에서는 종달새와 뜸부기가 울어대고, 시골마을로부터 아코디언 연주소리가 들려오고, 집안에서는 피아노 치는 소리가 들리고, 강물은 소리내어 흘러갑니다. 한 마디로, 울고 싶어져서 큰 소리로 노래를 부르고 싶은 그런 음악이 떠오릅니다.

우리가 소유하고 있는 경작지는 크지 않지만, 해마다 2천 루블 가량의 수입을 벌어주는 삼림이 딸린 목초지랍니다. 나는 외아들입니다. 부친과 나는 검소한 편이라서 벌어들인 수입에다 부친의 연금을 보태면 생활은 매우 풍요로웠습니다. 대학을 졸업하고나서 첫 3년 동안 나는 시골에 살면서 살림을 맡아 했는데, 그 당시 나는 누군가 나를 어디론가 데려가주기를 눈이 빠지게 기다리고 있었습니다. 중요한 이유라면, 나는 너무나도 아름답고 매력적인 여자를 깊이 사랑하게 되었기 때문입니다. 그녀는 이웃에 살고 있는 몰락한 귀족이자 지주인 카를로비치의 여동생이었어요. 카를로비치의 집에는 파인애플나무와 훌륭한 복숭아나무, 피뢰침, 마당 한가운데에 분수까지도 설치되어 있었지만, 그 당시엔 돈이라고는 땡전 한 닢도 없었지요. 카를로비치는 아무 일도 하지 않고, 아무것도 할 줄 몰랐으며, 마치 푹 삶은 무처럼 지독히도 병약한 사람이었습니다. 동종요법으로 농부들을 치료하며, 강신술을 시행했어요. 한편으로 그는 온화하고 섬세한 성격에 총명한 사람이었죠. 그는 영혼과 대화를 나누고 자력을 이용하여 할머니들을 치료해주기도 했답니다. 하지만 나는 그 사람에게 친근감을 느끼지 못하겠더군요. 왜냐하면 첫째로, 자유롭지 못한 지성을 지닌 사람들은 늘 개념의 혼란이 잦은 법이니까요. 그렇기 때문에 그런 사람들과 대화를 나누기란 무척 어렵습니다. 그리고 둘째로, 그들은 일반적으로 아무도 사랑하지 않으며 여자들과도 살지 않아요. 이런 비밀스러움은 민감한 사람에게 불쾌감을 줍니다. 그리고 그의 외모도 제 마음에 들지 않았습니다. 그는 뚱뚱하고 창백한 사람이었어요. 그는 악수할 때, 손을 잡는 것이 아니라 비벼대곤 했습니다. 그리고 항상 미안하다는 말을 입에 달고 살았죠. 뭔가를 부탁할 때도 '미안합니다'라고 하고, 줄 때도 역시 '미안합니다'라고 말했어요. 하지만 그의 여동생에 대해 말한다면, 그녀의 얼굴은 그와는 전혀 달랐습니다. 아, 먼저 당신께 말해야겠군요. 저의 어린 시절과 청년시절에는, 부친이 지방도시 N시에서 교수로 재직하셨고, 우리는 지방에서 오랫동안 살았기 때문에, 이 카를로비치와 나는 얼굴도 모르는 사이였지요. 내가 그들과 만났을 때, 이 처녀는 이미 스물 두 살이었는데, 오래전에 단과대학을 우수한 성적으로 졸업하고, 그녀를 세상과 사교계로 이끈 부유한 숙모와 함께 모스크바에서 2~3년을 살고 있었습니다. 그녀와 인사를 나누고 처음 이야기를 나누게 되었을 때, 무엇보다 나를 놀라게 한 것은 그녀의 귀엽고도 예쁜 '아리아드나' 라는 이름이었습니다. 그 이름은 그녀에게 아주 잘 어울렸어요. 그녀는 갈색 머리에, 매우 날씬한데다, 야위어 보이기까지 했지요. 거기다가 유연하고 균형잡힌 몸매에, 더할 수 없이 우아해 보였습니다. 고결한 얼굴에다 품위있는 단아함을 갖추고 있었지요. 그녀는 눈도 반짝거렸어요. 그녀 오빠의 냉정하면서도 조청처럼 끈적끈적한 눈길에 비하면, 그녀의 시선에선 아름답고 고결한 젊음이 빛을 발했죠. 이런 그녀에게 나는 처음 만나는 그 날부터 넋을 빼앗기고 말았습니다. 달리 어쩔 도리가 없더군요. 그녀의 첫 인상이 너무도 강렬해서, 나는 그 이후로 환상에서 벗어날 수 없었습니다. 그리고 아직도 난 자연이 이 처녀를 창조할 때, 어떤 위대하고도 놀라운 의도를 감추고 있었을 거라고 생각하고 있습니다. 아리아드나의 목소리, 걸음새, 모자, 그리고 심지어 강변 모래밭에 남겨진 그녀의 작은 발자국, 그녀가 꼬치고기를 낚았던 장소, 이런 것들이 제겐 기쁨뿐만 아니라 삶에 대한 매우 강렬한 열망을 갖게 했습니다. 나는 그녀의 아름다운 얼굴과 몸매를 기반으로 그녀의 정신세계를 판단하게 되어 버렸습니다. 그래서 나는 아리아드나의 말 한마디 한마디, 미소 하나하나에 매료되어, 그녀에겐 고귀한 영혼이 깃들어있을 거라 지

레짐작하고, 거기에 사로 잡혀버렸습니다. 그녀는 부드럽게 이야기하기를 즐기고, 명랑하게 대화를 나눌 때 친밀감을 주며, 시적으로 신을 믿고, 시적으로 죽음을 판단하곤 했지요. 그녀의 순결한 영혼은 그녀의 단점들조차도 특별하고 사랑스러운 특성으로 바꾸어버리는 힘이 있었죠. 예를 들면, 만일 그녀에게 새로운 말(馬)이 필요한데 돈이 없다고 가정해 봐요. 이런 어려움이 그녀에게 무슨 문제가 되겠어요? 이런 경우에 그녀는 무엇이든 팔아버리거나 아니면 저당을 잡힙니다. 만일 그녀의 집사가 아무것도 팔 것이 없고, 저당 잡힐 것이 없다고 하느님을 두고 맹세할라치면, 곁채의 양철 지붕을 벗겨 내서 공장에 내다 팔거나, 한창 경기가 좋을 때에 일꾼들의 말(馬)을 시장에 내다 아주 헐값으로 팔아 버릴 수도 있답니다. 그녀의 이러한 방종에 가까운 욕구들은 종종 집안을 온통 절망에 빠뜨리곤 했습니다. 하지만 그녀는 이런 행위들을 매우 우아한 말투로 포장해서 표현했습니다. 결국 그녀가 저지른 행위는 모두 용서받았고, 모든 것이 허용되었지요. 마치 여신이나 황후처럼 말이죠. 그녀에 대한 나의 사랑은 무척 감동적이어서 곧 모든 사람들(나의 부친도, 이웃들도, 농부들도)이 알게 되었지요. 그리고 사람들이 모두 나를 동정했습니다. 어쩌다 우연히 내가 일꾼들에게 보드카를 대접하면, 그들은 내게 감사의 인사를 하며 이렇게 말하곤 했습니다.

"제발 하느님께서 은총을 내리셔서 카를로비치 댁 아가씨와 결혼하시길."

그리고 아리아드나 스스로도 내가 자기를 사랑하고 있다는 걸 알고 있었죠. 그녀는 자주 말을 타거나 이륜마차를 타고 와서 하루 종일 나와 내 부친과 함께 시간을 보내곤 했어요. 부친과 그녀는 사이가 매우 가까워졌는데, 부친은 그녀에게 자전거를 타는 방법까지 가르쳐주게 되었죠. 이제는 이런 일이 부친의 가장 좋아하는 소일거리가 되었답니다. 어느 날 저녁, 그들은 자전거를 타러 나갈 준비를 하더군요. 나는 그녀가 자전거에 앉을 수 있도록 그녀를 도와주었습니다. 그때 나는 그녀를 정말 좋아했습니다. 내 손이 그녀에게 닿자 마자 내 두 손은 마치 불에 덴 것처럼 짜릿함을 느꼈고 환희로 몸을 부르르 떨었습니다. 그리고 부친과 그녀 두 사람은 균형을 잡으며 아름답게 포장도로를 따라서 갔습니다. 반대편에서 오는 영지 관리인이 타고 오는 검은 말이 한 편으로 비켜주었습니다. 나는 그 말이 한편으로 비낀 것이 말조차도 그녀의 아름다움에 취했기 때문이라고 생각했습니다. 나의 사랑과 구애는 아리아드나를 감동시킨 나머지 그녀를 온순하게 만들었지요. 그녀 또한 내게 매혹되어, 나와 같이 사랑으로 화답하길 간절히 원했습니다. 한 편의 시처럼 이 얼마나 아름다운가요!

하지만 사랑에 있어 그녀는 나와 뜻을 같이 할 수 없었습니다. 왜냐하면 그녀는 냉정했고, 이미 세상을 다 알만큼 충분히 타락했기 때문이죠. 그녀의 내면에는 이미 어떤 악마가 자리 잡고 앉아서 아침저녁으로 '너는 매혹적인 여신이야'라고 속삭여댔죠. 그녀는 특히 자신이 무엇 때문에 창조되었고, 무엇 때문에 자신에게 삶이 주어졌는지 깨닫지 못하고 있었기 때문에, 미래에는 매우 부유해지고 명성을 떨치게 될 것이라는 그런 것만을 상상하고 있었습니다. 무도회, 경마, 귀족을 모시는 하인의 제복, 호화로운 응접실, 자신의 살롱, 백작들과 대공들과 공사들의 무리, 유명한 화가들과 배우들 일행, 그들 모두가 그녀에게 고개 숙여 인사하고, 그녀의 아름다움과 옷차림에 감탄하고……. 그녀는 이런 것을 꿈꾸고 있었습니다. 이러한 개인의 성공에 대한 열망과 권력에 대한 갈망, 그리고 이 한 방향으로 온통 치우쳐있는 사고는 그녀를 차가운 여자로 변하게 했죠. 그리고 그녀는 나와 자연에 대해서, 그리고 음악에 대해서도 쌀쌀맞게 대했습니다. 그 사이에 세월은 흘러갔지만, 그녀의 구원자는 여전히 나타나지 않았으므로, 아리아드나는 강신술을 하는 오빠의 집에서 계속 살고 있었습니다. 상황이 더욱 나빠지자, 그녀는 이젠 자기 옷이나 모자를 구입할 돈조차 떨어지고 없었지요. 그래서 그녀는 자신의 가난한 형편을 벗어나려고 교활한 술수를 부려야 하는 처지로 전락하고 말았습니다.

언젠가 그녀가 모스크바에서 숙모와 함께 살고 있을 때, 부자이지만 아주 볼품 없는 인간인 마크투예프 공작이 그녀에게 청혼했습니다. 그녀는 물론 단호하게 거절했죠. 그러나 지금은 종종 '그때는 왜 거절했을까' 하는 회한이 밀려와 그녀를 고통스럽게 괴롭히곤 하지요. 마치 우리 남자들이 크바스(발효시킨 러시아의 전통 음료)에 떠다니는 바퀴벌레를 보면 혐오감을 드러내면서도 어쩔 수 없이 후후 불어내고 마시는 것처럼, 그녀 또한 대공의 얼굴을 떠올리면 꺼리는 듯 찌푸렸지만 그래도 역시 그를 상기할 때면 내게 이렇게 말했습니다.

"사람들이 말을 하지 않아도 지위를 나타내는 호칭에는 뭐라 설명할 수는 없지만, 뭔가가 있긴 있는 것 같아요……."

그녀는 자기에게도 호칭이 불리우는 빛나는 명예를 꿈꾸었지만, 그와 동시에 그녀는 나를 놓아주고 싶지도 않았습니다. 그녀는 백마를 탄 기사를 꿈꾸고 있었지만, 한편으로 그녀의 심정은 돌무덤이 아닌지라 자신의 젊음이 시들어가는 것을 애석해하고 있었던 거지요. 아리아드나는 나를 사랑하려고 애썼고, 사랑하는 척했으며, 심지어는 사랑의 맹세까지도 했습니다. 하지만 민감하고 동정심 많은 나는 누군가 날 사랑한다면, 비록 서로 떨어져 있다 할지라도, 확신이 없고 서약하지 않았다고 해도, 그걸 느낄 수는 있었습니다. 그런데 내게는 그녀가 차갑게 느껴진 데다, 금속으로 만든 종달새의 노래를 듣는 기분이었습니다. 아리아드나도 자신의 열정이 부족하다는 걸 느끼고서 짜증을 냈고, 그 때문에 그녀가 우는 걸 본 적이 한두 번이 아니었지요. 그리고 언젠가 한 번은 갑자기 그녀가 나를 성급하게 끌어안고는 입을 맞추더군요. 상상이 되세요? 이 일은 저녁 무렵 강가에서 벌어졌습니다. 그때 나는 확

실히 알게 되었습니다. 그녀가 날 사랑하지 않는다는 걸, 자신의 젊음을 발산하려는 호기심에서 단지 나를 끌어안았다는 걸 말입니다. 그래서 나는 무서운 일을 저지르고 말았습니다. 나는 두 손으로 그녀를 붙잡고 절망에 허우적대며 이렇게 말을 내뱉었죠.

"애정없는 애무는 내게 고통을 줄 뿐입니다!"

"당신이 내게 감히 그런 말을 하다니……. 당신은 정말 이상한 사람이군요!" 그녀는 몹시 화를 내며 이렇게 말하고 자리를 떠나버렸습니다.

예외 없이 판에 박은 것처럼, 1~2년 후에 내가 그녀와 결혼했다면, 이야기는 끝나버렸겠지요. 하지만 운명은 우리의 얘기를 다른 방향으로 돌려놓았습니다. 우리의 지평선에 새로운 인물이 등장한 거죠. 아리아드나의 오빠에게 대학 동창인 루브코프 미하일 아바노비치가 며칠간 머물렀던 것입니다. 그는 친절한 사람이었는데, 마부와 하인들은 그를 '바~쁜 신사!'라고 불렀지요. 중간 키에 야위고 대머리인 그의 얼굴은 선량한 부르주아의 얼굴처럼 재미는 없지만, 단정하고 창백했으며 날카로운 콧수염을 기르고 있었습니다. 그의 목엔 거위의 피부처럼 부스럼이 나 있었고, 커다란 목젖이 달려 있었죠. 그는 넓고 검은 줄이 달린 코안경을 쓰고 다녔는데, 발음이 분명하지 않아 'ㄹ'발음을 하지 못했지요. 예를 들면, '즈젤랄(했어)'이라는 단어를 그는 '즈제바브'라고 발음했습니다. 그는 언제나 명랑했고 모든 것에 흥미를 느끼고 있었죠. 그는 어리석게도 스무 살에 결혼해서, 데비치 근교와 모스크바에 있는 집 두 채를 지참금으로 받았는데, 보수 작업을 하고 수영장을 짓다가 그만 파산하고 말았지요. 그래서 그의 아내와 네 명의 아이들은 숙박료가 가장 싼 방들을 옮겨 다니며 곤궁함을 견뎌내고 있었습니다. 그가 그들을 부양해야 한다는 것이 그에겐 어이없는 일이었죠. 그는 36살, 아내는 42살이었던 것도 우스웠지요. 거만하고, 특히 귀족적인 사치를 부리며 잘난 체하는 그의 어머니는 그의 아내를 경멸해서 개와 고양이를 데리고 따로 살았습니다. 그는 다달이 어머니에게 75루블씩 보내야 했어요. 그리고 그 자신은 미식가라서 아침식사는 '슬라뱐스끼 바자르* 레스토랑'에서 그리고 점심식사는 '에르미타쉬** 레스토랑'에서 하기를 즐겨했습니다. 그는 돈이 매우 많이 필요했지만, 그의 숙부는 그에게 1년에 2천 루블씩만 주었기에 늘 돈이 부족했습니다. 그래서 그는 하루 종일 속된 말로 혀를 빼어문 채로 모스크바의 여기저기를 정신 없이 뛰어다니며, 돈을 융통할 수 있는 곳을 찾아다니곤 했지요. 이것 역시 그에겐 우스운 일이었죠. 그는 가족과의 생활에서 벗어나 자연의 품속에 안겨 휴식을 취하기 위해서 카를로비치에게 왔다고 그렇게 말했습니다. 점심식사와 저녁식사에서, 그리고 산책길에서 그는 우리에게 자기 아내와 어머니, 채권자들과 집달리들에 대해 이야기

---

* 모스크바의 유명한 고급 레스토랑 이름.

** 모스크바의 유명한 고급 레스토랑 이름.

하며 그들을 조롱하곤 했습니다. 그는 자신을 조롱하면서도, 자기가 남들에게 돈을 변통하는 능력 덕택에 유쾌한 지인들을 많이 사귈 수 있었다고 역설했죠. 그는 웃기를 멈추지 않았고, 우리도 덩달아 웃었죠. 그와 함께 있으면서 우리는 다른 방법으로 시간을 보내기 시작했습니다. 나는 조용한 것을 좋아하기보다는, 오히려 무사안일하게 자기만족을 쫓는 사람입니다. 그래서 물고기 낚기, 저녁 후에 산책하기, 버섯따기를 좋아했습니다. 반면에 루브코프는 피크닉, 테니스, 사냥개를 데리고 사냥하는 것을 더 좋아했지요. 그는 일주일에 세 번 피크닉을 갔는데, 그때마다 아리아드나는 진지하고 들뜬 얼굴로 종이쪽지에 굴, 샴페인, 사탕이라고 적어주며 나를 모스크바로 보냈어요. 물론, 내게 돈이 있는지 없는지 물어보지도 않고 말이지요. 피크닉에서는 '축하의 술잔을 듭시다'라는 말과 함께 왁자지껄한 웃음소리가 들리고, 다시 늙은 아내와 어머니가 기르는 살찐 개들의 소식과 친절한 채권자들에 대한 즐거운 이야기들이 이어졌고…….

루브코프는 자연을 사랑했지만, 그는 오래전부터 익숙하게 보아 오던 무언가를 보듯이 자연을 대했지요. 그뿐만 아니라 본질적으로 자연이란 자신보다 훨씬 낮은 존재이며, 자연이란 단지 그를 만족시켜주기 위해 창조된 것인양 생각했습니다. 그는 어떤 장엄한 풍경 앞에 서게 되면 이렇게 말하곤 했죠.

"여기서 차를 딱 한 잔하면 좋겠군!"

어느날, 그는 멀리서 양산을 쓰고 지나가는 아리아드나를 바라보다, 머리로 그녀를 가리키며 말했습니다.

"저 여자는 날씬해, 그래서 내 맘에 쏙 든단 말이야. 난 뚱뚱한 여자는 싫어."

이 말은 내게 혐오감을 주더군요. 나는 그에게 내 앞에선 여자들을 말할 때 그런 표현은 삼가해달라고 말했죠. 그는 놀라서 나를 쳐다보며 말했습니다.

"내가 날씬한 여자를 좋아하고, 뚱뚱한 여자를 싫어한다는데, 뭐가 그리 불쾌한가?"

나는 그에게 아무런 대꾸도 하지 않았습니다. 그리고 얼마 후에 그는 아주 기분이 유쾌해져 내게 말을 하더군요.

"난 아리아드나 그리고리예브나가 자네에게 호감을 갖고 있다는 걸 눈치채고 있었네. 그런데 왜 자네는 눈치도 못채고 멍때리고 있는지, 그게 놀랍네."

난 이 말을 듣자 마음이 곧 불편해지기 시작하길래 서둘러 그에게 사랑과 여성에 대한 내 견해를 피력했습니다.

"난 모르겠어." 그는 한 숨을 내쉬었습니다.

"내 생각으로는, 여자는 여자이고, 남자는 남자일 뿐이라네. 자네가 말했듯이, 아리아드나 그리고리예브나를 시적 영감을 갖춘 고결한 여자라고 여겨도 좋아. 그러나 그것이 그녀가 자연의 법칙을 벗어나 존재해야만 한다는 걸 의미하는 건 아니란 말일세. 자네도 잘 알다시피, 이미 그렇게 성숙해진 그녀에겐 남편이나 연인이 필요한 시기라네. 나도 자네 못지않게 여자를 존중하지만, 누구에게나 있을 법한 그렇고 그런 남녀 관계라고 해서 시적인 감성을 빼앗긴 건 아니라고 생각하네. 시는 시 그 자체로, 연인은 연인 자체로 존재하는 것이지. 농사의 경우도 마찬가지라네. 자연은 자연의 아름다움 그 자체로, 삼림이나 들판에서 얻는 수익은 수익 그 자체로 남아있다는 거지."

언젠가 나와 아리아드나가 작은 꼬치고기를 낚고 있을 때, 루브코프는 그곳의 모랫바닥에 누워서 나를 놀려대거나 내가 어떻게 살아야 하는지를 가르쳐 주었습니다.

"자네는, 정말 놀랍군. 어떻게 연애도 하지 않고 살아갈 수가 있단 말인가!" 그가 말했습니다.

"자넨 젊고 미남인데다 재미있는 사람인데. 한마디로, 진짜 사나이인데 마치 수도사처럼 살고 있으니……. 원, 스물여섯 살의 애늙은이라니! 나는 자네보다 거의 10년이나 나이를 더 먹었다구. 그런데 우리 중에 누가 더 젊게 보이지? 아리아드나 그리고리예브나, 누군가요?"

"물론 당신이에요."

아리아드나가 그에게 대답했습니다. 우리가 묵묵히 낚시찌만을 바라보고 있는 적막한 분위기에 따분해진 그는 집으로 가버렸죠. 그러자 그녀는 화난 듯이 나를 바라보며 이렇게 말했습니다.

"미안하지만, 정말이지 당신은 남자답지 못하고 우유부단한 사람같아요. 남자라면 인생을 즐겨도 보고, 이성도 잃어 보고, 실수도 하면서 괴로워해봐야 하는 게 아닌가요! 여자라면 당신의 그 무례한 행동과 뻔뻔스러움은 용서해도, 당신의 그 신중함은 결코 용서하지 못할 거예요!"

그녀는 진지한 어조로 화를 내면서 말을 계속했습니다.

"성공하려면 결단력도 있고 용감해야 돼요. 루브코프는 당신과 같은 그런 미남은 아니지만, 당신보다 더 재미있죠. 그리고 그는 당신과는 달리 여자들과 사귀게 되면 항상 성공할 거예요……, 그는 진짜 사나이니까요……."

심지어 그녀의 목소리에는 어떤 울분마저 담겨 있었습니다. 그러던 어느 날, 저녁 식탁에서 그녀는 나에게 얼굴도 돌리지 않은 채 말하기 시작했죠. 만일 자신이 남자였다면 시골에서 썩지 않고 여행을 떠났을 거라고. 겨울엔 어딘지 외국에서, 예를 들면, 이탈리아 같은 곳에서 살았을 거라고. 아, 이탈리아! 거기 그 대목에서 제 부친은 고의는 아니지만 불에다 기름을 끼었었지요. 그는 그 곳이 얼마나 좋은 곳이며, 자연은 얼마나 아름다우며, 어떤 박물관이 있는지 등 이탈리아에 대해 오랫동안 이야길 했지요. 아리아드나는 갑자기 이탈리아에 가보고 싶은 충동으로 몸이 달아 올랐습니다. 그녀는 주먹으로 탁자를 내리치며 두 눈을 반짝거리기 시작했어요.

"떠나요!"

그리고 나서 이탈리아에서 얼마나 재미있는 일들이 벌어질 것 인지, 그 벌어질 일에 대한 이야기가 시작되었죠.

"아하, 이탈리아! 아하, 그래요, 오 예."

매일 감탄사를 연발하며 아리아드나가 어깨너머로 흘깃거리면 서 나를 쳐다볼 때면, 난 그녀의 차갑고 완고한 얼굴 표정을 보면 서, 그녀가 상상 속에서 이탈리아와 그곳에 있는 자신의 살롱, 유 명한 외국인들과 관광객들, 그 모든 것을 이미 정복해버렸다는 느 낌이 들었죠. 이제 그녀를 붙잡아두기란 불가능하다는 걸 깨달아 버린 겁니다. 나는 그녀에게 여행을 1~2년 정도 연기하고, 얼마동 안 기다리는 것이 어떠냐고 달랬지만, 그녀는 혐오감을 드러내면 서 이맛살을 찌푸리며 말하더군요.

"당신은 늙은 농부처럼 신중한 사람이잖아요."

루브코프도 여행을 떠나겠다고 나섰지요. 그는 이 여행이 매우 저렴한 비용으로 해결될 것이라고 선언했습니다. 그리고 자신도 기꺼이 이탈리아로 떠날 것이며, 가족과 뒤얽혀 있는 생활에서 벗 어나 휴식을 취해야겠다고 말했죠. 고백하건대, 나는 마치 중학생 처럼 순진하게 굴었습니다. 나는 질투심에서가 아니라, 무언가 두 렵고 예사롭지 않은 사건이 발생할 거라는 예감에서, 가능하다면 그들을 단 둘이만 남겨 두지 않으려고 애썼습니다. 예를 들면, 내 가 방에 들어가면, 그들은 입맞춤을 하는 척하더군요. 혹은 그와 비슷한 방법으로 나를 놀리는 겁니다.

그러던 어느 화창한 날 아침에 뒤룩뒤룩 살이 찌고 피부가 흰 강신술사이자 그녀의 오빠인 카를로비치가 나를 찾아와, 단둘이 이야기를 나누고 싶다고 말했습니다. 그는 의지가 박약한 인간이었지요. 그는 교양 있고 점잖은 사람이었음에도 불구하고, 만일 그의 앞에 놓인 책상 위에 편지가 있다면, 남의 편지를 열어봐서는 안 된다는 걸 잘 알면서도 그만 참지 못하고 읽어버리는 사람이었습니다. 그가 고백하더군요. 우연히 루브코프가 아리아드나에게 보낸 편지를 읽었다고 말이죠.

"그 편지로 봐서 난 그 애가 머지않아 곧 외국으로 떠날 거라고 생각해요. 여보게 친구, 난 몹시 두렵다네! 제발 내게 설명 좀 해주게. 난 아무 것도 이해할 수가 없으니!"

그가 이 이야기를 하는 도중에 거칠게 한 숨을 내쉬었는데, 바로 내 얼굴 정면에 대고 내쉬는 바람에, 삶은 소고기 냄새가 확 풍겨왔습니다.

"어쨌거나, 난 자네에게 이 편지의 비밀을 자세하게 알려주겠네."

그는 말을 계속했습니다.

"자네는 아리아드나의 친구이고, 그 앤 자네를 존경하고 있다네! 어쩌면 자네가 뭐든 더 잘 알고 있을지도 모르겠네. 그런데 그 애는 누구와 함께 떠나고 싶어 하는지 아는가? 루브코프도 그 애와 함께 떠날 준비를 한다던데. 말하기가 뭣 하지만, 이런 일은 루브코프의 입장에서 본다고 해도 역시 이상한 일이 아닌가. 그는 결혼한 유부남인데다가, 자식들이 있는데도 사랑을 고백하고 아리아드나에게 '자기'라는 호칭을 사용하며 편지질을 하다니. 나 원 참, 정상적인 사람은 아니잖아!"

나는 가슴이 철렁 내려앉고 손발이 굳어졌습니다. 가슴 위에 큰 바윗덩어리를 얹어 놓은 것처럼 극심한 통증을 느꼈습니다. 카를 로비치는 기진맥진해서 안락의자에 주저앉은 채, 손을 축 내려뜨리고 있더군요.

"그렇다면 제가 어떻게 해야만 할까요?" 내가 물었죠.

"잘못된 생각이라는 것을 알게 설득을 해야지……. 생각해보게. 그 애에게 루브코프가 가당키나 한 일인가? 루브코프가 그 애의 짝이 될 수 있겠어? 아, 이건 끔찍한 일이야! 아주 끔찍해!"

그는 자신의 머리를 움켜쥔 채 말을 계속했습니다.

"그 애에겐 훌륭한 짝이 될 마쿠트예프 공작이나 다른 배우자들이 있어요. 공작은 그 애를 끔찍이 사랑한다네. 그리고 얼마 전, 지난 주 수요일에는, 이미 고인이 된 조부(祖父) 일라리온이 나타나서 아주 분명하게 확정적으로 아리아드나가 공작의 배필이 될 거라고 예언하셨지. 분명하게 말이지! 조부 일라리온은 이미 돌아가셨지만, 놀랄 만큼 똑똑했던 분이시라네. 날마다 우린 그의 영혼을 불러내곤 하지."

이런 대화를 나눈 이후로 나는 밤새도록 한숨도 자지 못했고, 권총으로 머리에 총알을 박아 넣고 싶더군요. 아침에 나는 다섯 통의 편지를 쓰고 나서 그걸 모두 갈기갈기 찢어버렸고, 소리내어 흐느껴 울며 눈물까지 흘렸습니다. 그리고 아버지 몰래 돈을 훔쳐서는 떠난다는 인사도 없이 카프카즈로 떠나버렸습니다.

물론, 여자는 그냥 여자일 뿐이고, 남자는 그냥 남자일 뿐이지요. 하지만 우리 시대에 과연 모든 것이 태초부터 그렇게 간단하게 만들어진 것일까요? 문명인으로 복잡한 심리 구조를 갖고 태어난 내가 한 여자를 향한 강렬한 감정을 다른 방법 없이 오직 육체적인 방식으로만 표현해야 하는 걸까요? 오, 그건 정말 끔찍한 일입니다! 나는 인간의 본능에 대항해 싸우는 수호신이 마치 적과 싸우듯이 육체적 사랑에 맞서 투쟁하고 있다고 생각했습니다. 만일 그 수호신이 육체적 사랑을 압도하지 못해서, 그의 모든 것이 우정이나 사랑이라는 환상의 올가미에 묶여버렸다면, 적어도 내게는 이것이 동물기관과 관련된 개와 개구리가 지닌 것과 같은 단순한 본능은 아니라는 것입니다. 내게는 이것도 진정한 사랑이라고, 매번 나누는 포옹 역시 영혼을 울리는 순수하고 진실한 감정의 분출이며 여성에 대한 존경심을 보이는 행위라고 생각하고 싶습니다. 사실, 우린 수세기 동안 수많은 세대에 걸쳐서 동물적 본능을 혐오하도록 교육을 받아 왔습니다. 그래서 그런 교육은 내 피속에 녹아들어 흐르면서 내 존재의 일부분이 되어버렸죠. 만일 내가 지금 사랑을 시화(詩化)한다면, 그것은 지금 시대에 내 귀뼈가 움직이지 않고, 온 몸이 털로 덮여있지 않다는 것만큼 자연스럽고 당연한 일이 아니겠습니까. 현 시대의 사랑에 도덕적이고 시적인 요소들이 사라지고 있는 현상이 멸시받고 있기 때문에, 대부분의 문화적인 인간들은 이렇게 생각할 것이라고 간주하게 되는 것이죠. 이것은 수많은 광기들이 나타나게 될 징후라고 말하지요. 사실 사랑을 시화(詩化)시킨다는 것은 우리가 사랑하는 연인에 대해 그들이 가지고 있지 않은 장점을 만들어 내는 것입니다. 그러나 이것은 우리에게 부단한 실수와 끊임없는 고통의 원천이 되게 합니다. 내 생각에, 여자는 그저 여자일 뿐이고 남자는 그저 남자일 뿐이라는 사실로 자신을 위로하기보다는, 고통스러워하는 편이 더 나을 것이라고 봅니다.

나는 티플리스*에서 보낸 부친의 편지를 받았습니다. 부친은 편지에서, 아리아드나 그리고리예브나가 겨울 내내 해외에서 지낼 계획으로 어느 날 외국으로 떠났다고 알려주더군요. 한 달이 지나서 나는 집으로 돌아갔습니다. 이미 가을이었지요. 아리아드나는 매주 저의 부친에게 향기나는 종이에 훌륭한 문학적인 문체로 쓴, '매우 재미있게 지내고 있어요' 라는 내용의 편지를 보내왔습니다. 그래서 나는 지금까지도 여자들은 개개인이 모두 여류 작가가 될 수 있을 거라는 생각을 하고 있습니다. 아리아드나는 어렵사리 자

---

* 조지아의 수도로, 지금은 '트빌리시'라고 부른다.

신의 숙모와 화해했고, 자기가 쓸 여행경비로 천 루블을 요청했습니다. 그리고 먼 친척 노파를 설득해 함께 떠나기 위해, 모스크바에서 오랫동안 혼자서 그 노파를 찾아낸 이야기를 매우 상세하게 썼더군요. 그 치밀한 묘사를 장황하게 늘어놓은 것을 보니 이미 그건 지어낸 이야기란 걸 알겠더군요. 물론 나는 그녀에게 여자 동행인이란 애초에 없다는 걸 알아버렸지요. 얼마 후, 나도 그녀에게서 향기나는 종이에 쓴 문학적인 문체의 편지를 받았습니다. 그녀는 나를 그리워하고 있다고, 사랑에 빠진 아름답고 반짝이는 내 눈동자를 그리워한다고 썼더군요. 그리고 당시에 내가 시골에 틀어박혀 아무 일도 하지 않은 채, 젊음을 무의미하게 보내고 있는 것을 그녀는 우정이 넘치는 말투로 나무랬습니다. 하지만 그때 종려나무 아래에서 오렌지나무 향을 들이 마시며 천국과 같은 곳에서 사는 그녀와 제가 어떻게 조금이라도 비슷한 생활을 할 수 있겠습니까?

그리고 이렇게 서명했더군요.

'당신에게서 버림받은 아리아드나.'

그리고 이틀이 지나 그것과 비슷한 종류의 서명을 한 다른 편지가 도착했습니다. 서명은 '당신에게서 잊혀진 사람'이었습니다. 나는 머리가 몽롱해지더군요. 나는 그녀를 미치도록 사랑했고, 매일 밤마다 그녀의 꿈을 꾸고 있는데 '버림받은', '잊혀진' 이라는 말을 하다니요. 이건 도대체 누구에게 하는 말일까? 무엇 때문에? 혼자서 자문해보았습니다. 게다가 시골의 적막함, 길고 지루한 밤, 루브코프에 대한 결말이 나지 않은 생각들……. 현재 무슨 일이 벌어지는지 아무 것도 모르고 있다는 사실이 또한 나를 괴롭혔습니다. 밤낮으로 그 곳으로 떠나자고 스스로 다짐하다가, 도저히 견디기 힘든 상태에 이르고 말았지요. 나는 더이상 참지 못하고 길을 떠났습니다.

아리아드나는 나를 '아바치야'*로 오라고 했습니다. 비가 온 뒤, 아직도 물방울이 나무에 매달려 있는 화창하고 따뜻한 날, 나는 그 곳에 도착해서 병영 건물처럼 생긴, 아리아드나와 루브코프가 지내고 있다는 큰 건물에 다가가 발걸음을 멈추었습니다. 그들은 집에 없었어요. 나는 그곳에 인접한 공원을 향해 나 있는 가로수 길을 따라 비틀거리며 걸어가다가, 한 곳에 자리를 잡고 앉았습니다.

내 옆으로 두 손을 뒷짐진 채, 러시아 장군들의 제복과 같은 폭넓은 세로 줄무늬의 붉은 색 군복바지를 입은 오스트리아 장군이 지나갔습니다. 그리고 어린애를 태운 유모차가 축축한 모래 위를 삐걱거리는 소리를 내며 지나가기도 했지요. 황달에 걸린 노쇠한 노인, 영국인 일행, 카톨릭 사제, 그리고 다시 오스트리아 장군이 지나갔습니다. 이제 막 '피우메'항구**에서 돌아온 군악대원들이 관악기로 음악을 연주하면서 감시초소 쪽으로 느릿느릿 행진했습

---

* 아드리아 해 북동쪽에 위치한 피우메로부터 서쪽으로 10마일 떨어진 작은 도시.

** 이탈리아와 유고슬라비아 사이의 아드리아 해로부터 북동쪽에 위치한 항구.

니다. 그런데 당신은 아바치야에 가 보신 적이 있나요? 그곳엔 비가 온 뒤에는 고무장화 없이는 결코 걸어 다닐 수 없는 악취가 나는 도로 하나밖에 없는 더러운 슬라브식 도시입니다. 난 아주 여러 차례, 이 겨울 낙원에 관해서 쓴 책을 읽었고, 그때마다 매번 감격했던 적이 있습니다. 그러나 그때는 바지를 걷어 올려서 좁은 길을 조심스레 걷고 있습니다. 한 노파가 내가 러시아인이라는 것을 알아보고 '4'와 '20'을 제대로 맞지도 않는 러시아어로 발음했음에도 불구하고 순전히 따분했기 때문에 그 노파에게서 싱싱하지도 않고 맛도 없을 것 같은 배를 사주었지요. 그리고 어찌할 바를 모른 채 어디로 가야 하는지, 이곳에서 무엇을 해야 할 것인지를 스스로에게 물어 보았지요. 결국은 나처럼 기만당한 러시아 사람을 반드시 만나게 될 것이라는 생각이 들었을 때, 난 돌연 짜증이 나며 부끄러웠죠. 이곳에는 기선들과 다양한 색깔의 조그만 돛단배들이 드나드는 조용한 만(灣)이 있습니다. 거기에선 피우메 항구도 보이고, 저 멀리 연한 보랏빛 안개로 덮인 섬들도 보이죠. 만일 욕심 많은 상인들이 푸른 해변가에 줄지어 졸렬하게 지어 놓은, 소시민적 건축물에다 증축해 올린 건물과 호텔이 만의 그림 같은 전경을 가리지만 않았다면, 한 폭의 풍경화가 되었을텐데 말이죠. 당신은 그 곳의 창문과 테라스, 흰색 테이블과 검은 연미복을 입은 종업원들이 보이는 작은 광장에 있으면 천국에서 벗어나와 있는 기분일 겁니다. 그곳엔 요즈음 외국의 휴양지에서 흔히 찾아볼 수 있는 그런 공원이 있지요. 움직이지 않고 말없이 서있는 종려나무들의 어두운 초록빛, 가로수 길의 밝은 노란색 모래, 밝은 녹색의 벤치들, 귀청을 때리는 군악대 나팔의 번쩍거리는 광채, 그리고 장군의 붉은 색 세로 줄무늬 바지, 이 모든 것들을 딱 십 분만 보고 있노라면 곧 싫증이 납니다. 그러나 만약 당신이 어떤 이유에서든 이곳에서 10일, 아니 10주를 살아야만 한다면! 저는 마지못해 이 휴양지를 배회하면서, 여기는 취향도 바라는 것도 없이, 형편없고 빈약한 상상력만을 지닌 배부른 부자들이 살기에는 불편하고 지루한 곳이라는 확신을 점점 더 갖게 되었습니다. 그리고 보니 호텔에서 지내기엔 돈이 없어서, 되는 대로 오가며 지내는 늙거나 젊은 관광객들이 몇 배나 더 행복해 보이네요. 그들은 푸른 풀 위에 누워, 높은 산과 인접한 바다의 경치에 도취되기도 하고 걷기도 하고, 숲과 시골 생활에 친숙해 보기도 하고, 이 지방의 풍습을 맛보며, 노래를 듣고, 이곳의 여자들과 사랑에 빠져보고…….

공원에 앉아 있는 동안, 날이 어두워지기 시작했습니다. 황혼녘에야 나의 아리아드나가 공주처럼 우아한 차림새로 나타났습니다. 루브코프가 그녀의 뒤에서 걸어 오더군요. 그는 오스트리아의 비엔나에서 구입한, 자기 몸에 헐렁하게 보이는 새 옷으로 온통 차려 입고 있었습니다.

"여기서 뭐 하는 겁니까?" 루브코프가 말했죠. "내가 당신 옷을 벗겨가기라도 했나요?"

나를 보자, 그녀는 기쁨에 차서 탄성을 질렀죠. 만약 그녀를 공원이 아닌 다른 장소에서 만났더라면, 아마도 그녀는 내게 달려와 목에 안겼을 겁니다. 그녀는 내 손을 꼭 잡은 채 웃었지요. 나 역시 웃어 보였는데, 흥분한 나머지 거의 울상을 짓고 있었습니다. 질문이 쏟아지기 시작했어요. 시골에서는 살기가 어떤지, 부친의 근황은? 그녀의 오빠를 만나 보았는지 등. 그녀는 나에게 눈을 똑바로 쳐다보게 하더니, 꼬치고기와 우리의 사소한 말다툼, 그리고 피크닉을 기억하는지 물었습니다.

"정말로 그 모든 게 다 좋았어요." 그녀가 한 숨을 내쉬었습니다. "하지만 여기서도 우린 지루하게 생활하지는 않아요. 친교를 맺고 지내는 분들도 많지요. 내 사랑하는, 착한 분! 내일 제가 당신에게 러시아 가족을 소개해 드릴께요. 그런데 제발 부탁이니 다른 모자로 바꿔 쓰세요." 그녀는 날 보고는 눈살을 찌푸렸습니다. "아바치야 항구는 시골이 아니랍니다." 그녀는 말하더군요. "여기서는 고상한 사람으로 처신해야만 해요."

그리고나서 우리는 레스토랑으로 갔습니다. 아리아드나는 계속 웃고 장난치며, 나를 소중하고 착하며 영리한 분이라고 불러서, 그녀와 함께 있다는 실감을 내 눈으로 보고도 믿기 어려울 정도였지요. 그렇게 우리는 11시까지 앉아 있었고, 아주 만족스런 기분으로 저녁식사를 한 후, 서로 인사하고 헤어졌습니다. 그리고 다음 날 아리아드나는 러시아 가족을 내게 소개해 주었습니다.

"유명한 교수님의 아드님이시고, 우리 영지의 이웃에 사는 분이죠." 그녀는 이 가족과 영지와 추수에 대해서만 이야길 했는데, 그때마다 나를 증인으로 내세우곤 했지요. 그녀는 자신이 매우 부유한 지주인 것처럼 행세했고, 실제로 그녀는 이 역할을 성공적으로 해냈습니다. 그녀의 출생 신분이 말해주듯, 그녀는 진짜 귀족처럼 훌륭하게 처신하더군요.

"그런데 숙모님은 어떻게 지내세요?" 갑자기 그녀는 미소를 띤 얼굴로 나를 쳐다보며 말했습니다. "저는 숙모님과 말다툼을 조금 벌였지요. 그런데 그녀는 메란*으로 떠나버렸어요. 어떻해요?"

잠시 후 나는 그녀와 공원을 산책하며 물었습니다.

"아까 어느 숙모님에 대해서 말한 것입니까? 숙모님이 또 있었던가요?"

"그건 위험을 모면하기 위한 거짓말이었어요." 아리아드나는 미소를 지었습니다. "제가 동행인도 없이 여기에 와 있다는 걸 알아서는 안 되거든요." 잠시 침묵이 흐른 뒤에 그녀는 내 손을 꼭 쥐고는 말했습니다.

"제 소중한 친구, 루브코프와 친하게 지내세요! 그는 참으로 불행한 사람이랍니다. 그의 아내와 모친은 한마디로 끔찍한 사람들이에요."

그녀는 루브코프에게 존칭어인 '당신'이란 말을 사용했고, 그와

---

* 오스트리아 티롤 지방의 남쪽에 위치한 알프스의 휴양지.

헤어져 잠자리에 들 때, 내게 하듯이 "내일 봐요!"라고 인사말을 건 네더군요. 다행인지 몰라도 그들은 서로 다른 층에 묵고 있었어요. 그것은 내가 우려했던 모든 걱정들이 헛된 것이며, 그들 사이엔 어 떠한 연애사건도 일어나지 않았을 거라는 희망을 주었지요. 덕분 에 나는 루브코프를 마음 편하게 만날 수 있었습니다. 그래서 하루 는 그가 300루블을 빌려 달라고 했을 때에도, 기꺼이 그에게 돈을 빌려주었습니다.

날마다 우리들은 산책하고, 또 산책을 했습니다. 공원을 어슬렁 거리고, 먹고, 마시고, 매일 러시아인 가족과 대화를 나누었지요. 나는 공원으로 들어서면 꼭 마주치는 황달에 걸린 노인과 카톨릭 사제와 항상 카드를 가지고 다니며 어디에서든 앉아 신경질적으 로 어깨를 떨며 카드점을 보는 오스트리아 출신 장군에게 조금씩 익숙해졌습니다. 그리고 음악은 언제나 같은 곡이 연주되고 있었 지요. 시골집에서는 평일에 동료들과 소풍이나 낚시를 가려고 할 때면, 농부들 보기가 부끄러웠는데, 여기서는 열심히 일하는 하인 들이나 마부들, 마주치는 일꾼들을 볼 때면 부끄러웠습니다. 어쩌 면 그들은 나를 바라보며 항상 이렇게 생각할 거라 짐작했죠. '당 신은 왜 아무런 일도 하지 않는 거야?' 나는 매일 아침부터 저녁까 지 이런 부끄러움을 느껴야 했습니다. 이상스럽고 불쾌하며 단조 로운 시간들은 오직 루브코프가 내게서 한 번은 100굴덴*, 또 한

---

* 네덜란드의 화폐단위로 1굴덴은 은화로 약 80코페이카에 해당한다.

번은 50굴덴을 꾸어 갔을 때에만 변화된 다른 시간을 느낄 수 있었습니다. 그는 마약중독자가 마약을 투여하고 생기를 되찾듯이, 돈을 빌려서 갑자기 생기를 되찾게되자 아내와 자기 자신과 채권자들을 소리내어 비웃기 시작했습니다.

그렇게 우기가 지나갔고 날씨는 서늘해졌습니다. 우리는 이탈리아로 떠났고, 나는 아버지에게 로마로 제발 8백 루블을 부쳐달라는 전보를 쳤습니다. 우리는 베네치아, 볼로냐, 피렌체에서 머물렀고, 각 도시에서 우리들은 반드시 각자 개인에게 조명이 설치되고 하녀와 난방기구와 아침 식사를 위한 빵과 공동식당이 아닌 곳에서 점심을 할 수 있는 권리가 부여된 그런 고급호텔에서 묵었습니다. 우리들은 엄청나게 많이 먹어댔지요. 아침에는 우유를 곁들인 커피와 흰 빵과 버터가 나왔죠. 그리고 한 시에 먹는 아침 식사에는 고기, 생선, 이름을 알 수 없는 오믈렛, 치즈, 과일, 포도주가 나왔습니다. 그리고 6시에 하는 점심 식사에는 여덟 가지의 음식이 나왔는데, 중간에 몇 번이나 긴 휴식시간을 가지면서, 몇 시간에 걸쳐 맥주와 포도주를 마셨습니다. 아홉 시에는 차를 마셨지요. 자정 전에는 아리아드나가 배고프다고 해서, 햄과 계란 반숙을 주문했습니다. 우리는 그 음식들을 그녀와 함께 먹었지요. 그리고 식사 시간 사이에는 항상 아침 식사와 점심 식사에 늦지 않을까 걱정하면서, 박물관과 전시회장을 뛰어 다녔습니다. 나는 그림들 앞에서는 우울해져서 집으로 돌아가 눕고 싶었고, 피로에 지쳐

눈으로는 의자를 찾으면서도, 다른 사람들 앞에서는 위선적으로 말했습니다.

"정말 매력적이에요! 공기는 또 얼마나 신선한지!" 배부른 큰 뱀과도 같은 우리들은 단지 반짝이는 것들에만 관심을 가졌습니다. 우리는 상점의 쇼윈도에 마음을 빼앗겼고, 가짜 브로치에 매혹당했습니다. 그래서 필요치도 않은 하찮은 물건들을 몽땅 구입하고 말았죠.

로마에서도 비슷했습니다. 비가 오고, 찬바람이 불었지요. 기름진 아침 식사를 마치고 나서 우리는 피터성당을 구경하러 갔습니다. 포만감 때문이었는지 아니면 궂은 날씨 때문이었는지, 아무튼 우리는 아무런 감흥도 느끼지 못했고, 예술에 대한 무심한 태도 때문에 상대방을 서로 비방하다가 싸우기 직전까지 가기도 했답니다.

아버지에게서 돈이 왔습니다. 나는 돈을 받으러 갔지요. 기억하기로는 아침이었어요. 루브코프와 나는 함께 갔습니다.

"과거가 있으면 현재는 충만하고 행복해질 수 없네." 그가 말했습니다. "내 목에는 과거의 커다란 짐이 매달려 있다네. 그건 그렇고, 돈이 생긴다는 건 나쁜 일은 아니지. 옛날 속담에 아무 것도 가진 것이 없을 때 가장 행복하다고 했어…… 내겐 겨우 8프랑밖에 남아있지 않았는데, 믿을 수 있겠나?" 그는 목소리를 낮춰서 소곤거렸습니다. "게다가 난 아내에게 100을, 어머니에게도 같은 액

수를 보내야만 해요. 그리고 여기서 살아야만 하고. 아리아드나
는 아직 어린애이지. 그녀는 어려움에 직면하기를 원치 않으면서
도 공작의 딸처럼 돈을 마구 낭비하고 있으니. 무엇 때문에 어제
그녀는 시계를 샀나? 말해 봐. 왜 우린 착한 애들처럼 이런 연극을
해야하나? 나와 그녀는 하인들과 지인들로부터 우리의 관계를 들
키지 않으려고 하루에 돈을 10~15프랑이나 필요없이 지불해야 한
다구. 내가 방을 하나 더 얻어야 하기 때문이지. 도대체 왜 이렇게
해야 하는 건지?"

　날카로운 돌이 제 가슴을 찍어 눌렀습니다. 이젠 모든 것이 명
백해졌습니다. 그 순간 나는 온몸이 싸늘하게 식어가는 것을 느끼
며 결심을 했지요. 그들 두 사람을 아예 쳐다보지도 말고, 그들에
게서 도망쳐 어서 빨리 집으로 돌아가자고…….

　"여자와 만나기란 쉬운 일이지." 루브코프가 계속 말했습니다.
"여자란 옷을 벗기기까지만 힘이 들지. 그 다음부터는 힘들다고
하는 건 다 거짓말이야!"

　내가 받은 돈을 세고 있을 때, 그가 말했습니다. "만약 자네가
내게 천 프랑을 빌려주지 않는다면, 난 파멸하고 말거야. 자네의
이 돈이 내게는 유일한 생명줄이라네."

　내가 돈을 건네자 그는 즉시 생기를 되찾았고, 아내에게 비밀로
간직하기로 한 자신의 주소를 알려준 숙부를 정신나간 사람이라
고 놀려대기 시작했습니다. 호텔에 도착하자, 나는 짐을 챙기고는

모든 요금을 지불했습니다. 이제 아리아드나와 작별하는 일만 남았지요. 난 그녀가 머물고 있는 방의 문을 두드렸습니다.

"들어오세요!"

그녀의 방은 아침의 난잡함을 보여주는 정수라고나 할까요. 식탁 위에는 다기와 먹다 남긴 흰 빵 조각, 계란 껍데기들이 널려 있었고, 숨 막힐 듯 독한 향수 냄새가 풍겼습니다. 침대는 정돈되어 있지 않은 상태였고, 침대 위에서 두 사람이 잤다는 걸 분명히 알 수 있었습니다. 아리아드나는 조금 전에야 침대에서 일어나서, 아직도 머리를 빗지 않은 채 플란넬 블라우스를 입은 상태였지요.

나는 작별인사를 했고, 그녀가 머리카락을 정돈하려고 애쓰는 동안, 잠시 조용히 앉아 있었습니다. 그리곤 온 몸을 떨면서 물었죠.

"무슨 이유로……. 왜 당신은 내게 편지를 써서 여기 외국까지 찾아오도록 날 부른겁니까?"

그녀는 이미 내가 무얼 생각하는지 짐작하고 있는 것처럼 보였는데, 내 손을 잡고는 이렇게 말하더군요.

"저는 당신이 그곳에 계셔주길 바랬어요. 당신은 순수한 분이잖아요!"

난 흥분해서 몸이 떨리는 게 부끄러워지기 시작했습니다. 갑자기 소리 내어 울어버렸지요! 난 더 이상 말 한 마디도 하지 않은 채 밖으로 나와버렸고, 한 시간 뒤엔 이미 기차 안에 앉아 있었습니다. 웬지 기차를 타고 가는 동안 내내 임신한 아리아드나를 상상하게 되었으며, 그런 그녀가 혐오스럽게 느껴졌습니다. 그리고 기차 안에 있는 여자들과 기차역에서 보았던 모든 여자들이, 왠지 임신한 여자들처럼 생각되었고, 또한 혐오스러웠으며 가련했습니다. 나는 마치 탐욕스럽고 광적인 욕심쟁이가 자신이 갖고 있던 5루블짜리가 모두 위조지폐라는 사실을 알게되었을 때와 같은 상황에 처해 있었던 것이죠. 그렇게 오랫동안 간직해 두었던 순수하고 우아한 모습, 나의 따뜻한 사랑, 계획, 희망, 추억, 사랑과 여성에 대한 견해, 이 모든 것들이 이제 나를 비웃으며 혀를 내민 것이지요. 아리아드나여, 난 놀라움에 떨며 스스로에게 묻기 시작했습니다. 이 젊고 매력적이고 아름답고 지적인 아가씨가, 상원 의원의 딸이, 그런 진부하고 따분한 속물과 관계를 갖다니요? 그런데, 왜 루브코프가 그녀를 사랑하면 안 된다는 거야? 아, 그래, 그녀가 누굴 원하고, 사랑하든 간섭할 일은 아니지, 그런데 그녀는 왜 내게 거짓말을 하는 거야? 그렇다면 무엇 때문에 그녀가 내게 모든 걸 솔직하게 말해야만 하는거야? 등을 말이죠. 모든 걸 이런 식으로 멍청해질 때까지 질문하고 대답했습니다. 기차 안은 추웠습니다. 나는 일등칸에 자릴 잡았는데, 한 소파에 세 명씩 앉도록 했고, 두 명이 앉는 자리는 없었지요. 그리고 바깥문은 곧바로 쿠페*를 향해 열려 있었지요. 나는 구유 속에 있는 것처럼 내 자신이 왜소하게 줄어들고, 버림받은 것처럼 가엾게 여겨졌습니다. 그리고

---

* 러시아의 기차는 한 량이 여러 개의 칸으로 나누어져 있는데, 그 나누어진 한 칸을 이렇게 부른다.

발은 무섭게 얼어붙었습니다. 바로 그때에, 오늘 아침 블라우스를 입고 머리칼을 늘어뜨린 그녀가 얼마나 유혹적이었던가를 회상했습니다. 그러자 나는 갑자기 심한 질투에 사로잡혀서, 정신적인 고통으로 자리에서 벌떡 일어나기까지 했죠. 옆에 앉아 있던 사람들이 놀라움과 심지어는 두려움에 떨며 나를 쳐다보더군요.

집에 돌아와서 난 눈더미와 영하 20도의 추위와 만났습니다. 나는 겨울을 좋아했지요. 왜냐하면 이 시기에 집에서는 혹독한 추위가 기승을 부릴 때조차도 특별한 따뜻함을 맛볼 수 있기 때문입니다. 반코트에 털 장화 차림으로 혹독하게 춥지만 쾌청한 날씨에 마당이나 정원에 나와서 무슨 일이든 하는 것, 그렇지 않으면 더울 정도로 난방이 잘 된 내 방에서 독서하는 것, 또는 아버지 서재의 벽난로 앞에 앉아 있는 것, 나무 목욕통 속에서 목욕하는 것 등은 참으로 유쾌한 일입니다. 하지만 만약 집에 어머니나 누이 혹은 아이들이 없다면, 그때의 겨울 저녁은 두렵고, 특히 따분하고 적막하게 생각되죠. 따스함과 쾌적함이 더할수록, 그들이 없다는 허전함이 더 강하게 느껴집니다. 외국에서 돌아온 그때의 겨울 저녁은 어찌나 한없이 길게 느껴졌는지, 난 몹시 우울했고, 그 우울함 때문에 책도 읽을 수조차 없었습니다. 낮에는 그래도 이곳저곳 다니며, 정원에 쌓인 눈을 치운다거나 닭과 병아리의 먹이를 주기도 하지만, 저녁에는 그마저도 할 일이 없었습니다.

나는 예전에 손님을 상대하는 걸 좋아하지 않았습니다. 하지만 지금은 손님으로 방문하면 반드시 아리아드나에 대한 이야기가 나온다는 걸 알았기에, 손님들과 어울리는 것이 즐겁습니다. 그리고 강신술사 카를로비치가 누이동생에 대해 이야기하려고 저에게 자주 찾아오곤 했습니다. 그는 예전의 나만큼이나 아리아드나에게 푹 빠져 있었던 자기 친구인 마쿠트예프 공작과 이따금 함께 왔습니다. 공작은 아리아드나 방에 앉아, 손가락으로 그녀의 피아노 건반을 하나하나 세어 보고, 그녀의 악보를 쳐다보곤 했지요. 이제 그런 그의 행동은 이미 방문하면 꼭 하는 필수적인 일이 되었고, 그렇게 하지 않고는 살 수 없게 되었죠. 그리고 조부 일라리온의 혼령은 아리아드나가 조만간 그의 아내가 될 것이라고 계속해서 예언했습니다. 우리는 대개 공작과 오래 앉아 있었는데, 아침부터 자정 무렵까지 그는 도통 말이 없었습니다. 말없이 맥주를 두세 병 마시고는 아주 가끔, 그도 대화에 참여하고 있다는 걸 보여주기 위해 끊겼다 이어지는 바보 같은 슬픈 웃음소리를 내며 웃곤 했죠. 집으로 돌아가기 전 그는 매번 나를 한 구석으로 데리고 가서는 작은 소리로 말하곤 했습니다.

"아리아드나 그리고리예브나를 마지막으로 본 게 언제였소? 그녀는 건강하지요? 그곳에서 그녀는 지루해하지는 않던가요?"

봄이 왔습니다. 새 사냥을 나가고, 봄갈이 곡물씨앗과 토끼풀을 심어야 했습니다. 우울했지만 벌써 새 봄이니까요. 들판에서 일하면서, 종달새의 노래 소리를 들으며, 나는 스스로에게 물었습니다. 개인의 행복에 대한 이 문제들을 이제 마무리해야 되지 않겠느냐고. 그저 무작정 평범한 농촌 아가씨와 결혼해 버릴까? 한창 일손이 필요한 농번기에 나는 이탈리아 우표가 붙은 편지를 받았죠. 토끼풀도, 양봉장도, 송아지도, 농촌아가씨도 모두가 연기처럼 사라져 버렸습니다. 이번 편지에 아리아드나는 자신의 깊고도 끝없는 불행을 호소하는 내용을 적었더군요. 내가 그녀에게 도움의 손길을 내밀지도 않고, 스스로 만든 고결한 선량함의 잣대로 그녀를 평가하고, 위험한 순간에 그녀를 내팽겨쳐버린 것에 대해 날 비난했습니다. 편지에는 온통 신경질적이고 굵은 필체로 씌어져 있었는데, 손으로 지운 흔적과 잉크로 얼룩진 부분을 보니, 그녀가 서둘러 편지를 썼으며 고통스러워하고 있음을 알 수 있었지요. 결론적으로 그녀는 내가 그곳에 와서 자기를 구원해 줄 것을 간청했습니다.

　난 다시 한번 모든 걸 팽개치고 그녀에게 달려갔습니다. 아리아드나는 로마에 살고 있었지요. 저녁 늦게 나는 그곳에 도착했고, 그녀는 날 보자 흐느껴 울더니 내게 달려들어 목에 매달렸습니다. 그녀는 겨울 동안에 조금도 변하지 않아서 여전히 아주 날씬하고 매혹적이었습니다. 우리들은 함께 식사를 했고, 새벽까지 로마 시내를 돌아 다녔습니다. 그녀는 돌아다니는 내내 자신의 생활에 대해 내게 이야기해 주었습니다. 나는 루브코프가 어디 있는지 물었습니다.

"그 망할 녀석을 다시는 머리에 떠올리지 않게 해 주세요!" 그녀
는 외쳤습니다.

"그는 끔찍하고, 혐오스러워요!"

"하지만 당신은 그를 사랑했던 것으로 보이는데" 내가 말했죠.

"결코 아니에요! 처음엔 색다르게 보였고, 동정심을 불러 일으켰
죠. 사실 그것이 전부예요. 그는 뻔뻔스런 인간이에요. 여자를 사
로잡아 정복해버리기도 하지요. 그건 매혹적이긴 해요. 어쨌든 그
에 대해선 이야길 하지 않기로 해요. 이건 제 삶의 슬픈 한 장이에
요. 그는 러시아로 돈을 구하러 갔어요. 그곳으로 향해 가는 게 그
가 가야할 길이에요! 저는 그에게 쉽사리 돌아올 수 없을 거라고
말해 주었지요."

그녀는 이미 호텔에서 살지 않고, 자기 취향대로 차갑고도 호사
스럽게 꾸민 방 두 개짜리 단독 아파트에서 살았습니다. 루브코프
가 떠난 직후에, 그녀는 지인으로부터 5천 프랑 정도를 빌려 썼더
군요. 그래서 나의 도착은 정말로 그녀에겐 구원이었습니다. 난
그녀를 시골로 데려갈 생각을 했지만, 그 일이 잘 되지는 않았습니
다. 그녀는 조국을 그리워하긴 했지만, 과거의 가난과 궁핍, 오빠
집의 녹이 슨 지붕에 대한 회상이 그녀에게 혐오감과 경련을 불러
일으키곤 했지요. 그래서 내가 그녀에게 집으로 돌아가자고 권했
을 때, 그녀는 불안한 표정으로 제 손을 잡고 말했습니다.

"싫어요, 싫어요! 제가 거기에 가면 우울해져서 죽게 될 거예요!"

그후 내 사랑은 마지막 단계에서도 최후의 1/4지점으로 진입했습니다.

"예전처럼 조금만이라도 저를 사랑해 주세요." 아리아드나는 나에게 고개를 숙이며 말했습니다. "당신은 우울하고, 신중한 분이시라, 충동에 몸을 맡기는 걸 두려워하겠지요. 그리고 내내 결과를 생각하니까요. 하지만 그건 지루한 일이에요. 부탁이에요, 애원해요, 유연해지시길 바래요! …… 나의 고결하고, 나의 성스럽고, 나의 사랑스런 분, 저는 당신을 무척 사랑합니다."

나는 그녀의 연인이 되었습니다. 그리고 적어도 한 달 동안은 오직 환희만 느끼며, 꼭 미친 사람처럼 지냈습니다. 젊고 아름다운 육체를 꼬옥 부여안고, 향락에 빠져서 말이죠. 그리고 매번 꿈에서 깨어나 그녀의 체온을 느끼고, 나와 함께 그녀가, 아리아드나가 곁에 있음을 떠올렸죠. 아, 이런 것에 익숙해진다는 건 쉽지 않지요! 하지만 나는 어쨌든 익숙해졌고, 조금씩 새로운 상황들을 이성적으로 생각하게 되었습니다. 가장 먼저, 아리아드나가 예전과 다를 바 없이 나를 사랑하지 않는다는 걸 깨달았습니다. 그녀는 나를 진지하게 사랑하고 싶어 하기는 했지요. 그러나 그것보다 그녀는 혼자되는 것이 두려웠던 겁니다. 또 중요한 점은 내가 젊고, 건강하고, 단단한 체격의 소유자라는 것이고, 그녀는 대부분 냉정한 사람들이 모두 그렇듯 감각이 발달한 사람이라는 것이죠. 그래서 우리 두 사람은 서로에게 상호작용하는 정열적인 사랑으로 맺어진 척했지요. 하지만 그 다음에 나는 무언가 다른 걸 깨닫게 되었습니다.

우리들은 로마와 나폴리와 피렌체에서 살았습니다. 파리에도 가 보았지만, 그 곳은 추워서 이탈리아로 되돌아왔습니다. 우리들은 어느 장소에서나 남편과 아내로 소개했고, 부유한 지주처럼 행세했습니다. 사람들은 기꺼이 우리와 친해지려고 했습니다. 아리아드나는 큰 성공을 거둔 셈이 되었지요. 그리고 그녀는 회화 그리는 지도를 받았기 때문에 다들 여류 화가라고 불렀습니다. 생각해 보세요, 여류 화가라는 명칭이 그녀에게 얼마나 잘 어울리는지. 비록 재능이 눈곱만큼도 없다고 할지라도 말이죠.

그녀는 매일 두 시나 세 시까지 잠을 잤으며, 침대에서 커피를 마시고 아침식사를 했습니다. 점심식사 때 그녀는 수프, 왕새우, 생선, 고기, 아스파라거스, 들새 고기를 먹었습니다. 그녀가 잠자리에 들 때는, 나는 그녀에게 뭐든, 예를 들면, 로스트비프 같은 것을 침대로 가져다 주었습니다. 그녀는 슬프고 근심어린 표정을 지으며 그것을 먹었습니다. 그리고 그녀는 한밤중에 잠에서 깨어나 사과와 오렌지를 먹었습니다.

아리아드나의 주요한 특징은 놀라울 만큼 간교하다는 걸 말씀드려야겠군요. 그녀는 매분마다, 보기엔 아무 필요도 없는데, 참새가 지저귀거나 바퀴벌레가 더듬이를 움직이듯이 본능적으로 그래야만 하는 것처럼, 늘 잔꾀를 부렸습니다. 그녀는 나는 물론이고, 하인들, 호텔의 현관 수위, 상점 판매원, 주위의 아는 사람들을 잘도 속였죠. 젠 체하거나 거드름을 피우지 않고선, 그녀는 어떤 만남에서든 말을 할 수가 없었죠. 그녀가 남자들만 있는 방으로 들어와야 할 때면, 그 방에 있는 남자가 누구든지, 급사인지 남작인지에 따라 그녀는 시선이나 표정, 목소리에 변화를 주었고, 심지어는 몸의 실루엣까지도 바꾸었습니다. 당신이 만약 그때 한 번만이라도 그녀를 보았다면, 아마도 이탈리아 전역을 통틀어도 우리보다 더 유명하고, 더 부유한 사람들은 없었을 거라고 말했을 겁니다. 그녀는 단 한 명의 화가나 음악가도 놓치지 않았죠. 왜냐하면 그 사람들 각자의 뛰어난 재능에 관해 평가하여 시시콜콜한 말을 늘어놓아야 하기 때문이죠.

"당신은 정말 재능이 있어요!" 그녀는 부드럽게 노래하는 목소리로 말했죠. "당신과 함께 있으면 두렵기조차 해요. 당신이 사람을 꿰뚫어 보는 것만 같아서요."

이 모든 것들은 사람들 마음에 들기 위해서, 성공을 거두기 위해서 필수적인 것이었죠! 그녀는 단 한가지 생각만을 하며 매일 아침 잠자리에서 눈을 뜹니다. '다른 사람의 마음에 들도록 행동한다!' 이것이 그녀 인생의 목표이자 의미가 되었죠. 내가 만일 어느 거리의 어느 집에 사는 누군가가 '그녀가 마음에 안 들어' 라고 말했다면, 그 말 때문에 그녀는 몹시도 고통스러워했습니다. 매일 그녀는 누가 되었든지 간에 그 사람의 마음을 사로 잡고, 매혹시키고, 넋을 빼놓아야만 만족했으니까요. 그녀의 영향 아래에 있었고 그녀의 매력에 푹 빠져 있었던 나는 스스로를 쓸모없는 사람이라고 생각했죠. 이것이 그녀에겐 마치 운동 시합에서 승리자가 느끼는 그러한 쾌감처럼 큰 만족을 안겨다 주었습니다. 내가 스스로를 비하하는 것에도 성이 차지 않은 그녀는, 이젠 밤마다 옷을 모두 벗고, 호랑이처럼 몸을 쭉 펴고 누워서는 항상 덥다고 말했죠. 그 다음엔 루브코프가 보낸 편지들을 읽었습니다. 루브코프는 그녀에게 러시아로 돌아와 줄 것을 간청했고, 만약 돈을 구할 수 있다면, 그리고 그녀가 그에게로 돌아오기만 한다면, 누군가에게서 도둑질하거나 기꺼이 살인을 할 수도 있다고 맹세했습니다. 그녀는 그를 증오했지만, 그의 정열적이고 노예처럼 순종적인 맹세를 약속하는 편지들은 그녀를 흥분시키는가 봐요.

그녀는 자신의 매력에 대해 좀 특별한 견해를 갖고 있었습니다. 수많은 군중들이 모인 집회에서든 어디에서든 사람들이 그녀가 얼마나 아름답고, 얼마나 피부 빛이 고운지 보게 된다면, 그녀는 자신이 이탈리아 전체는 물론이고 전 세계조차도 정복할 수 있을 거라고 생각하고 있었습니다. 이 아름다움과 피부 빛에 대한 것은 그녀가 화났을 때 나를 자극하기 위한 징표로 사용되어, 온갖 저속한 표현을 사용해가며 발언했고, 그 때마다 나는 굴욕감을 느껴야 했습니다. 한 번은 어떤 부인의 별장에서 이런 일까지 있었지요. 그녀는 화가 나서 내게 말했습니다.

"만일 당신이 이 고리타분한 훈계를 당장 그만두지 않는다면, 지금 당장 옷을 홀라당 벗고 알몸으로 이 꽃들 위에 누워버리겠어요!"

나는 그녀가 잠을 자거나 먹거나 하는 걸 보면서 또는 자신의 시선에 순진한 표정을 보여주려고 애쓰는 것을 보면서 생각했습니다.

'무엇 때문에 하느님은 그녀에게 이토록 특별한 아름다움과 우아함과 지성을 주셨을까? 단지 침대에서 뒹굴며, 먹고, 끝없이 거짓말을 하고 또 거짓말을 계속하도록 하기 위해서 그랬을까? 진정 그녀는 똑똑한 여자일까?'

그녀는 세 개의 촛불과 13이라는 숫자를 두려워했고, 미신적인 저주와 악몽에 대해 심한 공포를 느끼고 있었습니다. 그리고 자유로운 사랑과 자유에 대해 이야기하면서 늙은 성지순례자처럼 투르게네프보다 볼레슬라프 마르케비치*가 더 낫다고 단언했지요. 그러나 그녀는 악마처럼 잔꾀가 많고 재치가 있어서, 세상 사람들 앞에서 자신을 교양있는 진보적인 사람으로 보이게 할 수가 있었지요.

그녀는 유쾌할 때조차도 아무렇지도 않게 하인을 모욕하거나, 곤충을 죽이곤 했지요. 그녀는 황소들의 싸움을 좋아했고, 살인에 관한 기사를 읽는 걸 좋아했으며, 피고에게 무죄 판결이 내려지면

---

* 1860년대와 1870년대에 많은 인기를 끌었던 러시아 소설가로 지금은 거의 잊혀진 작가이다.

화를 내곤 했지요.

나와 아리아드나는 이렇게 분에 넘치는 생활을 했기에, 우리에
겐 많은 돈이 필요했습니다. 불쌍한 아버지는 제게 자신의 연금
과 당신께서 얻은 작은 수입의 전부를 보내주셨고, 돈을 빌릴 수
있는 곳에서는 저를 위해 돈을 빌리셨지요. 그러던 어느 날 아버
지는 내게 '이젠 보낼 돈이 없구나'라는 답장을 보내셨고, 나는 영
지를 저당 잡혀달라고 간청하는 절망적인 내용의 전보를 아버지
에게 보냈습니다. 또 얼마 후에는 두 번째 저당물로 어디서든 돈
을 융통해 달라고 부탁했지요. 그때마다 아버지께서는 불평 한 마
디 하지 않으시고 당신이 갖고 있던 동전 하나까지 내게 보내 주셨
지요. 그런데 아리아드나는 실제적인 현실의 삶을 경멸했기에, 내
가 그녀의 바보 같은 바램을 충족시켜주기 위해 일천 프랑을 내던
지면서 고목처럼 쓰러져 신음할 때까지도, 그녀는 아무 것도 하지
않은 채 가벼운 마음으로 '안녕, 아름다운 나폴리'를 노래했지요.
난 점점 그녀에게 냉담해졌고, 우리의 관계가 창피하게 느껴졌습
니다. 나는 임신이나 출산을 좋아하진 않지만, 이제는 가끔씩 우
리의 삶에서 형식적인 방편이 될 법한 아기에 대해 상상하곤 했지
요. 나는 마침내 내 자신을 증오하지 않기 위해, 박물관과 갤러리
를 방문하고, 책을 읽고, 소식을 하고, 술을 끊었지요. 이렇게 아침
부터 저녁까지 자신을 아슬아슬한 밧줄 타기에 내몰수록, 마음은
더 가벼워지는 것처럼 느껴졌습니다.

나는 아리아드나에게 싫증이 났습니다. 그녀는 사실 중류층 사람들에게서만 성공을 거두었을 뿐, 그녀의 기사들이나 살롱은 예전 같지 않았습니다. 그녀는 돈도 충분하지 않았습니다. 이것이 그녀를 화나게 했고, 소리 내어 흐느껴 울게 만들었지요. 마침내 그녀는 나에게 썩 내키지는 않지만 조만간 러시아로 돌아갈지도 모른다고 선언했습니다. 그래서 이렇게 우리는 가고 있는 겁니다. 출발하기 한 달 전부터 그녀는 자기 오빠와 열심히 서신을 교환했는데, 이건 분명히 그녀에게 어떤 비밀스런 계획이 있다는 걸 말해주는 것입니다. 그것이 어떤 것인지는 오직 하느님만이 알겠지요. 나는 진즉 그녀의 잔꾀를 탐색하는 일에 지쳐버렸습니다. 우리는 지금 시골로 가는 게 아니라, 얄타*로 갔다가, 그 다음 얄타에서 카프카즈로 갑니다. 이제 그녀는 오직 휴양지에서만 살 수 있게 되어버렸지요. 내가 이 모든 휴양지를 얼마만큼 싫어하는지, 그곳들에서 얼마나 답답함과 수치심을 느끼는지, 당신께서 알아 주신다면 좋겠습니다. 지금 내가 시골로 가는 것이라면! 바로 지금 일을 시작하고, 얼굴에서 땀을 흘리며 빵을 얻고, 자신의 실수를 보상할 수만 있다면, 나는 지금 넘쳐흐르는 충만한 기운을 느낍니다. 이 팽팽한 힘으로 나는 5년 안에 나의 영지를 되찾을 수 있을 거라고 생각합니다. 하지만 지금은 보시다시피, 복잡한 상황입니다. 여기는 외국이 아니고 조국 러시아이니, 법적 결혼에 대해서도 고려를

---

* 크림반도 남부의 항구 도시로서 세계적인 휴양지로 유명하다.

해야겠죠. 물론, 그녀에게 사로잡혔던 때도 이제는 지나갔고, 이전의 사랑은 털끝만치도 남아있지 않지만요. 하지만 사랑이 없다고 하더라도, 나에게는 그녀와 결혼해야 할 의무가 있으니까요."

자신의 이야기로 들뜬 샤모힌과 난 아래층으로 내려가 여성에 대한 이야길 계속했다. 이미 늦은 시간이었다. 그와 나는 같은 선실에 거처를 정하고 있음을 알았다.

"단지 시골에서만 여성은 남성보다 뒤처지지 않습니다." 샤모힌이 말했다. "그 곳에서 여성은 남성과 마찬가지로 문화의 이름으로 아주 열심히 자연과 싸우고 생각하고 느낍니다. 그러나 도시의 부르주아이자 지식 계급인 여성은 이미 오래 전부터 뒤쳐져서 미개한 상태로 되돌아가고 있지요. 그렇기 때문에 여성은 이미 반 정도는 인간이고, 반 정도는 짐승인 것이죠. 그 덕택에 여성은 인간의 이성으로 획득한 그 많은 것들을 이미 잃어버렸지요. 여성은 조금씩 사라지고, 지금은 그 자리에 원시적인 암컷이 앉아 있답니다. 이 지식계급 여성의 후진성은 문화에 심각한 위험을 초래하죠. 퇴행적인 행동을 하는 여성은 남성을 매혹시키려고 애쓰고, 남성의 진보적인 행동을 막아 버립니다. 이건 의심할 나위 없는 것이죠."

"무엇 때문에 일반화해 버리십니까? 왜 아리아드나 한 사람의 경우를 가지고 모든 여성을 판단하시려는 거죠? 인간의 공정성에 대한 열망이라고 내가 이해하고 있는, 여성의 교육과 성적(性的)

평등에 대한 열망은 여성이 퇴행적인 행동을 한다는 것이 맞지 않다는 것을 보여주는 것이라고 생각이듭니다만." 내가 물어보았다.

그러나 샤모힌은 내 이야기를 듣자마자 불신을 드러내는 미소를 지었다. 그는 이미 무섭도록 확신에 찬 여성 혐오자가 되어 있어서, 그를 설득시킨다는 건 불가능했다.

"예, 그만 하시죠." 그가 내 이야기에 끼어들며 말했다.

"언젠가 한 번은 한 여자가 내게서, 인간이 아닌 수컷의 특성을 발견하고는, 단지 내 마음에 들기 위해 온 삶을 바쳐 바쁘게 활동했던 적이 있었죠. 말하자면 나를 사로잡기 위해서 말이지요. 여기에다 대고 성적 평등에 관한 연설을 할 수 있을까요? 오, 여자들을 믿지 마세요. 그들은 아주, 아주 교활하답니다. 우리 남자들은 그들의 자유를 신장시켜 주기 위해 분주하게 뛰어다니지만, 그녀들은 그런 자유를 전혀 원치 않습니다. 단지 원하는 척할 뿐이죠. 지독하게 교활하답니다. 무섭도록 교활해요!"

나는 말다툼을 하고 싶지 않았고, 잠을 자고 싶었다. 나는 벽 쪽으로 얼굴을 돌렸다.

"네, 그래요." 나는 잠이 들었고, 그의 목소리가 들렸다. "네, 그래요. 모든 일이 우리 교육이 잘못 되었기 때문입니다. 도시에서 행해지고 있는 모든 교육, 여성에 대한 교육이 잘못된 것입니다. 이 교육의 가장 중요한 목표는 사람을 동물로 만들기 위한 것입니다. 그러니까, 여자가 수컷에게 마음에 들게 하기 위해서 그리고

이 수컷을 이기기 위한 방법을 배우는 것입니다. 네, 그래요. " 샤
모힌이 한숨을 내쉬었다. "여자아이들과 남자아이들이 늘 함께 하
기 위해서 여자아이들을 남자아이들과 함께 교육을 시켜야만 합
니다. 여자들이 남자들처럼 자신의 잘못을 인정할 수 있도록 가르
쳐야 합니다. 그렇지 않으면 여자들은 항상 자기네들이 옳다고 생
각하거든요. 여자아이들이 젖을 빨 때부터 남자들이 연인이나 애
인 이전에 자신과 가까운 동등한 사람이라는 것을 알려주어야 합
니다. 여자들이 논리적으로 사고하도록 가르치고, 여자의 뇌가 남
자의 뇌보다 작기 때문에 과학이나, 예술 그리고 문화적인 문제
들에 대해서 관심이 없을 수 있다고 일반화하거나 믿지 마십시오.
구두수선소 또는 도장공장의 소년 견습공도 성인 남자들보다 작
은 뇌를 가지고 있지만 생존경쟁을 위해서 일하고 고통스러워 하
고 있지 않습니까. 임신이나 출산과 같은 생리학적인 것에 대한
배려도 필요없습니다. 왜냐하면 첫째, 여성들은 매달 아이를 낳는
것이 아닙니다, 둘째로 모든 여자들이 아이를 낳는 것은 아닙니다,
셋째로 평범한 시골의 여자들은 출산날 바로 전날까지 들에서 일
을 합니다. 그래도 그 여자들에게 어떠한 배려도 안 해 줍니다. 그
다음 일상생활에서 완전히 평등하게 해주어야 합니다. 만약 남자
가 여자에게 의자를 빼주거나 떨어진 손수건을 주워준다면 여자
도 똑같이 하게 해야 합니다. 좋은 집안 출신의 여자가 내가 겉옷
을 입는것을 도와주거나 내게 물 컵을 갖다 주거나 한다면 난 사양

하지 않을 것입니다……."

난 더 이상 들을 수 없었다. 잠이 들었기 때문이다. 다음 날 아침, 우리가 세바스토폴에 거의 도착하고 있을 때였다. 날씨는 눅눅하고 불쾌하였다. 배가 가볍게 흔들렸다. 샤모힌은 나와 함께 갑판실에 앉아서 말없이 무슨 상념에 빠져있었다. 차를 마시러 오라고 기별이 왔을 때, 깃을 세운 외투를 입은 남자와 창백하고 졸린 듯한 얼굴을 한 부인이 아래로 내려가기 시작했다. 그때 젊고 무척 아름다운 한 부인이, 말하자면 볼로치스크에서 세관원에게 화를 냈던 바로 그 부인이 샤모힌 앞에 멈춰 서서 버릇없는 아이의 변덕스런 표정으로 그에게 말했다.

"쟌(이반의 프랑스어 이름), 당신의 어린 새가 배 멀미를 하네요!"

그 후에 얄타에 살면서, 나는 이 아름다운 부인이 느리게 걷는 말을 타고 가는 모습과 어떤 두 명의 장교가 노래 부르며 그 뒤를 따라가는 것을 보았다. 어느 날 아침엔 그녀가 프리지아 모자*를 쓰고 앞치마를 두른 채, 해변에 앉아 물감으로 그림을 그리는 모습과 사람들 한 무리가 조금 떨어져 서서 넋을 놓고 그녀의 그림을 감상하는 것을 보았다. 나는 그녀와 인사를 나누었다. 그녀는 감탄하는 표정으로 날 보면서 손을 꽉 힘주어 잡고는, 노래하듯 경쾌한 목소리로 내 작품을 읽고 크게 만족했다며 감사를 표시했다.

"믿지 마세요." 샤모힌이 내게 속삭였다.

---

* 프랑스 혁명 때 공화정의 상징이 된 자유의 모자를 일컫는다.

"그녀는 당신 책을 결코 읽은 적이 없어요."

저녁 무렵이 다 되어, 난 해변을 산책하다가 샤모힌과 우연히 마주쳤다. 그의 손에는 간식거리와 과일들을 담은 커다란 꾸러미가 들려 있었다.

"마쿠트예프 공작이 여기 와 있습니다!"

그는 기쁘게 말했다.

"어제 그녀의 강신술사 오빠와 함께 왔죠. 지금에서야 나는 그녀가 오빠와 무슨 문제를 두고 서신을 주고받았는지 알 것 같아요! 세상에."

그는 하늘을 올려다보며 가슴팍에다 꾸러미를 꽉 누른 채 말을 계속 했다.

"만일 공작과 그녀의 관계가 좋아진다면, 그건 바로 저의 자유를 의미합니다. 나는 그때서야 시골로, 아버지에게로 갈 수 있게 되는 것이죠!"

그리고 그는 멀리 내달렸다.

"난 영혼을 믿기 시작했습니다!" 그가 뒤돌아보면서 소리쳤다. "조부 일라리온의 혼령이 진실을 예언한 것 같습니다! 오, 만일 그렇다면!"

이런 만남 후에 다음 날, 나는 얄타를 떠났기 때문에 샤모힌의 긴 이야기가 어떻게 끝났는지는 알 수가 없었다.

체호프의 문학에서 음식과 인간의 욕망

I. 머리말

오늘날 대중문화에서 '음식'만큼 사람들로부터 관심을 끄는 것
도 드물 것이다. 의·식·주 가운데 하나인 음식에 대한 인간의 관계
는 물론 불가분한 것이지만, 음식은 먹고 마시는 기본적인 욕구 이
상으로 다양하게 부풀려진 욕망 속에서 소비되고 있다. 사바랭은
자신이 쓴 『미식예찬』에서 "당신이 무엇을 먹는지 말해 달라. 그러
면 당신이 어떤 사람인지 말해주겠다"*라고 했다. 여기에서 음식
은 보다 보편적인 인문학의 의제들과 만나면서 인간의 삶을 이해
하는 코드이자 세상을 해석하는 문제의 틀**이 될 수 있다.

문학에서도 음식은 빼놓을 수 없는 요소 가운데 하나이다. 음식
으로 등장인물의 성격이나 분위기, 인간관계와 신분관계 등을 알
수 있기 때문이다. 다른 문화나 환경에서 자란 사람들을 이해하는

---

* 장 앙텔므 브리야 사바랭, 『미식예찬』, 홍서연 옮김(서울: 르네상스, 2004), 19쪽.

** 우석훈, 『도마 위에 오른 밥상』(서울: 생각의 나무, 2008), 38쪽.

데 음식과 음식문화는 중요한 위치를 차지한다. 또한 누군가 선호하는 음식이나 먹는 방법은 그 사람의 성적 취향을 나타내기도 한다. 그래서 포이어바흐도 "인간이란 그가 무엇을 먹는가로 정의된다"*라고 주장했다. 그의 주장에 의하면, 인간이란 그가 먹는 음식에 의해 그 존재가 규정된다는 것이다.

먹는 행위는 단지 생물학적인 기본욕구를 만족시키는 것 이상이다. 음식물 섭취는 문화적으로 틀이 잡히고 사회적으로 결정된 주요한 행위이다. 음식이란 영양분을 공급해주는 것뿐만 아니라 "먹기에도 좋고 생각하기에도 좋다"라는 의미를 나타낸다고 주장했던 클로드 레비스트로스의 해석은 이런 맥락에서 볼 때 충분히 이해된다. 따라서 이제는 기호학자나 문화 이론가들도 음식문화 속에 등장하는 음식의 의미들에 대해서 자세히 다루기 시작했다.

문학작품들에서 음식묘사는 "화려한 향연을 그린 장면에서, 그리고 식탁을 둘러싼 자리를 지정 받는 것부터 손님들의 시중 받는 순서까지 모든 것이 계급과 성에 대한 가부장적 위계질서를 엄격하게 반영하는"** 격식을 따르고 있다. 물론 문학텍스트가 아닌 다

---

* Ludwig Feuerbach, *Das Geheimnis des Opfers. In: Gesammelte Werke*(22vols) Vol. 11 Akademie Verlag Berlin 1969, p.26. 재인용: 전경화, "행복한 엠마, 행복한 돼지, 그리고 남자 Emmas Gluck(2006)에 나타난 욕망과 죽음", 『독일언어문학 제52집』, 2011.6, 170쪽.

** Ronald D. LeBlanc, *Slavic Sins of the Flesh: Food, Sex, and Carnal Appetite in Nineteenth-Century Russian Fiction*, University Press of New England, 2009. 로널드 르블랑, 『음식과 성: 도스토옙스키와 톨스토이』 조주관 역, (서울: 그린비, 2015), 57쪽, 재인용.

른 면에서 음식을 묘사하는 작가들도 많다. 톨스토이는 엄격한 채식주의자로서 금육을 주장하며 행동으로 실천한* 작가로 유명하다. 어떤 작가들은 자신이 싫어하는 사람을 비꼬는 데에 음식을 이용해 표현하기도 했다. 예를 들면, 새뮤얼 존슨은 스코틀랜드 사람들을 염두에 두고서 그들이 말(馬)이나 먹을 수 있는 음식을 먹고 산다고 비난했다.

이렇게 먹는 음식이 곧 그 사람이며, 자기와 함께 식사를 하지 않으면, 또는 자신이 먹는 음식과 같은 것을 먹지 않으면, 곧 그 사람은 적이라는 의미를 갖기도 했다. 실제로 어떤 문화권에서 '적'에 해당하는 낱말을 풀어보면 글자 그대로 '입맛이 다른 사람'을 의미하기도 한다. 사회는 모임이고 모임에는 음식이 등장하기 마련이다. 사회화란 사람이 살면서 사회의 가치와 문화를 내면화하는 과정이다. 그런데 인간의 사회화는 음식을 먹는 행위로부터 비롯된다.** 즉 아기가 처음 젖을 빨 때 이미 '사회화'가 시작되는 것이다. 유년기 음식섭취의 경험은 삶의 원초적 토대가 되고, 어린 시절 음식과 관련된 갖가지 상황들은 평생 기억에 남는 법이다. 게다가 사람에게 제공되는 음식은 그 자체가 당시 사회의 생태적 조건과 역사에 의해 선택되고 가공된 것이기 때문이다. 사회는 사람

---

* 톨스토이는 『참회록』에서 서술한 정신적 위기로 고통을 받고 얼마 지나지 않아 1880년대 내내 스스로 육식을 금했다. 그는 인생의 마지막 20~25년을 채식주의자로 살았다.

** 박재환, 『일상과 음식』, 일상성·일상생활연구회,(한울, 2009), 15-35쪽, 37-59쪽, 123-144쪽.

들 사이의 교류에 의해 이루어지고, 이때 친밀한 관계를 상징하는 것이 음식이다. 음식을 함께 나누어 먹는다는 사실은 사람들 사이의 관계가 형식적인 수준을 넘어 한 단계 밀착된 관계로 진입한다는 것을 의미한다.

Ⅱ. 러시아 문학 속의 음식이미지

러시아의 요리에 대한 이론은 자아와 세계를 조화롭게 다스리는 동양의 요리술보다는 개인의 식욕적 쾌락이나 그러한 쾌락을 지배하는 권력의 문제에 더 많은 관심을 보여 왔다. 성욕의 동물적 광포함과 육체적 쾌락들이 요리에 대한 욕구와 연관되어 있다는 점에 주목한다. 혹은 권력의 이해관계에 얽혀 어떤 음식들이 지배적인 음식이 되는가. 또 그러한 힘의 긴장관계 속에서 '자아'의 정체성과 욕망을 드러내기 위해 사람들은 어떤 요리를 찾는가 하는 것들이 관심의 대상이 되고 있다.

러시아 작가들의 경우를 살펴보자. 러시아의 낭만주의 시인 푸시킨이 음식을 묘사하면서 표현한 자신의 취향과 문학적 결론은 한 마디로 '소박함'이라고 말할 수 있다. 실제로 먹는 것을 즐겼던 고골, 톨스토이, 체호프 등은 자기 작품 속에서 음식이야기를 즐겨 썼던 식도락가였다. 고골은 러시아정교에서 발전해온 금식과 연회가 각각 절반인, 말하자면, 금식과 폭식이라는 문화적 풍토에서 시달렸던 작가였다.

곤차로프의 작품 『오블로모프』에서 등장하는 '오블로모프카'의 거주민들이 공동음식을 분배하는 일은 단순히 소소한 일상적인 게 아니다. 그보다는 "사람들을 통합하는 공동체 정신을 전달하는 문학적 장치"*라고 오트라진은 보았다. 곤차로프의 소설에서 음식은 여러 함의 중 특히 주인공의 이상적인 어린 시절에 느낄 수 있는 안락함과 안정감, 따뜻함의 상징으로 제공된다.

로널드 르블랑의 연구에 의하면, 먹기와 성욕 모두가 심리적 폭력과 공격 그리고 지배의 행위로 묘사되는 도스토옙스키 풍의 '육식성'과, 성적 충동인 쾌감, 즐거움, 탐닉의 행위로 해석되는 톨스토이의 '관능성'**은 서로 극적인 대조를 보인다. 도스토옙스키는 육체와 정신이 분리되어 있음을 보여주기 위해 음식의 이미지와 성욕을 연결시킨다. 동방정교적인 입장에서 볼 때, 성욕은 음식과 함께 육욕과 관련해서 사악한 유혹을 만들어낸다고 보는 입장이다. 도스토옙스키의 소설에서 음식과 성은 어휘적인 면이나 주제적인 면에서뿐만 아니라 구조적인 면에서도 서로 연결되어 있다.

도스토옙스키의 등장인물들은 강한 개성과 잔인한 관능적 충동

---

* М.В. Отрадин, Сон Обломова как художественное целое//Русская литература, No.1(1992), p.7.

** 로널드 르블랑, 『음식과 성: 도스토옙스키와 톨스토이』, 조주관 역, (서울: 그린비, 2015), 77쪽. 재인용.

을 보이며, 겉보기에는 채워지지 않는 힘에 대한 열망에 지배 받는 것으로 그려진다. 도스토옙스키 소설에서 음식먹기와 간통은 쾌락의 행위라기보다 폭력과 잔인함의 행위를 보여주며, 육욕적 욕망은 주로 힘에 대한 탐욕스러운 욕망, 즉 다른 사람을 탐식하고 게걸스레 먹어 치우려는 육식성의 욕망을 구현하는 것이었다.

그러나 톨스토이의 작품들에 있어서 음식은 성욕을 보완하는 것으로 관능적 쾌락을 충족시키는 것으로 표현된다. 반면에 도덕적이고 영적인 자아완성에 대한 욕망도 매우 강하게 나타난다. 로널드 르블랑은 톨스토이와 음식에 관한 서술에서 톨스토이는 인간의 몸을 무질서하고 위험한 욕망의 덩어리로 생각했다고 주장한다.

그러나 1878~80년대에 정신적 위기를 겪은 후 세속적 쾌락에 대한 톨스토이의 이교도적인 추구는 도덕적인 죄책감에 가려졌다. 즉 기독교적 금욕주의자가 된 것이다. 톨스토이는 음식이 직접 성욕자극으로 이어질 수 있다는 믿음 때문에 『안나 카레니나』나 『카자크 사람들』작품에서는 음식에서 얻은 쾌락을 악으로 표현했다. 그리고 "후기에 드러나는 독신주의, 순결, 부부사이의 금욕 등 성적인 문제에 대한 톨스토이의 극단적 이성주의는 『크로이체르 소나타』에서 채식주의, 금욕, 금식 같은 극단적 성욕절제에 그대로 반영"*되어 있다.

---

* Ronald D. LeBlanc, 『음식과 성』 위의 글, 193쪽. 재인용.

Ⅲ. 체호프의 음식에서 범속성과 시간성

체호프은 어릴 적부터 부엌에서 조리하는 음식에 늘 홍미를 갖고 있었다고 한다. 그는 중학생시절부터 고향 타간로그 만(灣)의 해안에서 물고기를 잡아 튀겨먹기를 좋아했고 사람들이 얘기를 나누면서 음식을 함께 먹는 공동체 분위기와 음식에 담긴 의미를 이해하기 시작했다.

단편『이반 마트베이치』에서는 노교수의 집필 작업을 도와 그가 불러주는 내용을 받아 적는 아르바이트 학생 마트베이치의 식탐을 통해 인간의 범속성이 나타나 있다. 집필 작업에 쫓기는 노교수의 조바심과 불안감에도 아랑곳하지 않고, 마트베이치는 늘 약속된 시간을 넘겨 지각을 한다. 빈털터리라 차비가 없어서 먼 길을 걸어오기 때문이다. 하녀가 쟁반에 차 두 잔과 건빵이 든 소쿠리들 들고 서재로 들어오자... 이반 마트베이치는 눈치도 없이 양손으로 컵 하나를 쥐고서 곧바로 마시기 시작한다. 차는 굉장히 뜨거워서 그는 입을 데지 않으려고 애써 잔 모금으로 들이키며 건빵 하나를 집어먹는다. 그리고 계속해서 집어먹다가 수줍은 듯이 곁눈질로 노학자를 엿보며 다시 건빵에 조심스레 손을 뻗는다... 이반의 목젖이 넘어가는 꿀꺽 삼키는 큰 소리와 맛나게 음식을 씹는 소리, 치켜 올라간 눈썹 아래로 드러난 식탐 가득한 표정들은 노학자의 기분을 사정없이 긁어놓는다. 이렇게 이반 마트베이치는 노교수의 눈치를 보며 수줍어하면서도 배고픈 나머지 기어코 건빵을 먹어대는 강한 식탐을 보여준다.

　또한 체호프의 작품에서 음식은 과거와 현재를 연결한다. 체호프소설에서 언급되는 음식들은 단순히 소재의 차원에만 머물러 있는 게 아니라 과거의 기억을 떠올리는 역할을 하기도 한다. 체호프의 『지루한 이야기』에서 딸 리자와 아빠가 대화를 나누며 옛날의 기억을 떠올리며 회상하는데 시간성을 보여주는 음식의 이미지를 사용한다.

　　리자는 어렸을 때 아이스크림을 몹시 좋아해서 나는 자주 과자점에 데려 가곤 했다. 아이스크림은 리자에게 있어서 모든 맛있는 음식의 표준이 되었다. 리자는 나를 칭찬할 때 이렇게 말했었다. '아빠, 아빠는 아이스크림이야.' 그녀의 작은 손가락 하나를 피스타치오 크림, 다른 손가락을 아이스크림, 세 번째 손가락은 산딸기크림 등으로 불렀다. 딸애가 아침마다 내 방으로 아침인사를 하러 오면, 나는 종종 그녀를 무릎에 앉히고 딸의 작은 손가락에 입을 맞추며 이렇게 말하곤 했다.

　　'아이스크림,…. 피스타치오크림,…. 레몬크림….'

　　지금도 나는 예전의 기억을 되살려 리자의 손가락에 키스를 하며 "피스타치오크림,… 아이스크림,…. 레몬크림…."하고 중얼거려 보지만 그것은 옛날과 전혀 다른 느낌을 줄 뿐이었다. 내 마음은 아이스크림처럼 차가워져 있고 나는 그것이 부끄럽다.*

　이렇게 아빠는 음식을 통해 옛 기억을 떠올리며 어른이 된 이후
로 자신이 따뜻하고 온화한 마음을 잃어버리고 무감각적인 인간
으로 변해버린 것을 부끄럽게 생각하고 있다. 여기에서 "회상하
다", "생각한다", "불쾌하게 하다" 등과 같은 서술어들은 이 소재들
의 문학적 기능을 보다 명확하게 해준다. 특히 의미론적인 관점에
서 서술어는 주제의 행위를 지배하고 의미를 통제한다고 볼 수 있
는데, 인용한 서술어는 단순히 화자의 감정을 서술하는 것에 그치
지 않고 화자의 정신적 지향점을 명료하게 해주는 기능을 한다.

IV. 체호프 작품에서 음식과 다양한 욕망

　체호프이 작품들에서 음식의 이름을 반복적으로 부르기를 시
도하였다는 사실은 비록 초기단계이지만 근대적 욕망이라는 보다
적극적인 의미를 부여하려는 근거를 마련하고 있음을 알 수 있다.
체호프 작품에서 음식은 주인공이 품고 있는 욕망의 대상이다.
　체호프의 탐욕스런 주인공들은 물론 맛있게 먹기는 하지만 무
척 과식하는 편이다. 음식이 먹는 행위로 이어질 때도 있으나, 그

---

* Скучная история, А. П. Чехов: Собрание сочинений в двенадцати томах, Том 6, с.271.

것은 일상적이고 의례적인 행위에서 벗어나기도 한다. 이러한 행위는 굶주림을 해결하는 일 외에도 자신을 남과 구별하고자 하는 욕망에서 비롯된 것이기도 하다.

『경박한 여자』의 여주인공 올가 드미트리예브나는 식탐의 소유자이다. "올가는 공기처럼 가벼운 몸에도 불구하고, 그녀는 아주 많이 먹고, 많이도 마셔댄다."* 올가에게는 프랑스에 가있는 연하의 애인이 있지만, 밤마다 야회에 참석해 남자들과 즐거운 시간을 즐기는 것을 좋아한다.

『아리아드나』의 여주인공 아리아드나는 가난과 궁핍, 고독을 탈출하기 위한 도구로서 남자를 철저히 이용할 줄 아는 교활한 여인이다. 그래서 그녀는 샤모힌과 진지하게 사랑하고 싶어 하며, '서로에게 상호작용하는 정열적인 사랑으로 맺어진 척' 연기를 한다. 그러나 샤모힌의 재력이 소진하자, 당연하다는 듯이 그녀는 또 다른 '돈주머니'가 될 마쿠트예프 공작에게로 옮겨간다. 작가 체호프는 아리아드나의 왕성한 식욕에 대해서 이례적으로 그녀가 도대체 무엇을 얼마나 많이 먹는지에 대한 상세한 메뉴목록을 다음과 같이 제시하기까지 한다.

> "우리들은 엄청나게 많이 먹어댔지죠. 아침에는 우유를 곁들인 커
> 피와 흰 빵과 버터가 나왔죠. 그리고 1시에 먹는 아침 식사에는

---

* Супруга, Там же, Том 8, c.10.

고기, 생선, 이름을 알 수 없는 오믈렛, 치즈, 과일, 포도주가 나왔습니다. 그리고 6시에 하는 점심 식사에는 8가지의 음식이 나왔는데, 중간에 몇 번이나 긴 휴식시간을 가지면서, 몇 시간에 걸쳐 맥주와 포도주를 마셨습니다. 9시에는 차를 마셨지요. 자정 전에는 아리아드나가 배고프다고 해서, 햄과 계란 반숙을 주문했습니다."

"그녀는 매일 두 시나 세 시까지 잠을 잤으며, 침대에서 커피를 마시고 아침식사를 했습니다. 점심식사 때 그녀는 수프, 왕새우, 생선, 고기, 아스파라거스, 들새 고기를 먹었습니다. 그녀가 잠자리에 들 때는, 나는 그녀에게 뭐든, 예를 들면, 로스트비프 같은 것을 침대로 가져다 주었습니다. 그녀는 슬프고 근심어린 표정을 지으며 그것을 먹었습니다. 그리고 그녀는 한밤중에 잠에서 깨어나 사과와 오렌지를 먹었습니다."

그럼에도 불구하고 올가와 아리아드나는 놀라우리만치 날씬한 몸매의 소유자이다. 그녀들은 살이 찌지 않으며 놀라울 만큼 간교하고 교활하다. 그녀들은 분에 넘치는 생활을 영위하며 돈을 물쓰듯이 낭비하고선 부친과 지인들에게 돈을 융통해줄 것을 요청하곤 한다. 그녀들은 참새가 지저귀거나 바퀴벌레가 더듬이를 움직이듯이 본능적으로 그래야만 하는 것처럼 늘 잔꾀를 부린다. 이 지식계급 여성들의 후진성은 자신의 퇴폐적인 행동으로 남성을 유혹하려고 애쓰며 남성의 진보적인 행위를 가로막으며 방해하고 있다.

여기서 수많은 음식메뉴 목록과 더불어 왕성한 음식을 섭취하는 공간을 무한한 욕망의 상징세계로 볼 수 있다. 아울러 그들이 전혀 비대해지지 않는다는 사실도 충족되지 않는 무한욕망의 상징적 기호로 인식될 수 있다.

단편작 『생굴』에서도 굶주림에 지친 한 소년이 먹고 싶은 강한 욕망에 생전 처음 보는 굴을 껍질 채 먹고 나서 밤새도록 괴로워하며 몸부림친다. 5개월 전에 이 도시로 왔지만 일자리를 구하지 못한 아빠와 길거리에서 구걸을 하던 소년은 어느 반점의 벽에 붙은 '굴'이라는 쪽지를 발견한다. 그러나 어린애들이 대체로 먹기 싫어하는 굴, 징그럽고 두려웠던 굴조차도 소년은 배가 고픈 나머지 껍질 채 깨물어 삼켰다가 심한 고통을 당한다.

"나는 한 번도 본 적이 없는 그 바다 생물을 머릿속에 그려 본다. 그것은 아마 물고기와 새우의 중간쯤 될지도 모른다. 그리고 바다에서 사는 생물인 이상, 그것을 이용해서 향기로운 후추와 월계수 잎을 넣어 매우 맛있는 따끈한 수프를 만들고, 연골을 넣어 조금은 새콤한 고기 수프, 또는 새우 소스, 겨자를 곁들인 냉채요리 등을 만들 수 있을 것이다. 나는 이 생물을 시장에서 사와 깨끗이 씻어서 재빨리 냄비 안에 넣는 모습을 생생하게 그려 본다……. 자, 빨리 서둘러……. 모두들 빨리 먹고 싶어 할 테니까. 주방에서는 생선 굽는 냄새와 새우 수프냄새가 확 풍겨온다."

소년은 그 냄새가 점점 온 몸으로 번져가는 것을 느낀다. 음식점에서도, 아빠도, 벽에 붙어있는 흰 종이쪽지에서도, 자기 소매와 모든 곳에서 그 냄새가 나는 것 같다. 냄새가 매우 강렬하게 풍겨온 나머지 소년은 그만 씹기 시작하다가 꿀꺽 삼켜버린다. 마치 입속에 정말로 그 바다 생물이 들어있기라도 한 듯이. 냄새에 의한 소년의 반응은 너무나 먹고 싶은 욕망을 뚜렷하게 드러내고 있다.

단편 『구즈베리』에서 이반 이바느이치는 부르킨과 걷다가 동생 니콜라이의 삶에 대해 이야기를 들려준다. 동생은 여전히 동일한 목표인 구즈베리가 있는 자신의 저택을 사기 위해 돈많은 늙고 밉상인 과부와 아무런 사랑의 감정도 없이 결혼했다고 전한다. 아내를 거의 굶기다시피할 만큼 절약하며 생활하다가 아내가 굶어죽은 후에 정원이 딸린 집을 사고 자신이 손수 스무 그루의 구즈베리 관목을 심었다는 것이다.

"우리가 밤에 차를 마실 때, 하녀는 식탁 위에 구즈베리가 가득 든 접시를 내놓았어요. 이것은 사온 게 아니라, 관목을 심은 후 첫수확한 자신의 구즈베리 열매였습니다. 니콜라이는 잠시 구즈베리를 보더니 눈물을 글썽인 채 조용히 웃었습니다. 그는 흥분한 나머지 말을 못하더군요. 그 다음에는 구즈베리가 담긴 단지를 하나 내놓았어요. 마침내 자기가 좋아하는 장난감을 선물받은 어린애처럼, 의기양양하게 날 바라보며 말하더군요.

'얼마나 맛있는지 몰라요!'"

형 이반은 동생이 인생의 목표를 달성하고 스스로 만족할 만큼 모든 것을 얻어서 행복하다고 말하지만 웬일인지 동생의 너무 지나친 탐욕에 걱정한다. 동생은 자기 행복을 위해서 수단과 방법을 가리지 않았으며 항상 자기만의 갇힌 공간에서 이웃과 단절된 채로 슬픔에 젖어 있는 동생의 모습을 보면 고통스럽고 절망에 가까운 감정에 사로잡힌다고 고백한다. 밤에 동생과 나란히 잠자리에 누웠지만, 동생 니콜라이가 자지 않고 일어나서 구즈베리가 든 접시에 다가가 나무딸기를 집는 소리를 듣고 심각한 고민에 빠진다.

음식은 인간의 공복감을 없애주는 가치 외에도 상위적 가치를 지닌다. 음식은 문화 그 자체이며, 생활이며, 이데올로기임을 앞에서도 서술한 바 있다. 체호프의 경우 기억 속에 저장된 음식의 맛은 유년시절 가족공동체와 나누었던 맛이었다. 이때 음식의 맛을 환기시키는 매개체는 현재 그가 경험한 음식과 풍물들이다. 이를 "맛보다 - 기억하다 - 글을 쓰다"의 과정으로 요약할 수 있을 것이다. 물론 각 단계가 순차적으로만 진행되는 것은 아니고 동시에 진행되기도 하는 양상을 보인다.

V. 맺는말

체호프의 텍스트에서 음식을 비롯한 대부분의 생활양식은 주체와 객체사이에 가로놓인 분명치 않은 중간지대에 자리 잡고 있는 듯 보인다. 체호프 작품의 주인공들은 음식을 통해 러시아 지식계층의 범속성을 보여준다. 즉 그들은 음식과 요리이야기를 늘어놓으며 비유적으로 음식에 빗대어 누군가를 모욕하거나 일상의 권태로움과 지루함을 언급하기도 한다. 체호프문학에서는 러시아 인텔리겐차들이 일상에서 먹는 음식들이 나온다. 그리고 과거의 시간을 이야기할 때면 옛날에 먹었던 음식을 언급하며 감회에 젖곤 하는데 이렇게 체호프는 과거와 현재사이에 존재하는 시간성을 보여주기 위해서 음식을 이용하기도 했다. 특히 기억 속에 저장된 음식 맛은 유년시절 가족과 함께 나눴던 맛으로 그 맛을 환기시키는 매개체는 그가 어릴 적에 먹어 본 경험있는 음식들이다. 그것은 과거의 기억을 되살리거나 현재의 자기 정체성을 찾아주는 역할을 한다.

한편 체호프 작품에서 음식은 욕망의 대상이 된다. 기아직전의 거지소년에게서나 과식과 폭식을 일삼는 주인공들을 통해 자신들이 이루지 못한 욕망을 게걸스럽게 과식으로 해소하는 모습을 보여준다. 특히 폭식을 하는 등장인물들은 교활하고 탐욕스럽다. 그러면서도 그들은 뚱뚱하지 않고 날씬한 몸매를 여전히 유지하고 있는데 그것은 채워지지 않는 그들의 욕망이 여전히 존재하고 있음을 암시한다. 이렇게 체호프에게 있어서 음식은 일상생활에서 도구적 가치나 교환가치를 지니며, 소멸과 생성을 반복하는 영원회귀를 통해 지속한다. 그리고 삶의 변화를 가져오는 매개체의 일부로도 사용하였음을 알 수 있다.

체호프 단편선
어리석은 프랑스인
음식을 소재로 한 체호프의 단편 소설들

초판 1쇄 인쇄 2017년 12월 31일

지은이 안톤 체호프
옮긴이 문석우
편 집 강완구
펴낸이 강완구
펴낸곳 써네스트
디자인 임나탈리야

출판등록 | 2005년 7월 13일 제 2017-000293호

주 소 | 서울시 마포구 망원로 94, 2층 203호

전 화 | 02-332-9384   **팩 스** | 0303-0006-9384

이메일 | sunestbooks@yahoo.co.kr

ISBN | 979-11-86430-59-0 (03890)   값 10,000원

2018ⓒ문석우